史記《しき》

武帝紀 一

北方謙三
Kenzo Kitakata

角川春樹事務所

史記 武帝紀（一）

◆目次◆

装丁／多田和博

史記

武帝紀（一）

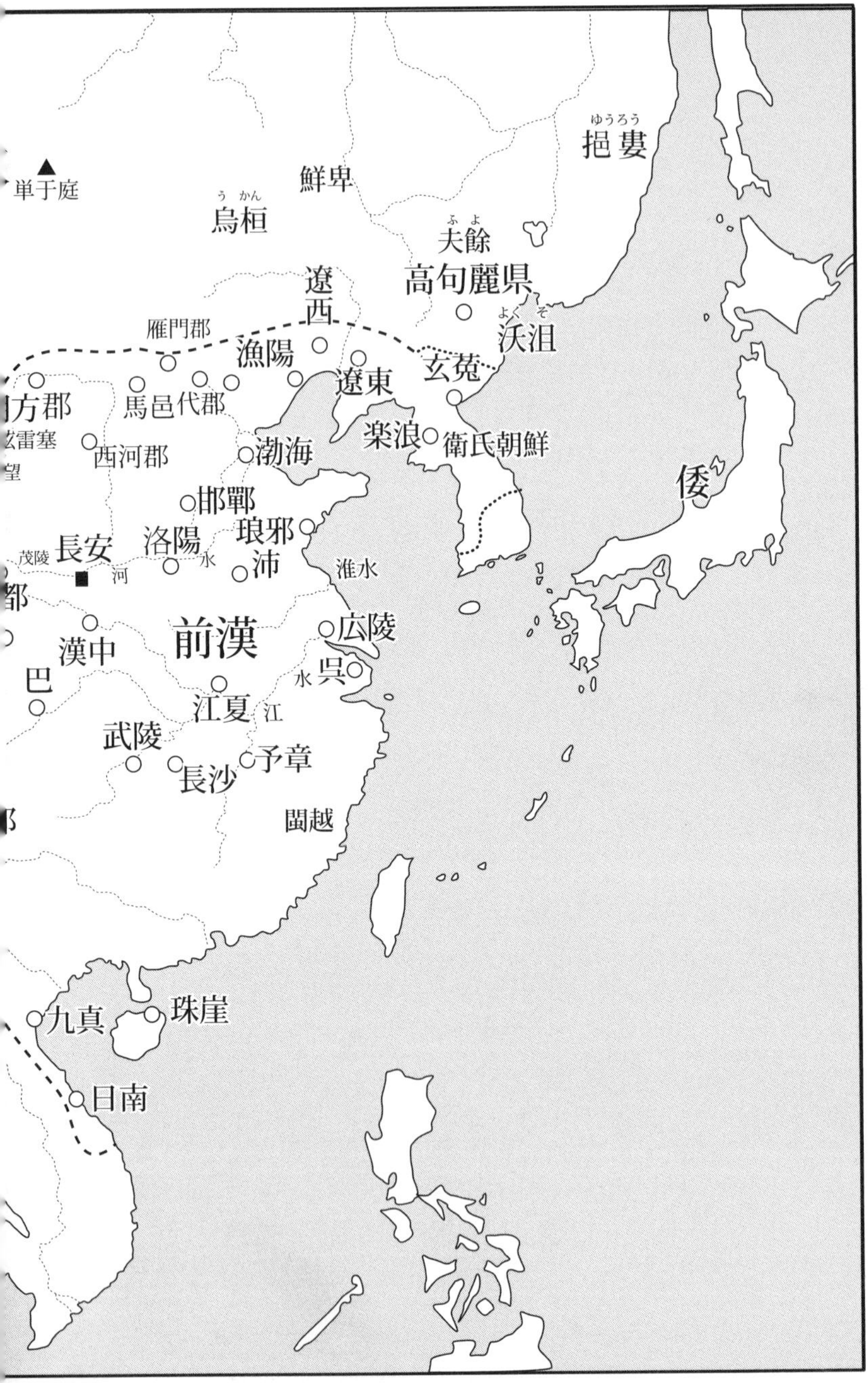

挹婁《ゆうろう》
単于庭
鮮卑
烏桓《うかん》
夫餘《ふよ》
高句麗県
遼西
雁門郡
沃沮《よくそ》
漁陽
玄菟
遼東
方郡
馬邑代郡
楽浪
衛氏朝鮮
西河郡
渤海
倭
邯鄲
琅邪
長安
洛陽
茂陵
沛
水
淮水
河
都
前漢
広陵
漢中
呉
水
巴
江夏
江
武陵
予章
長沙
閩越
珠崖
九真
日南

関連地図

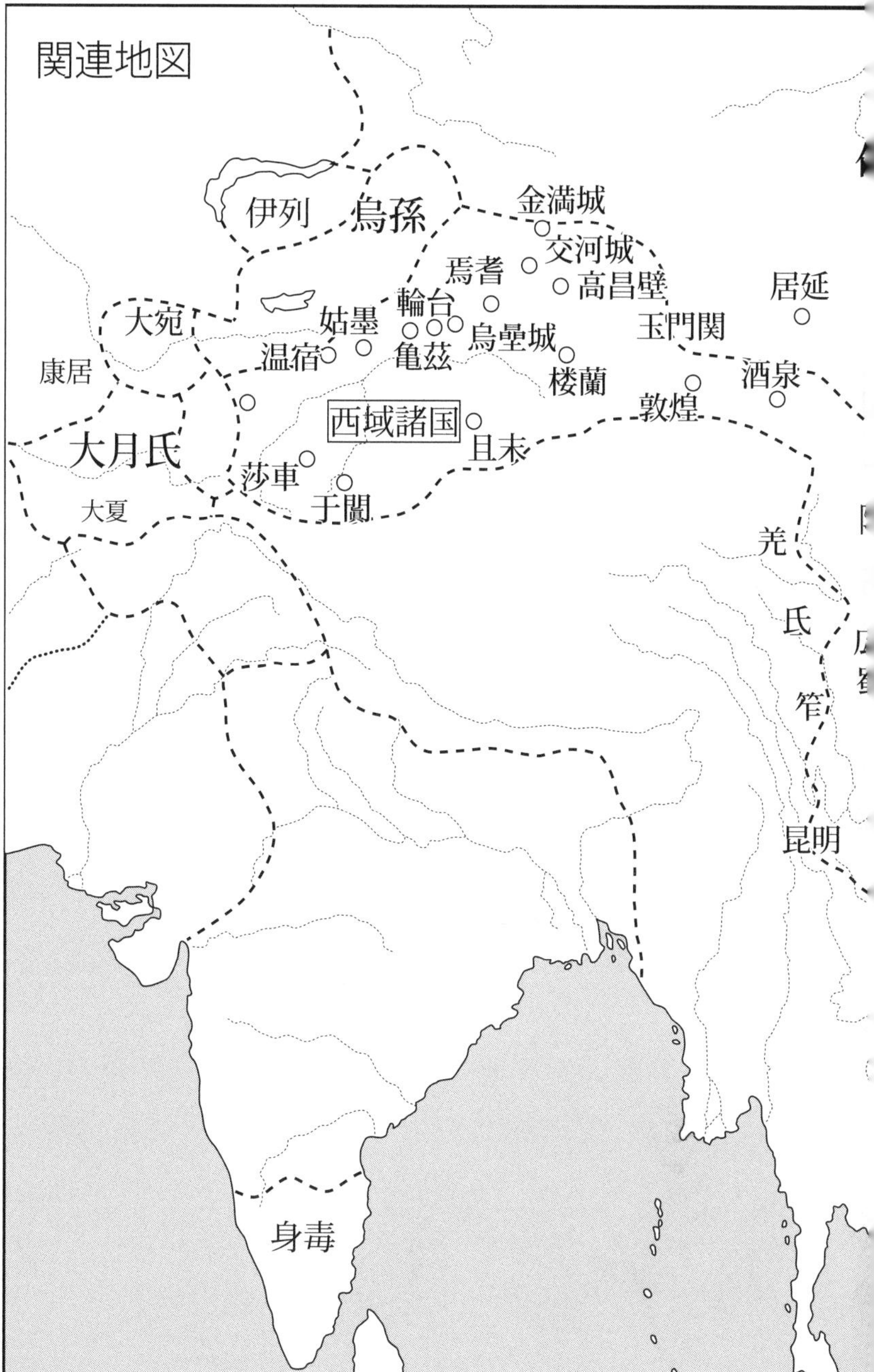

伊列
烏孫
金満城
交河城
焉耆
高昌壁
居延
大宛
輪台
姑墨
烏塁城
玉門関
温宿
亀茲
楼蘭
酒泉
康居
敦煌
西域諸国
且末
大月氏
莎車
于闐
大夏
羌
氐
筰
昆明
身毒

◆主な登場人物

劉徹《りゅうてつ》（武帝）……漢の第七代皇帝。
衛青《えいせい》……建章宮の衛士。奴僕同然に育った。
衛子《えいし》夫《ふ》……衛青の姉。劉徹に寵愛される。
公孫敖《こうそんごう》……衛青の友人。
李《り》広《こう》……漢代一と称えられる歴戦の将軍。
大長公主《だいちょうこうしゅ》……先帝（景帝）の姉、陳皇后の母。
平陽公主《へいようこうしゅ》……劉徹の姉。
竇太皇太后《とうたいこうたいごう》……先々帝（文帝）の皇后。
王太后《おうたいこう》……劉徹の母。
田蚡《でんふん》……丞相。劉徹の母・王太后の弟。
陳晏《ちんあん》……衛青の副官。
韓安国《かんあんこく》……漢軍将軍。御史大夫。
軍臣《ぐんしん》……匈奴の単于《ぜんう》（王）。
伊稚斜《いちさ》……軍臣の弟。左谷蠡王《さろくりおう》。
於《お》単《ぜん》……軍臣の子。左賢王。
公孫賀《こうそんが》……漢軍将軍。衛青の姉を娶る。
王恢《おうかい》……漢軍将軍。
桑弘羊《そうこうよう》……劉徹の侍中。商人の子。
張湯《ちょうとう》……劉徹が取り立てた吏官。
楚服《そふく》……巫女。陳皇后に仕え、巫蠱《ふこ》の術を行う。
公孫弘《こうそんこう》……劉徹に仕える御史大夫。
張騫《ちょうけん》……劉徹の命で大月氏国を目指す。
堂邑父《どうゆうほ》……張騫の従者。
霍去病《かくきょへい》……衛青の甥。

*編集注　本文中の距離の記述は、中国史の単位に従い、一里を約四百メートルとしています。

第一章　臥竜

1

雪が、肩に降り積もっている。

大地も、白い布をまとったように見えた。

肩の雪は、振り払えない。後ろ手で、縄を打たれているからだ。周囲は、二十騎ほどが囲んでいる。中尉（後の執金吾《しっきんご》・警視総監）の配下だと言ったが、少し違う気もした。とにかく、縄を打たれた理由は、わからなかった。

一緒にいた同僚二名は、逃げたというより、追い払われた。自分ひとりを捕えにきたことは、間違いない。

衛青《えいせい》も馬乗だったが、手綱《たづな》は当然握ることはできない。脚で馬の腹を締めつけて駈《か》けることなど、なんでもなかった。実父の家で奴隷として使われていた時は、裸馬に乗って、牧に放った羊を集めた。羊を狙《ねら》う獣は、馬で追い、馬上から弓矢で仕留めたのだ。

手綱なしで平然と馬に乗っている衛青に、周囲の騎兵たちは、奇異なものでも見る眼をむけてきた。疾駆もされたが、なんなく付いていける。

落馬させて、怪我《けが》でもさせる気だったのか。長安の城門が近づいてきた。城郭の西にある建章《けんしよう》宮から、長安にむかっているところで、捕えられたのである。

陽《ひ》が、落ちかかっていた。

城門を潜《くぐ》った。どういう罪状で捕えられたのか、考えてもやはりわからなかった。建章宮の衛士で、将校である自分が、問答無用で捕えられること自体が、面妖《めんよう》ではあるのだ。

二十騎の集団を遮る者は、誰もいなかった。人はまだ少なくなかったが、道の両端に避けている。

いやな感じが、全身を包んだ。中尉の旗のある建物から、方向がそれたのだ。軍の本営とも、まるで違う道筋だった。

宏壮《こうそう》な屋敷があった。大長公主《だいちようこうしゆ》の屋敷である。大長公主は、先帝の姉であり、陳《ちん》皇后の母なのだった。

いやな感じの正体が、はっきり見えた。

衛青の姉、衛子夫《しふ》は、宮中に入り、いまの帝の寵愛《ちようあい》を受けている。それに陳皇后が嫉妬《しつと》しているというのは、聞きたくなくても、耳に入ってくる噂《うわさ》だった。

屋敷に入った。馬から降ろされ、庭の木に縛りつけられた。

中尉を騙《かた》ったが、これはなにものでもない。ただの、私恨による行為である。つまりここで闘っても、私闘ということだ。

自分がなにかに利用されないこと、そして生き延びることを、衛青は考えはじめた。大長公主の屋敷で暴れたとしたら、咎《とが》めは受けるだろう。だが、多少の弁明の機会は与えられるはずだ。それで、宮中に入った姉にまで累《るい》が及ぶのは、避けられるかもしれない。それさえ避けられれば、自分が罰を受けることは是とするしかなかった。

もともと、実父が出入りしていた屋敷の婢《はしため》に生ませた子である。実父の家での扱いは、奴僕《ぬぼく》以上のものではなかった。そこから脱けられたのは、姉が宮中に入ったから、と言うほかはなかった。

姉に頼んで、もう少し出世を遂げたいなどと、考えたことはなかった。ただ、姉の足を引っ張りたくはない。

命は、さほど惜しいとは思わなかった。できることなら、戦で捨てたいと思っているだけだ。ここから逃れることを、いまの自分の戦だ、と思い定めてもいい。

こちらから、この屋敷に乱入したわけではなかった。仕掛けられたのだ。力のかぎりの反撃は、許されて当然だろう。

衛青は、自分を縛りあげた縄を切る方法を、いろいろ考えはじめた。雪のためなのか、いまは縛られたまま放置されている。しかし、いまいましいほどしっかりした縄だった。

もうすっかり夜で、雪はやんでいたが、躰《からだ》の芯《しん》が凍るような気がするほど、冷えている。じっとしていれば、足も手も動かなくなるだろう。

衛青は、手の指を動かし続けた。足の指も膝《ひざ》も腿《もも》も、動かした。寒さに耐えられるように、躰は鍛えている。軍人ならば、当たり前のことだ。ただ、いまはとっさに動けなければ、どうにもならない。

夜が更けてきた。篝《かがり》が二つ焚《た》かれ、兵が三人見張に立った。頭を垂れ、じっとしたまま、衛青は全身に力を入れては抜くことをくり返した。兵がひとりそばへ来た。衛青は、小刻みに躰を動かした。

「ふるえてやがる」

「寒いからな。あるいは、怖がっているのか」

「両方だろう」

笑い声が起きた。覗《のぞ》きこんできた兵も、離れていった。

衛青は再び、全身に力を入れては抜くことをくり返した。縄は、切れそうもない。躰を動かせるようにしておくだけだ。兵たちは、やがて眠ったようだった。

母は衛媼《おう》と言い、父は鄭季《ていき》という名だった。衛子夫も、自分も、そしてほかの異父兄弟たちも、すべて私生児として生まれた。父が同じというより、母が同じという方が、はるかに結びつきは強い。少なくとも、衛青はそうだった。

幼いころから、自分が鄭季の家へ連れていかれたのは、間違いなく奴僕として働かせるためだった。いま思い返すと、それがはっきりとわかる。つまり母の媼は、平陽《へいよう》公主の屋敷に出入りしていた県の下級吏官にすぎなかった鄭季にとってさえ、その程度の女だったのだ。

その母が、歌の才と容姿に恵まれた、姉の子夫を生んだ。子夫の歌声が、あるいは容姿が、いまの帝の心を捉《とら》えるという僥倖《ぎょうこう》がなければ、自分は奴僕のままか、せいぜい平陽公主の屋敷の雑人《ぞうにん》程度だったろう。

子夫が帝の情を与えられたのは、帝の姉である、平陽公主の屋敷の厠《かわや》だったとも言われている。もともと、奴僕で終る一生だったのだ。そう思うと、死すらそれほど恐れるものではなくなってくる。

衛青は、全身に力を入れては、抜くことを続けた。肉に食いこんだ縄が、いくらか緩くなったような気がする。しかし、切れはしないだろう。

衛青にあるのは、ここで殺されたくない、という思いだけだった。たとえ一歩であろうと、この屋敷の外に出て死にたい。死ぬならばどちらも同じ、とは考えなかった。そう考えないのが、自分だとも思った。

全身に、力を入れては抜く。かすかに、具足が擦れる音が聞えるが、見張の兵には届いていないようだ。思念は、切れる。あらぬ方向にむかい、さまよい、そして戻る。

いつの間にか、夜が明けはじめていた。雪はとうにやんでいるが、庭には薄く残っていた。食物の匂《にお》いが、漂ってくる。腹が減っているのだろうか。夜中に尿意が募り、それはあまり耐えずに出した。いま襲っているのは、渇きの方だった。

陽が射し、すぐに雪が解けはじめた。解けかけた雪を、少しでも口に入れたいと思った。舌が、上顎《うわあご》に張りついたようになっている。

五人の女が、こちらにむかって近づいてきたのは、かなり陽が高くなってからだった。ひとりだけ、高価そうな着物を着て、派手な髪飾りをつけている女がいた。それが大長公主に違いない、と衛青は思った。まさか、皇后ということはないだろう。

「誰とでも交わって、見境いなく子を生む、奴隷女の子か。あの淫乱《いんらん》な、雌猫の弟か。まだ、殺すでない」

そばに立っていた兵が、頭を下げた。

「私は、あの女の弟が、命乞《いのちご》いをするのを聞きたいのじゃ。哀願させ、それでも指を一本ずつ切り落としていく。わかったな。まだ、縛っておけばよい。はじめるのは、この者の眼に、怯《おび》えの光が浮かんだ時じゃ。なにやら、暢気《のんき》そうな眼をしておるではないか」

「いたぶって、よろしいのでしょうか?」

「なにか、弱音は吐いたのか?」

「いえ、まだ」

「弱音を吐くまで、待ちなさい。それからいたぶる方が、ずっと効きます。死なせてくれと、哀願するまで責めるにしても、時はかけなければならない。それが、人の責め方です」

蔑《さげす》みの眼差《まなざ》しには、馴《な》れていた。同じような言葉を、実父の家でもしばしば浴せられた。しかし、この女の言葉には、暗く底知れない、不気味な響きがある。高貴な女というのは、こんなものなのだろうか、と衛青はぼんやりと考えていた。

衛青の方は見ずに、女は去っていった。二十名ほどの兵が、周囲に残った。ほかに、五、六十名ほどの兵はいる。全部で百名には満たないぐらいだろう、と衛青は見当をつけた。大した兵力ではないが、それをひとりで相手にするとなると、相当な大軍だった。よほどうまくやらないかぎり、この庭からは出られない。

庭といっても、門の横にある、厩《うまや》などが並んだところで、手入れをした庭は、もっと奥の方にあるようだった。建物も、兵たちの営舎で、ふだんは三十名ぐらいのものだろう。平陽公主の屋敷は、そんなものだった。

不意に、門の外が騒々しくなった。

数人が、こちらに駈けてくるのが見える。先頭にいるのは、公孫敖《こうそんごう》だった。余計なことを、とは思わなかった。この際、ひとりでも二人でも味方がいるということは、それだけ動きの幅が出るということだ。

とにかく、まず縄を切って貰《もら》うことだった。

公孫敖を遮ろうとした兵が四名、丸太で打ち倒された。その後ろに、見知った顔がいくつか続いている。

「おう、衛青。そうやっていると、無様なものだな」

駆け寄ってきた公孫敖が、剣の鞘《さや》を払いながら言った。縄が切られた時、衛青は立ちあがっていた。

「八人だ」

公孫敖が言った。すでに、兵は八十名ほど集まっている。

「四人で、右を突破しろ。あくまで、恰好《かっこう》だけだ。残りは、正面が右へ行くのを阻止する。それも恰好だけだ。ひとり、厩へ行って、中の馬を放せ。尻に剣を突き立ててな」

「塀の外に、馬は用意してあるぞ、衛青」

「それとは別だ。馬にも、味方して貰う」

「なるほど」

四人が右へ駈け、ひとりが厩に飛びこんだ。

不意を討たれた兵たちは、まだ事態を呑《の》みこんではいない者もいる。そこに、馬が躍りこんできた。四人が、右を突破しそうになっている。正面の兵が、一斉に右へ駈けた。阻止する力を弱めたからだ。

「よし、正面。全員まとまって出るぞ」

衛青が言うと、丸太を振り回し続けていた公孫敖が、雄叫《おたけ》びをあげた。それを合図に、九人がまとまり、正面を突破し、門を駈け抜けた。二、三十名が追ってくる。

馬が、待っていた。飛び乗ると、そのまま逃げず、追ってくる兵の中に乗り入れ、四、五名を打ち倒しながら駈けた。

城内の道に、すでに人は多かった。駈けてくる馬を、みんな道の端に寄って避けている。疾駆したのは、城門を抜ける時だけだ。

守兵は、唖然《あぜん》として見送っていた。

二里（約一キロメートル）ほど駈け、追ってくる者がいないのを確かめて、衛青は馬を止めた。

「助かった。恩に着るよ、公孫敖」

「おまえの同僚が、知らせに来た。追い払われたが、尾行《つけ》て、どこに連れていかれるか見届けたんだ」

「そうか」

「助けに行こうとしたが、集まったのはこの八人だけだ。いや、八人も集まったと言うべきかな。大長公主の屋敷と聞いて、みんな及び腰になった」

「八十名はいたしな」

「大長公主と聞いて、逆に俺は、おまえを助け出したら、表沙汰《おもてざた》にはならんと思った。なにしろ、中尉を騙ったんだろう。それにしてもおまえ、暢気な顔をしているな。不埒《ふらち》を働いたとか、適当に理由をつけて、首を刎《は》ねられて終りだったかもしれんのに」

「死ぬまでは、生きている。生きているかぎり、方法はある」

「また、それかい」

「この八人のことは、忘れない」

「なに、おまえが出世をしたら、俺を取り立ててくれればいいんだ」

「出世をすればな」

「するさ。助け出すのは賭《か》けだったが、助け出したら、逆に大長公主はこれを表沙汰にできるわけねえんだ。私怨で、兵を動かしたなんてな」

衛青は、八人を見回した。ひとりひとりが、頷《うなず》き返してくる。誰も、大きな傷は受けていなかった。

「俺らは行くぞ。おまえ、どこかに身を潜めるのか、衛青？」

「いや、建章宮へ戻る。俺は、建章宮の衛士だから」

「そうか。いい度胸だ。そして、おまえらしいという気もする」

それだけ言い、公孫敖は七人を連れて駈け去っていった。

衛青は、ゆっくりと馬を進めて、建章宮へ戻った。長安に、最も近い離宮である。衛士が五百名と多いのは、建章宮の守りというより、城外にある長安の防備のひとつと考えられているからだ。

ひと晩、行方《ゆくえ》がわからなくなったことについて、隊長に報告に行った。

正体定かなる者たちに、拘禁されたと言ってみたが、隊長はなんの反応も見せなかった。ひと晩いなくなったことについても、不問である。

姉が北宮（後宮）にいて、帝の寵愛を受けている。それだけで、隊長でさえ当たり障りのないことしか言わない。

将校は、十名いた。その上に、隊長と副官がいる。まだ若い衛青は、下から三番目の将校だった。ただ、上官から無理なことを言われはしなかった。それがもの足りず、公孫敖など、城内の軍にいる荒っぽい連中と付き合うことが多かった。

軍の暮しは、嫌いではない。命令というものがあり、指揮がある。それによって、すべてが迅速に進む。そして戦になれば、勝ったか負けたかは、はっきりと眼で見える。

五十名の指揮に戻った。

兵たちは、指揮官のひと晩の不在を心配していたようだ。公孫敖に知らせてくれた、同僚の将校には礼を言った。ただこの将校は、口が軽い。公孫敖に知らせると同時に、隊長と副官に報告し、将校たちにも同じことを喋《しゃべ》っていた。

口が軽かろうと、恩義はある。いま思い返すと、大長公主の屋敷から脱出するのは、やはりひとりでは無理だっただろう。公孫敖に知らせてくれたのは、感謝すべきだった。

建章宮の兵は、知らせを受けても動きはしなかったのだ。

いつもと同じ日々が、またはじまった。

衛青が城内の本営に呼ばれたのは、ひと月ほど経《た》ってからだった。

本営には何度も行っているが、宮廷に回るように命じられ、はじめてそこに足を踏み入れた。壮大な建物である。庭も方々にあり、高官らしき人物に案内されたが、自分がどこへ行っているのか、まったくわからなくなった。

庭の一角で待った。眼にした、四つ目の庭だった。

帝が、庭に出てきた。それが帝だと、ひと眼見ただけで、なぜか衛青にはわかった。

「面を上げろ」

帝の声。肚《はら》の底にしみこんでくるようだった。意外だが、普通の言葉を遣うのだ、と思った。

「似ていないな」

帝は、すぐそばまで歩み寄ってきた。

「躰だけは、立派だ。子夫は華奢《きゃしゃ》な躰をしているのに」

誰に似ていないと言われたのか、はじめてわかった。

「姑母《おば》の家に、監禁されたそうだな」

姑母というのが大長公主であることは、すぐにわかった。昨年亡くなった、竇《とう》太皇太后の娘である。先の先の帝の娘ということでもある。

なんとなく、そんなことを考えた。ほかに、なにを考えていいかわからなかった、というところがある。

「俺の前でも、大して固くなってはいないな。不敵と言ってもいいような、面構えでもある。名は、衛青か」

返答を、直接してはならない、ということは知っていた。しかし、返答を取り次ぐべき人間も、そばにはいない。高官らしき人々が、離れたところに立っているが、近づいてくる気配はなかった。

「よい、直答《じきとう》を許すぞ」

「はい」

「姑母の家で、どんなふうに監禁された?」

「木に、縄で縛りつけられました」

帝が、にやりと笑った。確か、二十三歳ぐらいだが、もっと歳上に見えた。姉の衛子夫は二十二、衛青は二十一歳だった。

「姑母の家には、八十余名の兵がいたというが、おまえは仲間が助けに来て、九人で逃げおおせたそうだな。どうやって逃げたのか、細かく俺に教えてくれ」

帝は、自分のことを朕《ちん》と言うはずだ。俺と言ったりすることが、ほんとうにあるのだろうか。両手を地につき、顔だけ上げた衛青を、帝はしゃがみこんで間近から覗きこんできた。一瞬だけ、衛青は眼を合わせた。

「右に相手の人数を引きつけ、それから正面を突破しました。不意を討ったようなものだったので、できたことです」

「なるほど。あの動きは、やはり狙ったものだったのか」

見ていたはずはないので、帝はほかの者から、あの時の情況を詳しく聞き出したものと思えた。外に馬を用意してあったことも衛青は言ったが、公孫敖の名は出さなかった。

「おまえ、助けに来た者の名は、伏せようとしておるな」

「知らない者たちで、多分、賊だったのではないかと」

「城内の兵だった、という報告は受けている。名を申せ」

「申しあげられません」

「では、ここで首を刎ねる。名を申せば、命は助けてやるぞ」

「首を、刎ねてください」

「わかった。いま首を打つ武者を寄越す。それまで、ここで待て」

帝は躰を起こし、歩み去っていった。

大長公主の屋敷では拾った命だったが、やはり死ぬのだ、と衛青は思った。ここで、逃げようとするべきではない。抗《あらが》ってもならない。それは、北宮にいる姉のためだ。

もう、庭に人の気配はない。地に座して、衛青は待った。

二人の将校が現われ、近づいてきた。ひとりは、もしかすると将軍なのかもしれない。それほどの、貫禄があった。

「立て、衛青。付いてこい」

静かな声だ。こういう男に首を刎ねられるのをよしとしよう、と衛青は思った。

宮中の回廊を歩き、軍営まで行った。前庭に座らされることはなく、軍営に導かれた。

将軍の部屋のようだ。入口に、衛兵が二名立っていた。こういう部屋があることは知っていたが、無論入ったことはない。

首ひとつ刎ねるのにこれほどの手間をかけるのは、帝が直々に命じたことだからだろうか。卓の前に腰を降ろすと、将軍らしい男は、じっと衛青に眼を注いできた。もう、初老と言っていい齢《よわい》だろう。もうひとりの将校は、じっとそばに立っている。

「李広《りこう》だ、衛青。知っているな?」

「はい」

歴戦の将軍で、その名を知らない軍人はいない。匈奴《きょうど》との戦には、ほとんど出陣しているはずだ。ただ、大きな勝利はない。李広将軍にかぎらず、漢の軍が匈奴を撃ち破ったことなどないのだ。

「おまえは、三日後から、建章宮の監《かん》になる。同時に、侍中《じちゅう》ともなる」

建章宮の軍の隊長で、同時に帝の側《そば》近くにもいる、ということだった。

「建章宮の兵は、すべて入れ替える。太尉直属の兵五百が入るのだ」

言われている意味はわかったが、自分のことだという気がしなかった。

「公孫敖ほか七名の、無謀をなす若い将校どもも、そこに加える。いいな？」

「公孫敖が、なぜ？」

「知らないわけはあるまい」

「友人であります」

「そして、おまえを救い出した」

「それについては、存じておりません」

李広は、しばらく衛青を見つめていた。

「まあよかろう。八名は、加える。建章宮の軍の騎馬は二百。おまえは、上級の将校となり、やがて校尉となるであろう。その五百が、きちんとした働きができたらの話だが」

校尉は、将軍のすぐ下の将校だった。

李広が言うことがすべてほんとうだとしたら、自分はとんでもない幸運の中に立っていることになる。首を刎ねられるはずだった。その覚悟もした。だから幸運を、ただ幸運と喜べもしなかった。

一度死んだ、というような気分だった。

「言っておくが、どんな理由があろうと、高貴な方の屋敷で暴れることなど、私は好かん。わきまえるべき身分はあり、守るべき秩序もある。軍にあるその秩序は、もっと強固なものと思え」

「はい」

「おまえの、あのお屋敷からの脱出が、陛下のお眼にとまったのだ。おまえの人生で、最も機会に恵まれた時が、いまかもしれん。それを生かすよう、励め」

「あるかぎりの力で」

「よかろう。ところで、おまえは字が読めるのか？」

「いいえ」

李広の眼に、かすかに憐《あわれ》むような光がよぎった。蔑みとは思わなかった。

「命令書ぐらいは、読めた方がよい。暇を見つけて、学べ。それまで、副官はきちんと字が読める、冷静な者を付けた方がよい、と私は思う」

「これから、考えようと思います」

「よし。もう行け。すぐに、五百の兵を選ぶのだ。私の副官に案内させる。迷ったら、相談しても構わぬ」

「ありがとうございます」

副官に促され、衛青は部屋を出た。

軍営の庭に出ると、公孫敖らが待っていた。それを見てはじめて、死ななくて済んだのだ、と衛青は思った。

「騎馬隊は、騎兵の中から、歩兵は歩兵から選んだ方がいい、と思うのだが」

「しかし、私が言って、来てくれるのでしょうか？」

「陛下のお声がかりである。誰も逆らえん」

副官の言葉の中には、仕方がないという、諦《あきら》めにも似た響きがあった。

「三日かけて、その兵の顔を見て、話もして、選びたいのですが」

「好きにするがいい。欠けたところには、建章宮の兵が入ることになる。私に相談があれば、いつでも言ってくれ。軍営の中を、衛青殿は好きに歩き回れる。それも、陛下のお許しだと思っていい」

衛青は、副官に一礼した。それで一応、自分の役目は終えたと考えたのか、副官は強張《こわば》った笑みを返し、戻っていった。

「おう、衛青。なにがあった？」

公孫敖が、駈け寄ってきて言った。

「わからんが、建章宮で俺の軍を作ることになった」

「なんだ、それは？」

「陛下の、御下命らしい。俺は、首を刎ねると言われただけなのだが」

「どういうことだ？」

「わからん。俺は兵を五百名、選ばなければならん。選べるのだそうだ」

八人とも、立ち尽している。

「一度、死んだようなものだ。とにかく、選んでみよう」

衛青が言っても、公孫敖はすぐには動かなかった。

2

半年で、衛青は校尉となった。

建章宮の軍は、城外にいるので、調練のための出動が容易だった。

騎馬隊を、鍛えに鍛えた。一騎一騎で動くのではなく、最低でも十騎の集団で動き、それが二隊で二十騎というように、まとまっても動けるようにした。

騎馬は、堂々と前線を駈ける。敵を威圧する。そういう考えを、一切頭から拭《ぬぐ》い去った。敵の側面に回る牽制《けんせい》、背後を衝く迂回《うかい》、歩兵の攻撃をたやすくするための、敵陣の分断。くり返しそれをやり、兵と同時に、馬も鍛えた。

馬も鍛えられることは、実父の牧で、躰で知ったのだ。あの時は、裸馬だった。だからこそ、馬と思いが通じていなければ、たやすく振り落とされた。だから、馬と通じ合うことも、覚えた。

騎馬隊の兵に、すべてそれをやらせるのは無理だったが、馬の手入れは、念入りにやらせた。馬の状態は、衛青自身で見て回り、手入れを怠っている者には、半死半生になるまでの、調練の罰を与えた。鞍の横に手を縛りつけ、四刻（約二時間）走らせ続けるのだ。実際、その調練でひとり死んでから、馬の手入れを怠る者はいなくなった。

歩兵は、とにかく駈けさせた。もともと、よく駈ける兵を選んでいたが、衛青はそれで満足はしなかった。戟《げき》を遣う者、槍《やり》を遣う者。それはひとりひとりの技ではなく、十名でどう遣うかという調練を徹底させた。

厳しい調練で、不満を抱く兵も多かった。

将校が、それを押さえる。公孫敖が、将校の筆頭に立った。公孫敖とは、どういう軍を作りたいか、長い時をかけて話し合った。公孫敖は、衛青の思いをよく理解してくれた。

兵の不満が、少なくとも表面に出てこなくなったのは、漢軍五千の、原野での調練が行われた時からだった。

その調練は、帝の観閲のもとに行われた。

そこで兵たちは、自分たちが他の軍とはまるで違うということを、否応《いやおう》なく自覚したのだ。

自分たちの軍を、他の軍はまったく追えない。追えば必ず追いつく。ぶつかれば、二倍の兵力までは、撃破し、潰走《かいそう》させる。それが調練の成果だということは、兵ひとりひとりの躰が知っていた。

そういう調練を二度やったあと、衛青は校尉となったのだった。

宮中に出仕する日とは別に、帝のもとにもしばしば呼ばれるようになった。

帝は、群臣を前にした時は、自らを朕と呼び、あとは私と言ったり俺と言ったりすることもわかった。衛青の前では、いつも俺である。

十六歳で即位した帝が、どうやって二十四歳までやってきたかは、ほぼわかった。竇太皇太后、つまり帝の祖母が、宮中では大きな力を持っていて、それに正面から逆らうのは、なかなか難しいことだったらしい。

帝でもそういうものなのか、と衛青は思った。

大長公主は皇后の母であり、太皇太后の娘である。帝が即位してから数年は、三代にわたる女たちの干渉をどう避けるか、苦慮する日々だったという。

帝が二十二歳になった時、太皇太后が崩御した。その時から帝は、自分の意思を押し通そうとするようになった。

衛青を助命し、逆に取り立てたのも、自分の意思を押し通したことのひとつのようだ。太皇太后が存命であったら、衛青はあっさり殺されていたかもしれない。

それでもまだ、思うに任せないことは少なくないらしい。

丞相《じょうしょう》は、帝の舅父《おじ》の田蚡《でんふん》で、必ずしも意見が合うというわけではないらしい。それでも帝が、衛青に愚痴をこぼすことなどなかった。

喋るのはいつも、明日のこと、明日が積み重なった未来のことだった。

「俺はな、張騫《ちょうけん》という男を、西の月氏《げっし》の国に旅立たせた。いつ戻ってくるとも知れぬが。月氏と同盟を結び、匈奴を挟攻するのだ。匈奴を討つことは、俺が即位した時からの、いやその前からの、俺の悲願と言っていい」

帝は、前の帝である景帝の、十四人いる皇子のひとりだった。はじめは膠東王《こうとうおう》として封じられ、そこで生涯を終えるはずだった。皇太子は、ほかにいたのだ。

その皇太子がなぜいまの帝に変ったのか、詳しいことを衛青は知らなかった。ずいぶんと複雑なことがあったようだが、帝は、現にいま帝なのだ。

「西には、いろいろな国があるらしいぞ、衛青。俺は、戻ってきた張騫から、その話を聞くのが愉《たの》しみだ」

張騫という男を西へむかわせたのは、ただ匈奴との戦を考えてだけではないらしい。心の底には、好奇心の泉がある。

「私は、軍人です、陛下」

「それはわかっている。わずか五百だが、おまえの作りあげた軍は、称賛に値する。しかしな、世は戦だけではないのだ」

「それでも、私は軍人です。戦をなすために生きております」

「匈奴とは、いやでも戦が続く。高祖から恵帝、文帝、景帝と、わが四代にわたる父祖は、闘い、耐えることをくり返してきた。その恨みは、どれほど深いものかとも思う」

「いまも、国境を侵す匈奴は数知れず、民が安らかなることはありません」

「おまえは、まだ戦に出さん。優れた軍略を持っていることは、調練を見ればわかる。しかし、わずか五百だ。少なくとも、五千の軍を指揮できるようになれ」

「お預かりした兵の数だけの、戦を御覧に入れます」

「古い将軍たちがいる」

「私は」

「待て、衛青。俺は、その将軍たちと較《くら》べて、経験を除けばおまえが劣るとは考えていないのだ。その経験は、戦に出せばすぐに身につくものだ」

「だから、出してくださいと、お願い申し上げております」

「意味がないのだ」

「はっ？」

「古い将軍たちの戦の経験を、おまえに積ませることなど、なんの意味もない」

「そうでしょうか？」

「俺が考える戦は、四代にわたる父祖の戦とは違うものだ。かって匈奴と闘った、始皇帝の戦とも違う」

そういう話をするのは、大抵は衛青がひとりだけで呼ばれた時だった。時には、遠乗りの途中で、供奉《ぐぶ》する者たちを遠ざけて話すこともあった。

「匈奴から、どうやってこの国を守るか。みんなそれを考えて、戦をなしてきた」

「当然だろうと思います、陛下」

「匈奴からこの国を守る、という考えは、俺にはないのだ、衛青。匈奴を攻め滅ぼす。俺が考えているのは、そういう戦だ」

不思議なことだが、それはいままで考えられたことのない戦だった。北の脅威。北からの攻撃。それをどう防ぐかということだけが、いままで考えられてきた。

そういう意味で、この帝は確かに非凡だった。上からの重圧が少しずつ取れて、その非凡さは芽を出している。いや、十六歳で即位して二年後に、張騫という男を、はるか西へ旅に出した。それも、非凡なことではないのか。

どうせ帰ってくることはあるまい、という投げやりな想定で、あまり犠牲が伴うことのない我《わが》儘《まま》を、太皇太后も太后も外戚《がいせき》の臣も許したのかもしれない。

実際、帝が望んで命じた丞相など、わずかな期間で、太皇太后に罷免されているのだ。ほかにも、言い出しただけで潰《つぶ》されたことは、数多くあるに違いなかった。

しかしそれで、この帝が持って生まれた非凡さが、すべて摘み取られてしまったわけではない。匈奴との戦のありようの考え方ひとつをとっても、非凡さは地中に潜み、時をかけて大きくなってきた、と考えた方がいいだろう。

匈奴との戦のありようは、防衛ではなく、撃滅である。軍人として、その帝の思いだけは、忘れてはならない。

長安の本営では、しばしば将軍たちが匈奴との戦を語り、衛青もその端に加えられることがあった。話題はほとんど、長城以南の領土をどう防衛するか、ということに尽きていた。

帝の頭の中に、長城以南などはない。長城以北があり、匈奴を撃滅するべしという、確固とした思いがある。

戦は、その帝の思いに従ってなすべきだった。それが、軍人の仕事だった。そして古い将軍たちに、帝はもう期待をしていない。若い力に、自分の思いを伝えようとしているのだ。

「衛青、俺がこれだと思っていた軍がいる。二千で、李広が率いている。李広の出陣の時には、必ずその二千が中心になっている」

「はい」

「原野戦で、その二千とおまえの軍が、闘うところを見たい。三日後。李広にも、本気でやる調練だと伝えておこう」

「ひとつだけ、お尋ねしてもよろしいでしょうか、陛下？」

「言ってみろ」

「私は、李広将軍に勝ってもいいのですか？」

帝が、弾《はじ》けるような笑い声をあげた。

「勝ってみろ、衛青。そうすれば、李広もこれまでの戦のやり方を、考え直すかもしれん。だが、二千に五百だぞ」

「戦は、数だけではありません。これまで、わが軍は倍する兵力で、匈奴に勝ってはおりません」

「大言を吐くのう。俺は、観戦する。無様に負けたら、おまえは五十名を指揮する将校に戻す。どんなかたちであろうと、勝てばもう五百、おまえに兵を預けよう」

「匈奴と較べたら、李広将軍はまず大した相手ではありますまい」

「おまえは、鈍いのか肚が据っているのか、俺にはよくわからん。そこまで言うなら、負けたらおまえを、兵卒に落とす。しかも、李広の軍に入れる」

「そういうことには、なりません」

言うと、帝がまた笑った。衛青も、笑い返した。

その日、建章宮の軍営に戻ると、衛青は自分の部屋に閉じ籠《こも》り、誰も近づけなかった。

見ているのは、原野の地形を描いた、一枚の板である。その板の上に、自分の明日があるのだ、と衛青は思った。

だから、不安は払拭《ふっしょく》した。愉しい、という思いを根底に置くようにした。不安から生まれるものは、多くない。

「まったく、無謀な男だ。せめて、善戦してみせるぐらいに言っておけばいいものを」

帝との話を伝えると、呆《あき》れたように公孫敖が言った。副官の陳晏《ちんあん》も、困った表情をしている。

陳晏は、よく調練の見物に来た、予備役の将校だった。半年ほど前、国境の小競り合いで、腿に傷を受けたのだ。いまでも、左脚をわずかだが引き摺《ず》っていて、そのままでは兵站《へいたん》に回されそうだったところを、衛青が連れてきた。結構、書物を読んでいて、眼には落ち着いた光がある。

「とにかく、勝つしかないのでしょう、衛青殿？」

「そういうことだが、帝には勝ったと思っていただき、李広将軍の自尊心をあまり傷つけないかたちにしたい」

「勝つだけでも難しいのに、そんな芸当をしろと言うのか、衛青？」

「大長公主の屋敷を脱出した時のことを、考えてみろ。俺も含めて九人で、八十余名の壁を突破したのだぞ、公孫敖」

「あの時とは違う。相手は李広将軍だ」

「勝てば、もう五百、兵力を増やして貰えるのだよ」

「五百」

「併せると、一千の麾下《きか》になる」

これは、頻繁に実戦に出ている将軍たち並みの麾下、と言っていい。そこに漢軍として徴集されている兵が、一万、一万五千と付いて出動していく。

「勝てば、将軍ですね、衛青殿」

陳晏が言った。将軍の称号など、どうでもいいことだった。帝が考えている戦を、きちんと実行できる軍。それを、早く作りあげたかった。

何度も話すうちに、衛青は帝を好きになった。それは口に出して言えることではないが、衛青の心のありようはずいぶんと変った。

帝の夢のすべてを、自分が実現させてやることはできない。しかしほんの一部だけ、戦に関するところだけは、実現できるかもしれないのだ。

三日は、あっという間に過ぎた。

その間、衛青は公孫敖や陳晏と、一室に籠っていた。眠る間もわずかで、地形を描いた板の上で、戦の展開を想定し続けた。

「出動」

その日の朝、公孫敖が大声をあげた。

騎馬二百を前にして、定められた地点までゆっくりと進んだ。李広の軍は、まだ到着していなかった。

一刻も経《た》たないうちに、李広の軍が四里ほど先に現われた。

それから一刻経って、土煙が近づいてきた。両軍の間を、帝の馬車が進んでいく。六頭立てで、後部に侍従が二名、立って乗っている。両脇は、それぞれ百騎ほどが進んでくるが、前触れは五騎だけで、一里は先行している。帝に土煙を浴びせないためだ。

丘の頂上まで進むと、帝が馬車から降り、床几《しょうぎ》に腰を降ろすのが見えた。帝には、日傘が差しかけられている。

帝のそばに、旗が掲げられた。

衛青は黒、李広は白の旗を掲げた。その旗が大将の首で、いつも大将と密着している。

「進め」

衛青が右手で合図すると、公孫敖が大声を出した。騎馬を先頭に進んだ。落馬すれば、それは死んだものと見なされ、戦場を離れなければならない。歩兵は、調練用の武器を落とすと、そこで離れる。

騎馬隊二百は、衛青と公孫敖が、半分ずつ指揮していた。黒い旗は、いつも衛青の従者をしている兵が持っている。

李広の軍二千は、五百が騎馬である。

途中から、公孫敖が駈けはじめた。その動きを封じるように、敵の二百騎が出てくる。衛青は、残りの三百騎にむかう構えをとった。

公孫敖を封じるために、敵の二百騎は本隊から二里近く離れた。それを見きわめ、衛青は方向を変えると、二百騎の背後にむかって疾駆した。

公孫敖とぶつかっている二百騎の、背後から襲いかかる。土煙が、視界をほとんど遮っていた。三百騎が駈けつけてきた時、衛青と公孫敖は、別々に歩兵にむかって駈けていた。敵の百二、三十は、馬から突き落としている。

まず衛青が、歩兵に突っこんだ。断ち割っていく。両断するまで、勢いは緩めなかった。後方からは、歩兵が突撃の構えで進んできている。

敵を突き抜けると、公孫敖を追っている敵の二百騎の背後に出た。また後ろから襲いかかった。ほとんどを、そこで突き落とした。公孫敖も、反転して突っこんできたからだ。逃げたのは、二十騎にも満たない。

すぐに、公孫敖とは違う方向から、歩兵に突っこんだ。

断ち割る。味方の歩兵は、突撃の構えで進み、ぶつかる前に回りこんでいた。その前で衛青は反転し、また敵の歩兵に突っこんだ。

公孫敖は、敵の陣中に留《とど》まっている。そこを目指した。公孫敖と合流すると、敵の陣中にぽっかりと空いた穴は、どんどんと拡《ひろ》がっていった。

衛青は、はじめて白い旗の所在を捜した。右の一団の中に、李広はいる。白い旗を目指し、公孫敖が突っこんでいた。しかし、届かない。間を置かず、衛青が突っこんだ。歩兵も突撃をかけているので、白い旗の守りに駈けつける余裕のある敵はいない。

白い旗。すぐ手が届きそうなところを、衛青は駈け抜けた。騎馬と歩兵を、ぶつかり合いから離した。

敵の騎馬隊は、百五十騎ほどに減っていた。指揮する者が欠けたので、なんとなくひとつにまとまっているだけだ。こちらも、三十騎ほどは失っていた。

敵の歩兵は、守りの陣を組んでいる。これこそ漢軍だというような、堅い陣だ。白い旗は、その陣の中央で守られている。

丘の上の旗が、伏せられた。

調練は終了ということである。戦場から離れていた兵たちも戻り、両軍は最初の出会いの位置まで離れた。

李広の軍が、先に撤収していく。

「なぜ、旗を奪《と》らなかった？」

公孫敖が、そばへ来て言った。

「いや、奪るべきではなかった、と衛青殿は考えられたのでしょう。これから先の、軍の立場もあることですし」

陳晏が言う。公孫敖は、不満そうだった。

李広の軍が残した土煙が鎮まってから、衛青は建章宮にむかって帰った。

帝に召し出されたのは、二日後だった。

北宮が間近な、庭に面した居室である。侍従は遠ざけられ、二人きりだった。

「面白い、調練であった」

「陛下は、どちらが勝ったと見られたのでしょうか。李広将軍が最後に組まれた陣は、容易に突き崩せそうもない、堅いものと思えましたが」

「その前に、李広は首を奪られている。きのう李広と話したが、奪られたとは思っていない。李広のみならず、わが軍の将軍は、首が飛ぶまで、負けたと認めん」

「それでは、五百の増強はかなえていただけるのですか？」

「なにか、望みがあるなら言ってみろ」

「五百のうちの三百を、騎馬隊というわけにはいかないでしょうか？」

「ふむ」

「匈奴との戦では、軽騎兵が必要だ、と私は思っています」

「よい。三百は、騎馬隊にしろ。それから、李広には、負けだと見たとは伝えていない。おまえを褒《ほ》めていたぞ。最後の陣を組んだところで、すべて立直ったと考えたようだな」

「確かに、堅陣でありました」

いきなり張り飛ばされ、衛青は膝をついて頭を下げた。

「小賢しいのだ、おまえは」

顔をあげた。帝の眼には、明らかに怒りがあった。

「軍でのこれからの立場のことを考えて、李広の首を奪えなかった。李広に、完全な負けだとも認識させなかった。これからの李広のおまえに対する態度は、これまでとはいささか変って、認めるようなところが出るだろう。満足か、古い将軍たちに認められて。軍での居心地はよくなるであろうしな。そしておまえは、古い軍の、古い軍人となっていくのだ。俺は、そんな男の命を救ったのではない」

帝にこれだけ叱責《しっせき》されたのは、はじめてだという気がした。指摘されたことの、どれひとつも間違っていない。言葉が、肚の底に響いた。

「陛下」

「なにも言うな。しばらくは、顔を見せなくともよい。せいぜい、新しく加わる五百の兵を、鍛えあげることだな」

拝礼し、退出した。

本営では、建章宮に新しい営舎や厩を増設することを伝えられた。

新しい兵を鍛えはじめたころ、軍に大きな動きがあった。大軍が編制されているのだ。しかし、衛青が召し出されることはなかった。待つしかない、と衛青は思った。

「対匈奴戦だそうです。当然のことですが。兵站も含めると、三十万に達するそうです。朝廷の中では、相当の意見の対立があったそうですが、親裁によって、出動が決定しております」

長安で噂を集めてきた陳晏が、そう報告してきた。

「総指揮は、韓安国《かんあんこく》将軍。李広、公孫賀《こうそんが》、王恢《おうかい》、李息《りそく》という将軍です」

漢軍の、古い将軍たちだった。古いというのは帝と衛青の考えだけで、いま最強の編制と言ってもいい。

なぜ建章宮の軍に出動の命令が出ないのか、という公孫敖らの意見を押さえ、衛青はひたすら調練に励んだ。

衛青自身の胸に、なぜだという思いがたえず去来する。それを忘れるほどの調練を、自らにも課した。

ふた月ほどして、匈奴と闘うこともなく大軍が帰還中である、という情報が入った。

将軍たちは、はじめに帰還してきた。

「長安のほぼ北、定襄《ていじょう》の南の国境で、埋伏《まいふく》の計があったようです」

「大軍を、埋伏だと」

「どうも、そのあたりの土豪も力を貸そうとしたようです。それで、埋伏が可能である、という判断が出たのでしょう」

陳晏は、本営に顔が利いた。かなり信憑《しんぴょう》性のある噂を、毎日のように出かけては拾ってきた。

「今回、将屯将軍であった王恢殿が、強くこの策を推されたようです。しかし匈奴の単于《ぜんう》（王）は、その埋伏にかかりませんでした。大軍を出動させてしまった責を逃れようと、王恢殿は、太后や丞相を動かしているそうです」

三十万に達する、大軍だった。それを埋伏しようということ自体、馬鹿げたことだと言っていい。帝は、なぜそのような親裁を下したのか。

戦というものを、ほんとうは知らないのかもしれない。はるか西の月氏と結んで匈奴を挟攻するという考えも、壮大に過ぎるという気がしていた。

今回の出動も、壮大な考えが空回りしたということではないのか。

王恢は、責めを問われないだろうと見られていたが、獄に落とされた。死罪であっても、罪を贖《あがな》うことができる。決して安くはないが、命を買うようなものだった。そして、将軍の位を剝奪《はくだつ》される。それぐらいで済むが、帝は平然として獄に落とし、罪状は決めなかった。

ほどなく、王恢は獄死した。

もしかすると、帝は古い将軍たちに、警告を発したのではないか、と衛青は思うようになった。いや将軍たちだけでなく、母の王《おう》太后や、丞相で舅父である田蚡に対しても、これからはすべて自らの意思で事を行う、ということを示したのかもしれない。

軍の雰囲気が変ったことは、衛青にもよくわかった。

「軽騎兵五百は、漢軍では並ぶものがない」

ある日、公孫敖が言った。

早く出動したい、という思いを伝えてきたのだろう。

建章宮の軍は、漢で最も精強である、と衛青も思っていた。本来なら、一千全部を、騎馬隊にしたい。匈奴の編制を見ていると、騎馬隊が主力なのだ。

さまざまな思いを抱いたが、帝に召し出されることはなかった。

3

気になるのは、北のことだった。

数十万という兵卒を擁していても、北は思うにまかせない。即位した時から、劉徹《りゅうてつ》はそれをなんとかしたい、と思い続けてきた。しかしまだ十六歳で、帝の力がどれほどのものかも、よくわかっていなかった。

政事《まつりごと》においては、登用したいと思う人間を選び出したが、太皇太后に罷免されることもしばしばだった。

帝に権力があるのは、当然のことだった。ただ、誰がその権力を行使するのかは、その時々で変っていくのだ、ということも教えられた。言葉で、教えられるのではない。帝の権力が、自分以外のところで行使されるたびに、それを思い知らされるのである。

少しずつ、ほんとうに少しずつ、劉徹は帝の権力を取り戻していった。それはもともと与えられていなかったものだから、取り戻すという言い方は正しくはなかった。しかし、劉徹の気持の中では、取り戻すこと以外のものではなかったのだ。

やりすぎると、太皇太后が怒った。母の王太后も、外戚の臣も黙っていなかった。

宮廷の中には、動かしようもなく太皇太后の権力の系統があり、自分が皇太子になったのも、その権力の系統に乗ったからだというのも、即位する前から漠としてあった自覚だった。

政事については、少しずつ人を登用していくしかなかった。そうやって、いくらか自分の意思通りになる部分もできてきた。そして、時に親裁を下すこともできるようになった。しかしその親裁に、正面から反対されることもしばしばだった。

国全体のまとまりが、いいのか悪いのかも、はじめ劉徹にはわからなかった。各地に王侯がいて、それが集まって成り立っている国とも思えた。

学んだことと、実際に感じる国の姿は違った。なにがどう違うかということは、その場その場で感じることで、大きな違いがこれだと言うことはできない。

劉徹は、自分が考えている国の姿に近いものを教えてくれる、学問を求めた。学問から、国の姿を学ぼうとしたのではない。

何人もの学者に、諮問をした。その中で、儒家の言説が、最も自分の考えに近いと思った。

儒家の登用をはじめると、それも太皇太后の逆鱗《げきりん》に触れた。儒学を国の学問に定めようと思ったが、それは心の中だけで決めたことだった。

五経博士を設置したのは、太皇太后がすっかり老いてからである。翌年に、太皇太后は崩御した。

儒家の登用を試みて太皇太后の怒りを買い、時の丞相、太尉まで罷免されるということが起きた時、劉徹が学んだのは、よほどのことがないかぎり、自分が廃されることはない、ということだった。しかし、そのままでいれば、ただの人形のようなものになる。

密《ひそ》かというわけにはいかないので、劉徹は太皇太后や王太后、外戚にあまり反撥《はんぱつ》を受けないとところで、徐々に自分の意思を通す試みをしてきた。

自分の力が、これまでとまるで違ったものになった、と肌で感じたのは、太皇太后の崩御を機としてだった。

太皇太后が持っていた力を、母の王太后や外戚が手にしようとしたが、一旦《いったん》持主を失った力は、帝のものになるのだった。ただ、そこからまた、さまざまな手が力を掠《かす》め取っていく。自分がもっと若く、力というものをあまり考えていなかったら、王太后が太皇太后のような力を持ったかもしれない。

自分が帝である、という態度を、劉徹は崩さなかった。しかし、強硬なこともしなかった。王太后の弟の田蚡を丞相に置くことで、無用な混乱は避けた。

この田蚡は、劉徹の舅父に当たるわけだが、丞相に就いてからの専横は、肚に据えかねるものだった。ただ、自分のことしか、考えていない。専横も、国のありようを左右するようなものでなく、自らの懐を肥やすという卑小なもので、眼をそむけてさえいれば、堪えることはできた。

太皇太后のもとで、堪えることは充分に身につけてきたのだ。

「陛下、ようやく、戦費が算出できました」

桑弘羊《そうこうよう》が報告に来たので、劉徹は自分の居室に連れて行き、従者たちは退《さ》がらせた。

桑弘羊は、二十一歳である。

即位した時、侍中にして宮廷に入れた。十三歳だった。商人の子だったので、慣例を破ると反対は多かったが、高が子供ひとりという思いが、太皇太后にもあり、遊び相手にいいだろう、という言葉で認められた。

皇太子のころに、劉徹は桑弘羊を知った。十一歳だったが、子供らしい部分と、大人でも考えないだろうという、商いのやり方を劉徹に話したりしたのだ。それが、面白かった。

即位してから、桑弘羊を侍中にという我儘を押し通したのは、まだその面白さを知り切ってはいない、と思ったからだ。同時に、面白さも成長していくだろう、という気もあった。

侍中になってから九年の間に、桑弘羊がどれほどのものを学んだのか、劉徹は知らない。なんでも学べるように、してやっただけである。時々、居室へ連れていっては、二人だけで喋ったりした。

「言ってみろ」

「ここに、木簡一枚を持参しております」

「面倒だな、読むのは」

「陛下、これは百倍以上の木簡に記したものを、わずかこれだけにまとめたのです」

「わかった。見るだけは見てやる」

先日の、馬邑《ばゆう》への出動の戦費が、まず記されていた。三十万の出動だったが、実戦は交わされていない。つまりは、大軍の移動である。

それをもとにして、六十余りの場所への、軍の移動の費用が算出してある。それも、一万、五万、十万の場合と分けられていた。実に緻密《ちみつ》である。

「これは、戦費ではないぞ、桑弘羊」

「戦費の算出など、できるわけがありません。移動だけで、これだけの費用がかかるということを頭に置いて、戦をするべきなのです」

「俺は戦費を算出しろと言い、おまえもさっき戦費という言葉を遣った」

「ですから、算出できる最低の戦費が、これなのです。干戈《かんか》を交えることになれば、その時の戦況に左右されます」

「もういい。俺が知りたいのは、こんなことではなかった」

「そうおっしゃらないでください、陛下。これを知っておくのは、大事なことです。各地の王が、どれだけの富を蓄えれば、長安に兵を送れるか、ということもわかるのですから」

「ふむ」

各地の王は、それぞれ私兵を抱えている。それがどれぐらいの数かも、摑《つか》んでいた。桑弘羊のこの木簡と虎符《こふ》があれば、出動を命じやすい。もし叛乱《はんらん》を起こしたとしても、その規模の想定もできる。

「役に立つものを作った、と言っているのだな。しかし俺は、どこかで叛乱が起きるなどとは、考えてはおらん。この国が、どこかで乱れるともな」

帝として、遠からず視界のすべてが開けてくる、と劉徹は考えていた。

先日の、三十万の大出動で、そのほとんどの献策をなした王恢は、失敗の罰として、獄に落とした。王恢の一族は、罪を贖うために、王太后や丞相の田蚡を動かした。

それで事は終る、と誰もが考えていただろう。しかし劉徹は、王恢を暗く光の入らない獄に落としたまま、なんの沙汰も出さなかった。王太后や田蚡は執拗《しつよう》に動いたが、自分がたてに首を振らないかぎり、どうにもならないのだ。王太后もこわい存在ではなく、田蚡などはうるさい虫にやるように、指さきで弾き飛ばしてやりたい、と思った。

王太后にしろ田蚡にしろ、すでに自分に従わないかぎり、宮廷での足場は失ってしまう、ということが見えていたのだ。

王恢は、絶望のあまり死んだ、という報告を受けた。自死を選ぶ覚悟もなかったのだ、と劉徹は思った。王恢の死については、ただの獄死という報告を受けただけで、群臣の前ではひと言も発しなかった。つまり、無視である。

戦に失敗するということが、どれほど大変なことか、李広あたりは考え直したのかもしれない。しかし、王太后や外戚たちは、劉徹の気紛れとしか考えていなかった。気紛れで、自分たちまで地位を奪われるとは考えておらず、実際劉徹も、そこまでしようとは思わなかった。宮廷内には、外戚の力が入り組んでいて、皇后の系統もあるのだ。皇后は皇太子だったころからの劉徹の夫人で、即位するとともに、皇后になった。

自分を皇太子にしてくれたのは、皇后の母の大長公主である。ゆえに、皇后の驕《おご》りも、かなりなものだった。このところ、北宮でも皇后を訪《おとな》うことは少ない。子に恵まれなかったこともあるが、悋気《りんき》が煩《わずら》わしすぎると感じてしまうのだ。

皇太子にして貰った恩義は、大長公主に対してある。それでも、皇太子妃の母から、皇后の母と、朝廷内の力も飛躍的に大きくしてきたのだ。

「叛乱は、起きないと思います。がしかし、起きないことを前提にしていれば、起きた時の対応が遅れます」

「起きることを前提にしろ、と言っているのか、桑弘羊？」

「それを前提にした準備をいくつか整えておけば、それでいいのだと思います。手間はかかりますが、それは私がやります」

劉徹は、桑弘羊には知らせず、各地の王の動静は探らせていた。自分が朝廷に居続けようと思うなら、それはやっておくべきことだった。

「わかった。ならば、おまえが思いつくことをいくつかやってみろ」

「はい」

「ただ、ひとつだけ言っておくが、十三歳のおまえを、しかも商人の子であるおまえを、慣例を破って侍中としたのは、ほかの廷臣どもにできない、面白いことをやるかもしれない、と思ったからだ。誰もが考えるようなことを、考えるなよ」

「私は、ほかには銭の勘定ぐらいしかできません」

「それでいい。俺のまわりには、自分の懐に入る銭の勘定をするやつばかりだ。国の懐に入る銭の勘定をするやつは、おらん」

「国の懐ですか」

「昨年、孝廉科を設け、俺の望む人材は、かなり集まるようになった。董仲舒《とうちゅうじょ》という儒者も見つけた。国の姿は、やがて決まっていくだろう」

「しかし、国の懐を考える人間は、あまりいないということですか？」

「そんな者がいなくても、この国の懐は潤っている。蓄えも、使いきれないほどある」

「しかし、戦をやれば、どれだけの軍費がかかるかわかりません」

「それよ。俺は親父《おやじ》や祖父《じい》さんと違って、匈奴との戦をやるからな」

「丞相は、それについて、なんと言っておられるのですか？」

「反対するに決まっておろう。この間の出兵が、中途半端に終ったのも、反対する者が多かったからだ」

「でも、これまでも、匈奴との戦はあったのではありませんか？」

「小さな戦がな。匈奴に攻められて、守る一方の戦だ。俺は、そんな戦はしない」

馬邑に、三十万の出兵をした。匈奴の単于をおびき出し、埋伏した兵で討とうという、姑息《こそく》な戦を目論《もくろ》んだのだ。

三十万の兵力なら、堂々と北へ進攻した方がよかった、という思いは、いまになって出てきたことだ。絶対に勝てるという確かなものがなければ、出兵は実現しなかっただろう。そして、確かなものが、戦では決して確かではない、ということも身をもって知った。

王恢の、口車に乗った。あんな男が言ったことが、確かなものに思えたというのは、自分があんな男と同じようなものだったのだ、と思わざるを得ない。だから、そういう自分を殺す意味で、王太后や田蚡の反対を押し切って、王恢を殺した。

「おまえも、戦は反対だと言うか、桑弘羊？」

「いえ、わかりません。しかし、戦場には出たくありません」

「なぜだ？」

「こわいからです」

「こわいだと？」

「人が人を殺すのが、戦ではないのですか。私は、とてもそんな場にはいられません」

「確かに、時には何百、何千という人間が死ぬ」

「商いでは、誰も死にません、陛下」

「おまえは、俺のために死ねないのか？」

「戦で死んでも、陛下のためということにはならないという気がします。私は、敵を殺したりはできない、と思いますから」

「邪魔なだけだな」

「陛下がもし、虎《とら》に襲われたとしたら、私はこの身を投げ出して、虎に食わせることはできるかもしれません」

「虎も、こわいだろうな。おまえ、ほんとうに自分を食らわせられるか？」

「気持としてはそうでも、ほんとうにできるかどうかは、その場になってみなければわかりません」

桑弘羊は、身を縮めていた。

正直は、劉徹が認めている、美徳のひとつだった。声を上げて笑うと、桑弘羊はさらに身を縮めた。

桑弘羊は、侍中として宮中に出仕することを、本気で嫌がっていた。皇太子であったころのように、友として会うことはできないのだと言って、渋々承知させた。

あのころもいまも、桑弘羊が出世を望むような動きを見せたことは、微塵《みじん》もない。それはものたりないことであり、同時に愛すべきことでもあった。

「戦場に出ろとは言わんが、おまえ、馬ぐらいは乗れるようになれ」

「私は、自分の脚で歩きます」

「そういうことを、言っているのではない。時には、原野を駈け回ってみるのも、いいものだ」

桑弘羊は、臆病だから馬に近づけない、とほかの侍中たちに言われていた。本人も、それを否定しようとはしていない。

「いいか、桑弘羊。馬だ。思い切って乗ってみろ」

桑弘羊は、まだ身を縮めている。

4

帝に呼ばれるたびに、李広は憂鬱《ゆううつ》な気分になった。

北の国境での、匈奴の侵攻が頻繁になっている。馬邑で、騙《だま》し討ちを食らわせようとしたのだ。

単于の怒りは当然で、北辺の防備をかためるのは、最初にやらなければならないことだった。

しかし、しばしばその防備が破られている。このままでは、かなり深くこちらの領土に侵攻されかねない。

軍議というかたちで行われる時は、そこに居並んだ者全員が、帝の叱責を受ける。しかしひとりだけ帝の居室に呼ばれたら、心根の底を覗かれる。

隠しているつもりでも、見抜かれてしまうのだ。それは若いころ仕えた景帝にも、ないものだった。見抜かれた上で、どうすればいいか、問いかけられる。

帝の居室まで、通常の拝謁だと、二度取り次ぎが入るが、侍中のひとりが呼びに来た時は、直接、部屋へ行く。居室と言ってもいくつかあるが、李広が通されるのは、床に土が盛ってある、という部屋だった。はじめは、それがなんだかわからなかった。

それが、北の国境の地形を描き出したものだとわかった時は、若い帝はそんなことを面白がるのか、と思っただけである。いまは、それを見ると、気分が重たくなってくる。

「李広、あれから四度の侵攻という、この間の話は、変っておらぬな？」

「五度目の侵攻の報は、届いておりません。私に届くより先に、陛下のもとに届くはずですが」

「それならいい」

侵攻された国境には、赤く塗った竹の棒が立ててある。帝があれからと言ったのは、馬邑における埋伏の失敗から、ということだった。すべてが、杜撰《ずさん》な策だった。それでも、匈奴の単于は、一度はこちらの領内に入ってきたのだ。埋伏と同時に、緻密な偽装を施していれば、もう少しまな結果が出ていたかもしれない。

埋伏、待伏、偽装など、李広の好むところではなかった。軍は、正面から堂々と闘うべきである。しかし、どうしても必要な策だとなれば、細心の注意を払ってなす。

「同じ地点から、二度ずつの侵攻だ。しかも、そこに警戒がないというわけではない。守備軍が、展開している」

「先日も申し上げました通り、騎馬で突破してきます」

「その騎馬を防ぐ柵などは、完備していた」

「その柵を引き倒す方法を、匈奴はいくつも考案しております」

「李広、俺は、この間と同じ話を聞きたいわけではない」

新しい意見を述べなければならない、という自覚はあった。しかし、いまのところ防備に手の打ちようがないのだ。馬を防ぐ柵も、二重にした。土塁も築いた。

「大軍を常駐させ、たえず戦闘準備につかせておく、という方法しか、私には見出《みいだ》せませんでした」

「それが無理なことは、わかっているだろう。国境線は長いのだ。どうせ、薄い配置にならざるを得ない。それを、熱い塊になった匈奴の騎馬隊が、突き破る。張った布に、剣を刺して破るようなものだ」

「御意」

帝が自分になにを求めているのか、李広は読み切れなかった。防備なら、いろいろな知恵を結集すべきだった。

いまのところ、匈奴の侵攻は、五百騎から一千騎で、領内二十里（約八キロメートル）に入ってくる程度である。そこにいる家畜と、それほど多くはない人間が、北へ連れ去られる。

騎馬隊は、兵站が続かず、それほど深くは侵攻できないのだ。

「せいぜい二十里。羊を数百頭とわずかな人数を連れ去る。この国にとっては、全身にある毛の、一本を抜かれるほどのこともない。そう思っている、田蚡と同じになるなよ」

また、心の底を見透された。

匈奴の侵攻は、いまのところ放置しておくしかない、というのが李広の出した結論だったが、それを口に出すことはできなかったのだ。

「俺は、わが領土を、匈奴に一歩も踏ませたくないのだ」

蚤《のみ》が着物の中に入ってくるようなもので、防ぎようがない。せめて、蚤が鼠《ねずみ》ほどの大きさなら、捕えて殺すこともできる。

「陛下、やはり大軍が必要だと、私は思います。それも、国境線に張りつかせるのではなく、いくらか後方に退げ、匈奴の大軍の侵攻を待つのです」

「その大軍と正対し、もう一方で兵站を断つか」

「兵法としては、それが正しいと言わざるを得ません」

「兵法か。なんのための兵法だ？」

「国を守るための、兵法であります」

帝は、一瞬だけ、強い視線を投げかけてきた。このところ、李広はこの視線に、恐怖に近いものを感じる。

「庭に出るぞ」

帝に言われ、李広は数歩後ろから続いた。侍中が二人、先に立っている。

「ほかの者も、最後にはおまえと同じことを言う。領内に、大軍を引きこめとな」

呟《つぶや》くような言い方だった。ほかの将軍も、こうやって呼ばれ、いろいろと話をしているのだろう、と李広は思った。

領内に大軍を引きこむという方法にも、弱いところはある。国境線から、少しずつ領土を侵されると、防ぎようがないのだ。

「建章宮の、衛青を呼べ。すぐにだ」

帝が、侍中のひとりに言った。侍中は、全力で駈け出していった。すぐにという帝の言葉には、侍中たちにとっては強い意味があるらしい。

帝は、秦《しん》の始皇帝のころからの、匈奴との戦を語りはじめた。高祖の代になっても、恵帝、文帝、景帝の代にも、匈奴との戦がなかったわけではない。

文帝のころから、李広は匈奴戦や呉楚《ごそ》の乱で、功名をあげた。景帝の時代には、知らぬ者がいない軍人だった。

しかし帝は、李広の功名をあげて、誉《ほ》めているわけではなかった。むしろ、これまで闘われた匈奴との戦が、いかに駄目であったかを、語っているように思える。李広は、黙って聞いていた。

自分はそこで、どういう手柄をあげましたと言ったところで、一顧だにされない、という気がしたのだ。

帝は漢軍の弱兵ぶりを嘆きはじめた。

それについても、李広はなにも言うことができなかった。対匈奴戦を見るかぎり、李広の功名などはあったとしても、全体としては負け続けなのだ。

領土に侵攻してきた匈奴が、長く留まらなかったのは、兵站を解決できないから、という理由に過ぎなかった。

遊牧と狩猟の民である。漢軍にあるほどの、兵站の力が匈奴にはなかった。

一刻ほどして、衛青が到着した、と侍中が知らせてきた。早馬で呼びに行き、衛青も疾駆して来たようだ。

衛青は帝に拝礼し、李広の方にむき直って直立した。

「馬邑の役から、匈奴の侵犯が頻《しき》りである。領土を侵されるということは、わが心を侵されることだ、と俺は考えている。その話を、李広にしていたところだ」

「打ち払えばよろしいのではないでしょうか、陛下」

衛青がそう言ったので、李広の全身は竦《すく》んだ。大言を吐くところが、この校尉にはある。しかし、帝の前である。

「打ち払うだと？」

「はい。打ち払って、二度と越境しないと思わせれば、侵攻はやみます」

「おまえは、俺が苦慮し続けていることを、嗤《わら》っているのか、衛青？」

「なぜ、私が陛下を嗤うのですか。恐れ多いことだと思います」

「また、とぼけたことを言うやつだな。俺は呆《あき》れるぞ」

「陛下、私を呆れられても、匈奴を打ち払うことはできません」

「そういうもの言いが、呆れるのだ。まあ、前からおまえはそんな具合だったが」

「字は、いくらか読めるようになりました。暇をみて、副官が教えてくれます」

もともと、奴僕にすぎなかった男だ、と李広は思った。帝の気持を逆撫《さかな》でするような言い方も、宮中での言葉遣いを知らないからなのかもしれない。

衛青を弁護すべきかどうか、李広はしばし考えた。弁護するのなら、なぜわざわざ建章宮の衛青をここへ呼び出したのか、ということから考えなければならない。

「衛青、おまえは一千の兵を指揮していたな？」

「はい、五百は騎馬隊です」

「匈奴とどう闘えばいいか、という考えも持っていたな」

「はい。それゆえ、騎馬隊の数を増やしていただきました」

「ならばおまえは、自らの軍を率いて、侵攻してくる匈奴を、打ち払ってみせよ」

「はい」

「衛青、言葉に気をつけよ。ここがどこか、わかっているのか？」

思わず、李広は声を出していた。

「黙れ、李広。俺は、衛青と話をしているのだ」

「李広将軍。私は、自分がなにを喋っているか、よくわかっているつもりです」

「打ち払え、衛青」

「はい、打ち払います」

「すぐに、出発せよ」

「匈奴の侵攻は、千五百から二千騎と聞いておりますが」

「兵が足りぬ、と申すか？」

「いえ。二千騎を超えてくると、足りないと申し上げるしかありませんが」

「二千騎までは、打ち払え」

「兵站は、受けられるのでしょうか？」

「当たり前だ。わが国土なら、どこでも」

「ならば、今日にも出発いたします」

「負けても、逃げずに戻ってこい。もとより、死を覚悟してだ」

「常に、その覚悟はしております」

「まったく、癇《かん》に障る男だ、おまえは。鈍いのか真面目《まじめ》なのかわからんそのもの言いが、それに輪をかける」

「困りました」

「なにがだ？」

「私は、陛下に対する敬いを忘れず、そして普通に喋っているつもりです」

帝が、苦笑した。

ほんとうには怒っていない、と李広は思った。そして、この奴僕あがりの男を心配している自分に気づいて、少なからず驚いた。

「行け、衛青」

「陛下、ありがとうございます」

「なんの礼だ」

「お預りした一千の兵を、生かす機会を頂戴《ちょうだい》いたしました」

「匈奴を打ち払ってから言え、衛青。李広も、もう帰ってよし」

拝礼した顔をあげた時、帝はもう背をむけていた。

衛青と並んで、宮殿を出た。

「ものには、言い方というものがあるぞ、衛青」

「はい」

「打ち払うと言い切って、打ち払えなかったらどうする。せめて、戦にお加えください、という言い方はできぬのか？」

「李広将軍」

衛青が、足を止めて言った。

「陛下は、私を至急というかたちで召し出されました。私ごときをです。ならば、私も特別にお心に添うお答えをしなければならない、と思いました。急なお召しを受けた時から、私の命運は決したのだと思います。それが、どちらに転ぶにしろです」

「よいのか、それで？」

「もともと、生涯を奴僕で終るかもしれなかった身です。それが、一千もの兵を率いて、戦に出られるのです。これほどの幸せは、ありません、将軍」

衛青が、にこりと笑った。

李広は、それ以上なにも言わず、軍営にむかった。衛青は、直立して見送っていたようだ。

建章宮の軍がすでに出動した、と夕刻、李広のもとに報告が入った。歩兵五百が先行し、騎馬五百が追ったという。

侵攻がくり返されているのは、五原郡と西河郡である。およそ、千三、四百里の行程になるのか。どんなに急いでも、歩兵で十日はかかるだろう。

軍営の居室で、李広はしばらく考えこんでいた。

後ろめたさに似たような思いが、どこかにある。それがどこから来るのか、考えてもわからなかった。

国境守備の軍には、臨戦態勢の命令が出ている。長安から軍を派遣するには、侵攻の規模が小さい。だから、衛青の軍が行くのは、その兵力からいっても、適当かもしれない。

しかし衛青は、兵站以外は単独で闘うと言い、帝もその闘いを見せろと言った。

両方とも、思い切りがいい、ということなのか。

李広は、武門の家の子だった。文帝のころ、関中蕭関《しょうかん》に出陣して功名を立て、それから何度、匈奴を相手に闘ったか、数えきれないほどだ。

だから、匈奴の強さは、いやというほど知っていた。李広自身は騎射をやり、それは漢軍の中では称賛される技だが、匈奴では誰もがそれをやる。それほどに、匈奴は勇猛だった。子供のころから、戦に出る者も少なくない。

匈奴とぶつかる時、李広はまず二倍の兵力を求めた。その上で堅陣を敷く、というのが最も賢明な戦法だと、確信していた。動きの速い匈奴に対し、大軍で動けば、乱れが先に出るのはこちらなのだ。堅陣で、じりじりと押す。それが、犠牲も少ない。

衛青の出陣は、まるで匈奴のやり方だった。騎馬隊で闘おうというのも、やはりそうだ。漢軍の中に、そういう戦ができる軍人がいるということが、李広には信じられない思いだった。

ただ、歩兵も含めて、わずか一千である。どこまで闘えるかは、戦が終ってみなければわからない。衛青は、いたずらに大言を吐く、愚か者かもしれないのだ。

思い出すのは、衛青とぶつかった調練のことだ。帝の観閲のもとで、李広は鍛えあげた二千を率いた。奴僕の五百ぐらい、という思いが、どこかにあった。いい動きをするということは知っていたが、自分の麾下がふり回されるとは、まったく思っていなかった。

騎馬隊の動きが、見事だった。歩兵がそれを補う動きをするところなど、これまでの漢軍の戦法とはまるで違っていた。

一度、衛青が接近し、詰め寄ってきた。背中に流れた、冷たい汗を、いまでも思い出す。四倍の兵力で負けたとあっては、その恥は筆舌に尽し難い。

幸い、周囲の二百ほどの守りは堅く、衛青は、李広の頬《ほお》を撫でるようなかたちで、駈け抜けていった。

それから李広は後退し、守りの陣を組んだ。

結局、勝負はつかなかった。

しかし、あの時、ほんとうは首を奪《と》られていなかったか。いま思い返すと、衛青があえて李広の首を奪ろうとしなかった、とも感じられてくる。

そんなことが、あるものか。

不意に湧《わ》いてきた思いを、李広は打ち消した。打ち消しても、再びその思いが湧いてくる。気おくれに似たものは、そこから出てくるのだと、ようやくわかってきた。

これから、衛青は厳しい戦をする。そこで見えてくるものはあるだろう、と李広は思った。

かつて奴僕であろうとなんであろうと、関係はない。戦に出たばかりの新兵に、百戦錬磨の武将が槍で突き殺されるのも、また戦なのだ。

5

騎馬隊は、六日で西河郡大成の城外に到着した。陳晏が率いている歩兵は、一日遅れる。

自分の軍の行軍としては、普通の速さだと衛青は思っていた。漢軍は、移動に時をかけすぎる。

兵も馬も、休ませはしなかった。

大成の城外に野営地を作ると、百騎単位で国境沿いを走らせた。国境は南北になっていて、大成は国境の城郭《まち》である。そういうことになってはいるが、国境の西も本来なら漢の領土である。涼州の一部を、北から抉《えぐ》り取るように匈奴に奪われていた。

そのため、せっかく力を持っている西域が生かせない。そのさらに西側にある国々との交易も、思うに任せない。

匈奴との国境がどれほどひどい状態かは、来てみてはじめてわかった。

国境の守備の任を負った大成の軍は、衛青の五百騎が現われると、城郭に入り門を閉ざした。匈奴の騎馬隊と間違え、籠城《ろうじょう》の構えをとったのだ。

守備隊を指揮する校尉も、衛青の軍への兵站は承知したものの、戦については長安からの指示がないという理由で、断ってきた。

もともと牽制にでも使えればと思っていただけで、当てにはしていなかった。

「みんな、腰が引けているな、漢軍は。これでは、匈奴はやりたい放題だろう」

公孫敖が言った。

騎馬隊は、公孫敖が三百、衛青が二百率いる。南北に駈けさせた騎馬隊から、報告が入りはじめた。

北は眩雷塞《げんらいさい》、南は高望まで、どこから匈奴が侵攻してきても、おかしくない状態だという。それは確認しただけで、長安を出る時から予測はついていた。

衛青は、十騎だけを率いて、眩雷塞から高望まで、自ら国境沿いを駈けた。ここは、長城のない地域である。南は高望まで土漠《ゴビ》の拡がりで、畠はまったくなく、国境守備のために制虎塞がぽつりとあるだけだ。

制虎塞の兵も、塞の中から衛青の軍の動きを見守るだけだった。

「二十里、こちらへ入ってくれれば、なんとかできるな」

陳晏が到着すると、公孫敖も加えて三人で軍議を開いた。

「匈奴は、城郭に籠《こも》る軍ではなく、原野でぶつかり合える相手を求めている、と俺は思う。侵攻してきた匈奴の軍は、挑発するように、城郭の周りを駈け回っているというしな」

「しかし、多ければ二千騎はいるのだぞ、衛青」

「わかっている。最初のぶつかり合いは、勝てる。なぜなら、漢軍がわれらのように動くと、匈奴軍は考えてもいないからだ。なにをやっても、意表を衝くことになるではないか、公孫敖」

「歩兵は、あくまで囮《おとり》ですか？」

「違う。できるかぎりの騎馬を引きつけ、俺と公孫敖が追う騎馬隊を減らしてくれ」

打ち払うだけでは、なんの意味もない、と衛青は考えていた。打ち砕き、一名でも多くの敵を殺し、馬を鹵獲《ろかく》する。それで、勝利の報を、はじめて長安に送れるのだ。

帝が考えている以上の戦果をあげること。それが、自分にとって意味のある戦だ。もっと大きな、重要な戦に、自分は加わらなければならない、と衛青は思っていた。

一千の兵力であげられる戦果は、かぎられている。それでも、帝が驚く戦果はあげられるのだ。

「匈奴の軍は、国境の近くにいると思う。いずれ、単于に戦捷《せんしょう》の報告を送りたい、功名に逸《はや》った軍だろうが」

「挑発はしないぞ、公孫敖。油断だと思わせる。だから歩兵の展開は、戦闘のものではない。それでも、戦闘の構えは取っている。できるか、陳晏？」

「そういう構えは、調練の通りに。実際にぶつかり合ったら、機に応じて兵を動かします。できることなら、二、三百騎は帰さない。そういう戦を、してみせます」

乱戦になった時は、衛青が思う通りに動かせるのは、騎馬隊だけである。歩兵がどう動くかは、陳晏に任せるしかない。

「充分に、調練は積んだ。反吐《へど》が出るほどの、調練の日々だったではないか」

公孫敖が言った。

二千騎が相手だと、不安がないわけではない。それを心の隅に押しやる方法を、衛青は少年のころから身につけていた。

ひとりで、羊群を狼《おおかみ》から守らなければならなかった。狼が現われたら、羊群をどこへ追いこんでおくか。そして、狼とどう対するか。やるべきことをすべてやっても、不安は襲ってくるのだ。最後は、なるようになる、と思うしかなかった。父の実家の異母兄たちは、一頭でも羊を失うと、面白がっていつまでも棒で打ち続けただろう。

何度となく、狼は襲ってきた。それも、群を組み、狡猾《こうかつ》に動くのだ。その狡猾さのもうひとつ上を、衛青は常に考えていた。

父の実家にいた数年間、衛青は一頭の羊も失わなかった。

「よし、歩兵は野営を装った展開。騎馬隊は、新しく配属されて、このあたりの地形を調べている、そこそこの精鋭。匈奴には、絶好の獲物に見えるだろう」

歩兵も、休ませない。行軍で疲れ果ててしまうような、半端な鍛え方はしてこなかった。その苦しみに、兵は耐えてきたのだ。

展開して二日目、斥候《せっこう》から報告が入った。

匈奴の軍が三百。それが国境に近づくにしたがって、五百に増え、八百となり、千を超えた。

「やはり、二千騎近くだぞ、衛青」

「手ごろな相手だ。俺たちを獲物と思って侵攻してくるなら、先手はこちらが取っている、ということではないか」

「まあ、そうだがな。おまえの度胸の据え方が、俺にはどうもよくわからん。ひとつ間違えると、全滅しかねないのだぞ」

「その時は、その時だ。俺は、犠牲を、百以内で済ませようと考えている。これはそう望んでいるというのではなく、そういう用兵をしようと思っているのだ。それができる根拠は、こちらが先手を取っていて、しかも地の利がある、ということだ」

公孫敖が、声をあげて笑った。

「おまえの話を聞いていると、絶対に負けない、という気がしてくる」

斥候が、さらに報告してきた。もっか、千三百騎。

「公孫敖、国境線に行け。ぶつかれないと判断し、反転して歩兵のもとへ逃げる。歩兵が百ずつ密集隊形で槍を突き出して、敵の馬群を止める。そこまでは、決めておこう」

「了解」

公孫敖が馬に跳び乗ると、指揮下の三百がそれに続いた。

匈奴の軍は、やはり国境近くでは二千近くに増えていた。

衛青は、二百騎を率いて待った。

二刻ほどして、土煙が近づいてきた。三百を、二千が追いこんでいた。丘の頂《いただき》に腹這《はらば》いになり、衛青は匈奴の軍の動きに眼をやった。二千が、ひとつにまとまって、三百を追っているように見える。しかし、よく見ると、いくつかの集団に分かれていた。攻撃という、全体としての戦術の統一はあるものの、集団ごとの指揮者はいる。そこにはつけ入ることができる、と衛青は思った。

匈奴軍は、三百騎を追いあげ、しかし五百の歩兵の槍を見て軍を止めた。

中央の五百騎ほどだけが、突っこんでくる。その動きが、不意に停《と》まった。歩兵の前には、細く長く、穴が掘られ、偽装を施してある。先頭の馬がそこに落ち、後続が続けざまに折り重なった。

歩兵は、すでに前に出て、馬から落ちた匈奴兵を突き倒しはじめている。

五百ほどが、ようやく歩兵の側面に回った。

陳晏の動きは素速く、半数が穴に飛びこみ、残りの半数が、その脇で槍を並べる構えをとった。

匈奴軍は、闘っている相手が、これまでの漢軍とは違うと、気づきはじめたようだ。しかしその時、側面に回っていた五百騎に公孫敖が襲いかかっていた。騎馬と槍の攻撃を両面から受け、五百騎が浮足立った。

まだまとまったままの千騎が、反対側に迂回《うかい》して、歩兵の背後を衝こうとしてきた。

衛青は、乗馬の合図を出した。

丘の頂。二百騎が並んだ時、衛青はもう駈け出していた。

逆落しである。しかも予測していなかったことだろう。駈けながら、一千の指揮が乱れるのを、衛青は見てとった。

一千の中央を、断ち割った。

公孫敖の三百騎も、こちらにむかってきている。これからは、騎馬の勝負だった。先頭で、衛青は駈けた。両側に、いつもついている十騎がいる。両断した一千を、さらに四つに断ち割った。それで、指揮の乱れはひどくなった。公孫敖の三百騎が突っこんできた時、二、三百騎はすでに潰走をはじめていた。

公孫敖の圧力を受け、一千が潰走をはじめる。公孫敖に追撃させ、衛青は百、二百とまとまった敵を突き崩した。歩兵と対峙《たいじ》していた五百騎も、ばらばらと、数十騎ずつ潰走しはじめていた。

とにかく、まとまりを作らせないようにして、追った。

歩兵も、踏ん張った敵に、槍の密集隊形で襲いかかっているはずだ。

公孫敖は、しっかりと敵を国境の方へ追っている。衛青は疾駆し、大きく横に回りこみ、匈奴の兵とともに国境線を越えた。国境から二里ほどのところで、匈奴の五百騎ほどが、ひとつにまとまろうとした。自領に入って、安心したという様子が、はっきりと見えた。衛青の隊が入ってきていることに、まだ匈奴の指揮官は気づいていないようだ。

突っこんだ。指揮官らしい男の首を、一撃で飛ばした。

また、匈奴軍が潰走をはじめる。

追い打ちに討った。公孫敖の隊も、二十騎ずつにまとまり、大きく散開している。

衛青は、馬上で笑い声をあげながら、匈奴の首を飛ばしていった。

やがて、前方に敵の姿がなくなった。疾駆を続け、敵のすべてを抜き去ったらしい。

この荒野が、俺の生きる場所だ。衛青は、そう思った。いつまでもここを駈け続けたいという衝動に、一瞬だけ襲われた。

「反転」

合図を出した。ついてきている兵は、五十騎ほどだ。それから三刻、敵を追い回した。

撤収の合図を出す。

五百騎が横に拡がり、国境線へ戻った。二百人ほどの匈奴が、走って逃げる。国境を越えて待ち受けていた陳晏の歩兵が、そのほとんどを捕えた。

「捕えた匈奴兵、鹵獲した馬、武器をまとめよ」

野営していた場所まで、戻った。

「捕えた者、百六十名。馬、三百四十頭。武器、多数」

陳晏が、報告に来た。

「よし、次の戦の態勢を作るぞ」

さらに北、五原のあたりを、衛青は狙っていた。真北からの侵攻を一度叩《たた》いておくと、匈奴の動きをかなり制約することになるはずだ。

犠牲の報告がきた。

兵百二十。馬八十六頭。それが犠牲で、衛青が考えたものより、いくらか多かった。

まず、兵の武器を整えさせた。長安から駈け続けで、休むことなく戦闘に入った。騎馬隊を止めた穴など、歩兵がひと晩で掘り、偽装を施したのである。

休ませるのは、ここだった。

衛青は、大成の指揮官と交渉して、羊を十頭手に入れた。自ら原野に出て鹿を追い、三頭を仕留めた。

まず、死んだ鹿から食った。

泉のある場所へ野営地を移し、羊も一日二頭ずつ殺した。羊は、内臓まで、ほとんど食う。

「長安から軍監が到着し、大成の指揮官などから聞き取りをしているようです。それにしても、十四、五日かかっていますね」

陳晏が、笑いながら言った。

兵を充分に休ませ、傷の手当などもすると、衛青は北へ移動するつもりだった。

そこに留《とど》まれ、という軍監からの通達が来た。

軍監は役人が三名で、二日後に衛青の前に姿を現わした。

「長安へ、帰還していただきたいのです、衛青将軍」

衛青は、将軍として認められているわけではなかった。校尉のまま、一千を麾下に置いていたのだ。

「ここまで来て、帰還とはどういうことですか？」

「一戦で帰還させよ、と陛下から命令をいただいております」

「なんと。陛下は、この衛青が負けるとでも思われたか」

「衛青将軍、この勝利は、早馬で長安に知らせます。将軍は、凱旋《がいせん》されればよろしいのです」

「あの程度で、凱旋？」

「なにか、胸のすくような勝利でございました。とにかく、一戦で帰還せよとの、御下命を受けておりますので」

それで北へ進むのは、勅命に反するということになる。

衛青の気持の中には、消しきれない不満があった。闘いきっていない、という思いもあった。それでも、残った羊のすべてを殺し、酒も一杯ずつ兵に飲ませ、帰還の命令を出した。

「こんな無駄をしているから、いつも匈奴にしてやられるのだ。俺にはよくわかったぞ、衛青」

「陛下の御命令だ、公孫敖。とにかく、帰還しよう」

「しかし、軍監まで寄越すとは、陛下はわれらを疑っておられるのか。しかも、その軍監が、戦に間に合わん」

「こちらが、速すぎたのだよ、公孫敖。衛青殿は、やはりこれまで漢軍にはなかった兵を、育てあげられた」

陳晏が、笑いながら言った。

帰りは、匈奴の俘虜《ふりょ》や馬を伴っているので、戦場への行軍のようなわけにはいかなかった。

すでに、早馬が通ったことで、各地の城郭は戦捷を知っていて、指揮官たちの歓迎を受けた。

ただ、留まりはしなかった。一日進めるところまで進むと、野営し、夜明けには出発した。

それでも、長安まで十七日かかった。

部下は建章宮に戻し、衛青は、公孫敖、陳晏を伴い、軍営に報告に出向いた。

「見事なものだったな、衛青」

「運がよかったのだと思います、李広将軍」

「運だけではないな。私は知らせを聞いて、さまざまなことを考えた」

それがなんだか、李広は言わなかった。

「行こうか、衛青。正式の拝謁になる。いまのおまえに、まだ直答は許されておらぬ。それを心せよ。陛下が許されたら、別だが」

まだ、具足も解いていなかった。顔や髪は、埃《ほこり》で汚れきっている。

宮殿に入ると、その姿がいかにも異様だった。剣は、途中で預けた。公孫敖、陳晏も一緒である。その姿を見ると、まるで捕われた者のようだ。

謁見の間には、二十名ほどの文官と、六名の将軍がいた。

衛兵が十名、玉座の後方に立った。

帝が出座してきたのは、かなり時が経ってからだった。顔が見えないほど飾りが付いた冠に、束《つか》の間、衛青は眼を奪われ、李広に促されて拝礼した。

「校尉、衛青。建章宮の監でもあるのだな。この度の戦捷、朕は嬉《うれ》しく思う。いま、軍監の報告も読んだ。まこと、見事な勝利であった」

李広に促され、衛青はまた拝礼した。

「恩賞は、追って沙汰する。おまえはいまから、漢の将軍である、ということだけを伝えておこう」

拝礼している間に、帝はいなくなった。

将軍たちも文官も、衛青に眼をむけてきた。

「退出しよう、衛青将軍」

謁見の間に響くような声で、李広が言った。

第二章　遠き地平

1

長安を出て、六年が過ぎていた。

匈奴《きょうど》の冬にも、張騫《ちょうけん》はすっかり馴《な》れた。

冬場、匈奴は南へ下がる。北の大地は凍って、草など見当たりはしないのだ。南では、枯れた色の草が、わずかに見つかる。羊や馬を、それでなんとか飢えさせずに済むのだ。

羊がいれば、人も飢えない。内臓から血まで、すべて食する。

匈奴に捕えられているというかたちだが、牢《ろう》に入れられているわけではなかった。幕舎が与えられ、数頭の羊を飼うことも許されている。長安から伴った者たちの分も含めれば、百頭を超える羊だった。

長安を出た時は、百余名だった。それがいま、三十余名に減っている。二十数名は、冬に耐えきれずに死んだ。あとは、匈奴の女を得て、身も心も匈奴になってしまった者と、なんとか漢に帰ろうと、二人、三人で脱出した者たちだった。

脱出した者が、漢に帰り着いたかどうかは、わからない。

張騫も、妻を与えられていた。名を胡姆《こも》という。姆は張騫がつけた名で、胡は胡人《こじん》だからである。漢の名を妻に持たせることで、あくまでも漢の臣であることを、匈奴の単于《ぜんう》に伝えた。子は張固《ちょうこ》といい、三歳になった。

捕えられたことについては、仕方がなかったのだ、と張騫は思っている。西の月氏の国への使者の役目を果すには、どうしても匈奴の地を通らざるを得なかったのだ。

まだ、使者であることを忘れてはいなかった。節《せつ》は使者の印であるから、その一部を躰《からだ》から離したことはない。西へむかうという思いは、日増しに強くなっている。

ただ、たやすいことではなかった。

この六年の間、西へ旅したことのある胡人の話を、数えきれないほど聞いてきた。

単于は、張騫がひとつの集落とあまり深い関係を持たないようにするために、ほぼ一年ごとに暮す集落を変えてきた。それは逆に、張騫に出会いの機会を多く与えてくれることになった。

遊牧の民でも、ただ羊を飼っているだけではなかった。毛皮や、砂漠で採れる色のついた石などで、交易もするのだ。

漢との交易も、国境の関市で行われていたが、張騫や部下たちは、当然、遠く離れたところに置かれていた。しかも、西にいることが多かったので、西の事情を調べるのには好都合だった。

西には、広大な砂漠があった。なんの備えもなくそこに入れば、三日で死ぬだろう。糧食を持ち、水のある場所を辿《たど》りながら、留《とど》まることなく進まなければならない。水のある場所で留まれば、間違いなく胡人に捕えられる。そして単于のもとへ、引き立てられるだろう。水のない場所に留まれば、次の水場に到着する前に、渇いて死ぬことになる。

張騫の頭の中には、いくつもの線があった。西へむかう進路である。どこに水があり、どこに岩山があり、どこに渡ることが困難な谷があるのか。根気よく人の話を聞くことで、その線はかなり確かなものとして、張騫の頭に描かれつつあった。

しかし、まだ完全ではない。線が途切れている場所が、いくつもあるのだ。そこを、運任せで踏破できるとは、とても思えなかった。

時をかければ、間違いのない情報が必ず手に入り、途切れた線が繋《つな》がるはずだ。

急ぎはしなかった。六年も待ったのだ。急ぐことに、大きな意味もない。

単于は、漢に帰りたがっているとは思っても、諦《あきら》めずに西へむかう気持を抱いているとは、考えていない。年に一度、単于の前に出て話をし、張騫はそれも確信していた。

三十名の部下は、それぞれ違う集落に置かれているが、まったく連絡がとれないというわけではなかった。

堂邑父《どうゆうほ》がいる。もともと胡人で、堂邑氏の奴僕《ぬぼく》だった者を、この旅の従者にしたのである。以前は甘父《かんぽ》という名だが、主家の姓を名乗るようになった。

堂邑父が、三十余名の部下のところを回るのは、難しいことではなかった。単于も、その程度のことは大眼に見ている。

張騫は、堂邑父に自らの状態を部下に伝えさせ、部下の消息もほぼ把握していた。匈奴の地を脱け、西へむかう、ということは秘して誰にも語っていない。胡姆にすら、言いはしなかった。西の事情を知りたがる張騫を見て、堂邑父ひとりがその意思を感じとっているぐらいだろう。

西の砂漠は、気候も地形も厳しかった。高地に拡《ひろ》がる砂漠で、冬の旅などは到底できない。夏には異常な強風が吹きすさび、拳《こぶし》より大きな石が飛んでくるし、砂が舞って移動できない日が多い。

春と秋なら、旅は可能だった。できれば、雪解けの水が砂漠に流れこんでくる春の方が、川が干上がる秋よりもいいだろう。

「張騫様、李江《りこう》殿が会いたいと申しておられますが」

三日ほど出かけていた堂邑父が、戻ってきて言った。李江は、軍で言えば張騫の副官である。やはり妻を与えられ、子も二人いた。この三年ほど、会ってはいない。

「俺は、十日ほど経《た》ったら、単于庭へ行かなければならん。李江を伴うことは難しくないと思う」

「それなら、すぐに知らせに行ってきます。急ぐと言っておられましたが、十日後ならば文句はありますまい」

李江は、匈奴での暮らしに耐えきれなくなってきたのかもしれない。たえず変ったことを求め、それで張騫の旅に志願してきた。単独で脱出しよう、と考える男ではなかった。

いずれ西へむかうと、李江のほか二名ほどには、そろそろ伝えた方がいい時かもしれない。目的があれば、耐えられるだろう。

「朱咸《しゅかん》と王広義《おうこうぎ》も伴おうか。単于も、俺の顔ばかり見ていても、つまらぬであろうし」

単于は軍臣《ぐんしん》という名で、磊落《らいらく》な巨漢だった。緻密《ちみつ》なところもあり、張騫の一行には、たえず気を配ってもいる。数十名が、匈奴で暮すことにし、張騫から離れたのは、軍臣単于の細かい気遣いに心を動かされたからだろう、とも思えた。

「おまえにも、妻を与えてくれるように、頼んでみようか」

「妻なら、自分で手に入れます。単于に与えられた妻は、俺には扱えません。集落の娘で、これというのを見つけたら、自分でうまくやりますから」

「集落の男たちと、面倒は起こすなよ」

張騫や李江が与えられた妻は、匈奴ではそれなりの家の出らしい。遊牧の幕舎で暮しても、決して下品にはならなかった。

「とにかく、李江と朱咸と王広義には、十日後に単于庭にむかう、と知らせてこい」

単于庭へも、かなりの旅になる。十五騎ほどの兵がつくが、張騫の一行の馬乗は許されていない。

十日の間も、張騫は集落の子供を集めて、漢語の読み書きを教えた。希望する者には、夜に書物も読んでやる。書物は、単于庭に集められているものを、毎年少しずつ貰《もら》ってくる。

代りに張騫は、遊牧の仕事を習った。羊を狙《ねら》う獣は、馬で追わなければならない。弓矢の技も持っていなければならない。岩山に迷いこんだ羊は、自分の脚で捜さなければならない。

そうやって原野を駈け回っていると、躰が弱ることはなかった。

十日後、単于庭へむかう街道で、李江、朱咸、王広義と落ち合った。それに堂邑父を含めた五名が、張騫の一行だった。

歩くことは、まったく苦にならなかった。ほかの四人も同じだ。夜になると夜営をするが、毎年のことで、軍から来ている十五名は、二名の見張りを残して眠ってしまう。

「俺は、陛下の使者として、節を持たされている。それはいまだ、肌身離さずに持っている。これだけを言えば、俺がなにを考えているかはわかるだろう」

眠る前に、四人に言った。

四人とも、深刻な表情で頷《うなず》いた。

「みんな聞いているとは思うが、西への旅は厳しい。とんでもない砂漠を抜けなければ、大月氏《だいげっし》国へは行き着けん。俺は、この六年、ずっと西への道を探ってきた。さまざまな者の体験を聞き、頭の中で道を組み立て、それはいま二本ある。しかし、二本ともすべてが繋がっているわけではない」

「なにがなんでも、西へ行くのですね？」

「そうだ、李江。しかも、絶対確実にだ。試みは一度きり。われらの旅は、長安を出発した時に予想した困難の、そのすべてを超えるものだったし、ここからもっと西へ入るというのは、想像を絶するさらなる困難があるだろう」

「俺は、それさえ聞けばいいんですよ、張騫殿。西へむかう意思を捨てないというのなら、何年でも待てます」

「わかった、李江。朱咸も王広義も、よく聞いてくれ。西の砂漠は、たとえ道筋がわかったとしても、なまじのことでは踏破はできん。躰を、鍛えておけ。飢えと渇きに耐えられる躰を作っておけ」

「やっていますよ、それは。それしかやっていない、とも言えますが」

王広義が、笑いながら言った。

「絶対に大月氏へ行き着ける道筋は、必ず俺が調べあげる。すべてを調べあげ、それを二重、三重に確認してから、出発する。それまでは、すべて俺に任せろ。匈奴の暮しも悪くないと思いはじめている、という顔を、単于の前ではするのだ」

「俺は、単于庭に誰かがいた方がいいような気がするのですが」

朱咸が言った。それは張騫も考えたが、やるならはじめからだったろう。いまさら誰かが単于庭で暮すとなると、単于はその意味を深く探ろうとするかもしれない。

「いまのままだ。それを動かさん。暮す場所は、できるかぎり匈奴の西の地域が望ましいが」

張騫はそう言った。堂邑父は張騫の従者だから、四人で喋《しゃべ》っている時は、ほとんど口を挟まない。

ひとり眠り、ふたり眠り、李江と二人だけが、まだ焚火《たきび》のそばで起きていた。

「俺は、ひとりでも西へ行こうか、と考えていたんですよ。張騫殿の話を聞くと、そんな思いで出かけても、あっという間に砂漠で朽ちていましたね」

「気持は、わかる。しっかり腰を据えていなければならない時もある、ということをわかってくれ。ただ匈奴から脱出する、というのではないのだからな」

「西へ行っている人間が、いないわけではないのですね」

「ほとんど商人だがな。何年かかけて、西から帰ってきている。これは、水のある集落で、ひと月ふた月と暮しながらだ。われらは、途中では止まることを許されん」

「部下たちの躰が鈍《なま》らないように、それとなく俺は気を配ります」

李江が言う。

付き添いの兵が、見回りに来た。それをしおに、張騫も李江も眠りに入った。

単于庭まで、千五百里（約六百キロメートル）ほどの行程である。道を進むので、山越えでもないかぎり、一日に百里以上は進める。軍の行軍なら、百四、五十里は進むだろう。騎馬隊なら、ほぼ二百五十里。これが原野を進むとなると、速さはまるで違ってくる。

毎日、同じように歩いた。

途中に二度山越えがあったが、十七日目には単于庭に到着した。

宮殿というほどではないが、立派な館があり、商店や民家も集まっている。

宿舎があてがわれ、翌日、単于の引見を受けた。

「変らんのう、張騫」

「はい、単于様も」

「三人の部下を同道してきたわけは？」

単于庭へ来るのは、いつも堂邑父と二人だった。堂邑父は、張騫の従者という認識があるのだろう。

「はい。三人は、まだ単于庭をゆっくり見たことがありませんでしたので」

「囚《とら》われの身であるという思いが、いくらか弱くなってきたかな？」

「妻も子もおりますので」

「わが庭《みやこ》で暮させてやりたいところだが、そうもいかん。これから、しばしば漢を攻めるのでな。やり方が、腹に据えかねている」

「なにか、起きたのでしょうか？」

「南進はしない、という条件で、馬邑《ばゆう》の城をくれるということになった。それで受け取りに行ったが、これが罠《わな》であった」

「罠と申しましても」

「三十万という軍の、埋伏《まいふく》であったのよ。気づくのが遅れていれば、わが軍は大きな犠牲を払うことになっただろう。幸い、一兵も損じることはなかったが」

「いつでございますか？」

「去年だ。漢主劉徹《りゅうてつ》は、若いせいか、無謀で愚かであるな」

三十万の出兵ということが、張騫には信じられなかった。太皇太后や、皇太后、それに外戚《がいせき》の臣が、そういうことを許すとは思えない。

しかし、張騫が知っている漢は、七年近く前のものだ。帝も、まだ十八歳だった。

「漢と、大きな戦になるのでございますか？」

「少々のことで、わしは騙《だま》し討ちを許そうとは思わん。馬邑ぐらいは、譲られなくても、わが手で奪ってやる」

「それでは、関市などもなくなったのでしょうか？」

「関市はある。漢の物産は、われらにとっては必要なのだ。それと、戦で痛い眼に遭わせるのとは、別のことだ。わが領内にいる漢人は、しばらくは中央には近づけぬ。劉徹が充分に痛い思いをしたら、おまえたちの暮しも考えてみよう」

「なんと申し上げてよいか、わかりません」

「それは、そうであろう。わしが責めているのは劉徹であって、おまえたちではない」

張騫は、ただ頭を下げた。後ろにいる者たちも、それを真似《まね》ているようだ。

単于は、三人に匈奴での暮しについて尋ねた。三人とも、遊牧の者たちと一緒に動かず、族長のいる集落で暮している。土で壁を作った家があるのだ。

「遊牧が好きなのは、張騫だけか」

「好きということではなく、わが子にはそれをしっかり身につけさせよう、と考えているのです」

それは、本音だった。匈奴を脱出する時は、妻子を伴うなどということはできない。胡姆も張固も、匈奴の民として生きていかなければならないのだ。

単于の機嫌は、悪くなかった。

絹を一反ずつ下賜されたし、三、四日留まって、単于庭を見ていくことも許された。

「戦については、絶対の自信を持っているのでしょうね」

夜、宿舎に戻ると、李江が言った。

単于庭は、長安などとは較《くら》べものにならない。いくらか大きな、漢の城郭という程度だ。ただ、漢のように、城壁が囲んではいない。民家はかなり拡がっているので、広大に見えはするのだ。

「つまらん場所です、単于庭と言っても」

「それは、軍臣単于が、最もよく心得ているだろう。漢の城郭については、これまでもいろいろな人間から訊《き》き出している」

戦で捕えられても、断首されないことが少なくないという。なにか訊き出せると考えたら、生かしておくのだ。漢軍の戦法など、そうやって訊き出している。喋ることを拒んだ人間が、どういう扱いを受けているかは、よくわからない。

張騫の一行は、他国への使節だった。それだけでも、ただの兵より訊き出すことは多いと判断されただろう。

「三十万の軍を埋伏と言っていたな」

「いくらなんでも、誇張でしょう。せいぜい三万の軍ではないのですか？」

張騫には、判断がつかなかった。それは、劉徹という若い帝について、判断できないのと同じだった。

張騫が西へむかうのは、明らかに帝ひとりの意思だった。太皇太后や外戚の臣が、それに賛成したのでないことは、帝からもはっきり言われた。

それでもあえて、張騫を西へむかわせた。匈奴を討つためには、西の国との挟攻が必要である、という信念があったのだ。

これまでの帝にはないものを、劉徹は持っていた。匈奴から領土を守るというのではなく、匈奴を攻めるという発想である。それを考えると、三十万の出兵も、あながち誇張とは言いきれない。

張騫が、軍臣単于に何度か強く訊かれたのは、西への旅の目的である。西の国の交易品を調べ、それなりの価値があれば、国として交誼《こうぎ》を結ぶ、と張騫は答え続けてきた。それは、匈奴を挟攻する相手を捜すために西へ行く、という答えより信用されただろう。

漢には、いや秦のころからでさえ、匈奴を攻めるという発想はなかったのだ。

匈奴を攻めようというのが、若い帝の無謀さなのか、非凡さなのか、張騫にはわからない。遠く、西の国まで眼をむけた帝は、いままでいなかったはずだ。

しかし、七年近く前の話だった。

帝が、いまも若々しい発想を持っているのかどうか、わかりはしなかった。

ただ、西の国、特に大月氏への使節の役目を果すまでは、漢には戻れない。その張騫の思いは、変るところがなかった。成功するかどうかは、相手があることだから、別の問題である。

「今回は、おまえたちを伴ったので、単于の機嫌がよかった。同時に、わが国との戦があるので、われわれを匈奴の西から当分の間は、動かす気がないこともわかった。これは、われわれにとっては、好都合だ。単于庭にいるより、ずっと行動は起こしやすい」

「そうですね」

部下の気持は、疑わない。少なくとも、いままで部下として留まっている者に対しては、疑念は抱かない。それは、張騫が決めたことのひとつだった。

「今日、商賈《しょうこ》（商店）を見て歩いて、西の交易品らしきものを、いくつか見つけた。俺はその店の主人と、喋ってみようと思う」

「それは、張騫殿にお任せします。俺は、問い詰めるような、喋り方をしてしまいそうです」

「特にこれは、と感じる人間や物を見つけたら、とにかく俺に知らせてくれ」

李江は、子供たちへの土産《みやげ》を捜すのだ、と言っていた。張騫もその気はあったが、漢の品物は避けようと思った。

それから三日、単于庭に留まった。

いままで調べてきたことを、裏付ける話しか集まらなかったが、それで充分だと張騫は思った。帰路も同じ兵が付いてきたが、馬を百頭運ぶということで、五人とも乗馬を許された。だから、五日しかかからなかった。

留守の間に、集落は移動していた。集落ごとに、草を食《は》ませる地域は決まっているので、移動先を見つけることは難しくなかった。

幕舎のそばで、張固が遊んでいた。

張騫の姿を見ると、声をあげ、飛びついてきた。胡姆も幕舎を出てくる。

ここに、家族というものは間違いなくあるのだ、と張騫は思った。

2

河水《かすい》が決潰《けっかい》した。

濮陽《ぼくよう》である。南に、水が溢《あふ》れ出した。それは数日で十数郡に拡がり、泗水《しすい》、淮水《わいすい》まで水びたしになるという惨状を呈した。

大穀倉地帯である。水害は、飢饉《ききん》に直結する。劉徹は軍を出動させ、なんとかその水を止めようとした。

漢が、一丸となってそれを止めようとしたのではない。丞相《じょうしょう》の田蚡《でんふん》は、天災なるがゆえに仕方がないことであり、無理に止めてはならない、などという呆《あき》れた意見を奏上してきた。田蚡の領地は、河水の北にあり、南に水が溢れ出せば、北は安全ということから、そんな奏上をしてきたようだ。穀物の値が上がることによって、田蚡の領地で育つ穀物も高価なものになる。

そういう奏上は相手にせず、劉徹は、二万、三万と軍を出動させた。それはついに十万に達したが、それでも完全に水を止めることはできなかった。

治水は国家の根幹である、と劉徹は思っていた。なにがあろうと、河水の水を止めることは諦めなかった。それは、戦と同じである。

雨が降れば、水は増える。それを、どこにどう流していくか。運河が必要だった。一年や二年で、それができあがるわけはなかった。何十年かかろうと、それはやり遂げなければならないことである。

河水の上流から、地形を調べることをはじめさせた。上流から、いくつかの方向に水を分けていく以外に、流れを防ぐ手だては見つからない。

戦の覚悟だが、長い勝負になるものだった。少しずつ、確実にやっていくしかない。

田蚡の奏上など、気にもかけなかった。罷免さえしなければ、母の皇太后も騒ぐ気配は見せない。いま宮廷内で、波風は立てたくなかった。田蚡は高齢であり、せいぜい長安一の館を築くぐらいの、見栄のような夢しか持っていない。それは、やらせておけばいいことだった。

母は、あまり表に口を挟んでくることはない。誰かを取り立ててくれ、と時折言うぐらいで、田蚡の罷免をひたすら恐れている。

劉徹には、もうひとつやり遂げなければならない戦があった。

匈奴との戦である。

それもやはり、一年や二年で終ることではなかった。匈奴から、領土を防衛しようというのではない。長い歳月にわたって、漢に屈辱を与え続けてきた匈奴を、撃ち滅ぼすための戦である。

軍では、やはり李広《りこう》が頼りになる存在だった。ただ、守りに強い将軍だった。そして、負け運のようなものを背負っているのではないか、と劉徹は以前から感じることがあった。人物、見識も申し分ないが、それも劉徹にはもの足りなかった。

いま、匈奴の国境侵犯は頻《しき》りである。同時に、国境における関市の継続を望んできている。これは見方によれば、和平が無理なことではない、とも言える。いささか屈辱的な和平であろうと、当面の北の問題はそれで解決できる、という意見も宮廷内にはあった。

劉徹には、はじめから和平の心積もりはない。馬邑での作戦は大きな失態だったが、大軍の出兵を決意した時、匈奴との総力を挙げての戦の肚《はら》は決めたのだ。

いま、劉徹が注目している男がいた。

衛青《えいせい》である。衛青の軍の一部を率いている公孫敖《こうそんごう》も、いままでの漢の軍人とは違うところがある。

この二人は、いま北にやってある。衛青は一千騎を率い、公孫敖は五百騎を率いている。匈奴軍の小さな侵攻に対して、この千五百騎が当たり、思った以上の戦果をあげていた。軍監の報告によると、侵攻した匈奴軍との直接の衝突では、一度も負けていない。

しかし国境線は長く、堅めていない土手のようなものだった。思わぬところで、決潰する。それに、衛青や公孫敖に即応しろと言うのも、無理な話だった。

頭には、たえず北の国境のことがあった。

しかし、自ら北へ行くことに、それほど大きな意味はない。むしろ、河水の土手の視察の方が、焦眉《しょうび》の急と言っていい。

ずっと上流からの治水の計画は、長安の近辺からはじまるのだ。

数日にわたる河水沿いの視察を、何度もくり返した。工事を指揮する者、地形を調べる者の意見も、詳しく聞いた。

上流から、少しずつ。その結論は変らない。十年以上の事業になる。その見通しも、変ることがなかった。

廷臣の中から、心利きたる者を二人選び、工事その他の統轄をさせた。雨が降って水嵩《みずかさ》が増せば、築いたばかりの土手が崩れ、死者も出たりするが、それについての細かい報告まで、すべて上げさせた。

もうひとつの細かい報告は、国境からの匈奴の侵攻についてである。五つのうちの三つの侵攻に、衛青と公孫敖が対抗するという割合いで、すでに二十近い侵攻を打ち払っている。兵馬の損耗は、あまり出していない。

国境からの軍監の報告を読むのは、国境の地形を床に土で作った居室である。侵攻の場所には、赤い印が立ててあり、それは国境線のすべてに及んでいるが、集中しているところが二カ所あった。

その二カ所に対応するように、李広に二万の軍を預けて配置する、ということを劉徹は考えていた。

守りに強い李広については、匈奴軍もよく心得ていて、そこからの侵攻は控えるはずだった。

李広を呼んだ。

いま、長安に兵は少ない。河水の工事のために、長安からもかなりの兵を出しているからだ。

李広は、具足姿で現われた。長安の兵が少なくなったので、李広の軍は半数ずつ戦時の態勢をとっているという。

「雁門《がんもん》へ行け、李広。太原郡、代《だい》郡の兵も動員できるよう、虎符《こふ》を与えよう。それで三万の軍を編制し、匈奴の侵攻に備えよ」

「長安の守りは、いかがされます、陛下？」

「河水の工事に出ている軍を、呼び戻そう。一年や二年で片付く工事ではないからな」

「北には、衛青がおりますが」

「虎符は、与えておらん。わずか千五百騎にすぎぬではないか」

衛青に、北の軍を動員するための虎符を与えよ、と李広は言っているようだった。

劉徹は、衛青に地方軍の指揮をさせようとは考えていない。いまいる麾下《きか》を大幅に増やし、いままでとは違う闘い方ができる軍を、鍛え上げさせるつもりだった。

「いつ、進発すればよろしいのでしょうか？」

「河水に出た軍が戻ったら、速やかに」

「衛青の軍は、指揮下に置いてよろしいのでしょうか？」

「衛青の軍は、長安に戻す。いま、衛青は千五百騎で、そのうちの五百騎は公孫敖が率いている。これを、衛青二千、公孫敖一千に増やす。すべて騎馬だ」

「三千の騎馬隊でありますか」

守りには、絶対的に歩兵が必要である、と李広は考えている。李広だけでなく、守りの戦は、長い間、軍を支配してきた思想と言ってよかった。その思想を覆すのは、危険でもあった。軍が、弱体化しかねない。

　いまの軍は、劉徹の考えを具現するには、微妙にありようが違っているが、守りに関しては精強と評価できるのである。

「衛青は、北でそれなりの結果を出している。もう少し力が出せるようにしたい」

「衛青は、騎馬隊の指揮は巧みでありますが、歩兵をどれほど動かせるのか、私は摑《つか》みかねております」

「歩兵を主力とする軍を、指揮させるつもりは、いまのところない」

　李広が、頷いた。李広にとって、軍の主力は歩兵であり、騎馬隊は敵を攪乱《かくらん》するためのものでしかないのだ。衛青が軍の中心に立つためには、歩兵の指揮にも熟達する必要がある、と考えているのだろう。

「軍には、若い将軍が必要です。衛青に、しばらく歩兵をお預けになるのも、悪くはないと私は思うのですが」

「いずれそうなるにしても、いまはまだ騎馬隊だ。とにかく長安に戻し、騎兵の調練をさせる。すぐに、役立つ兵を育てあげるだろう」

「軍人として、非凡なものを持っております。騎馬で駈け回らせるだけでなく、歩兵の陣で押す、重厚な戦をさせてみたい、とも思うのですが」

　李広の執拗《しつよう》さは、軍の思想の中から出てきたものだ、と劉徹は思った。領土を守り抜くための軍、という思想である。

そういう思想で闘うかぎり、匈奴との戦はいつまでも決着がつくことはない。古い将軍たちは無理だとしても、まず劉徹がその思想を捨てることだった。

「李広、衛青のことは、これから考えればよい。とにかく、おまえがまず北の守りにつくことだ。俺は俺で、二年先、三年先の軍のことも考えている」

軍のことだけでなく、劉徹がやらなければならないことは、山積していた。それは、劉徹の権力が、次第に大きくなってきた、ということを意味していた。

いまは、自分以外の人間の意見を聞く時でもあった。董仲舒《とうちゅうじょ》がいるし、若々しい才能を持つ者も少なくない。儒者を呼ぶことを妨げる存在も、いまはいない。

そういうことは好きにできたが、ままならないものもまだあった。

丞相の田蚡など放《ほう》っておけばよいが、北宮には皇后がいる。その背後には、館陶《かんとう》長公主がいて、いまだにさまざまな宮中の工作をする。それも、劉徹はある程度無視できるようになったが、自分を帝位に即《つ》く道を開いてくれたのだ、という恩義は忘れられない。

皇后は、そのことがあるので、はじめから驕慢《きょうまん》であった。子ができないことが理由で、その驕慢さに悋気《りんき》が加わり、いまでは訪《おとな》うのさえ憂鬱《ゆううつ》になっていた。

衛子夫《しふ》がいる。すでに、劉徹の娘を生んだ。娘であったということで、皇后の悋気は扱い難いものにまで高ぶるのを避けられたが、劉徹の気持は、それでまた冷えた。

北宮さえまとめられないで、帝たる資格があるのか、と時々自分に問いかける。しかし人間関係の複雑さは、さらに劉徹を憂鬱にするのだった。

司馬相如《しばしょうじょ》を呼んで、自らの文章を磨こうとすることもあった。帝たるものは、流麗な文章を書けなければならない。乗馬、武術の稽古《けいこ》も、怠らなかった。

河水の工事に出ていた軍が、長安に戻ってくると、李広が三千の麾下を率いて北へむかった。国境周辺の軍を動員するための虎符は、与えてある。麾下も、昨年から一千増やし、三千である。韓安国《かんあんこく》や公孫賀《こうそんが》などは、劉徹の考える軍からは、はずれている。それぞれに軍にも力を持っているが、いずれそれは取りあげるつもりだった。

十六歳で即位した時と較べると、自分の力が驚くほど大きくなっているのがわかる。帝の当然の力と言ってしまえばそれまでだが、劉徹は、時をかけてその力を得てきたのだ、と思っていた。波風を立てるのを避けているだけで、その気になれば、劉徹の力にひれ伏さない者はいないはずだった。ただ、力は人を支配するために使うものではない。夢を実現させるために使うものだ。

夜は、二日に一度は北宮で過した。皇后を訪うことはほとんどせず、衛子夫のもとで過すことが多かった。娘も、二人いる。

女はともかく、娘は心が和むのである。

北宮の中にも、権力は当然あって、かつての太皇太后の力は、それが表の政事にまで及んでいた。皇后の母であり、太皇太后の娘である大長公主が、あまり権力に執着していないのは、劉徹にとっては小さいが救いだった。

大長公主は、北宮で暮しているわけではないので、ほかに気を紛《まぎら》わせることが多くあるのだ。

秋になって、北から衛青と公孫敖の軍が帰ってきた。

劉徹は、すぐに二人を召し出し、居室に入れた。国境の地形が、土で作ってある居室である。国境には、赤い印がずいぶんと増えている。

「この地点に、李広を展開させる。三万の軍だ」

「それで、大きな侵攻は止められると思います、陛下。しかし」

「言うな、衛青。ひとつの大穴を塞《ふさ》げば、ほかの小さな穴から、いくつも水が漏れてくる。そんなことはわかっている」

衛青は、劉徹が握った鞭《むち》の先を見ていた。公孫敖は、うつむいて立っている。顔に傷を受けていて、それは治りきっていなかった。

「明日から、毎日この部屋へ来い。おまえたちが闘った匈奴の軍のことを、細かく俺に話せ。これから本腰を入れて殴《なぐ》り合う相手がどんなふうか、俺は知っていたい」

「われらは、二十数度、匈奴軍と闘いましたが、すべて小規模な戦です」

「小規模なのが集まって、大規模になる。大をいきなり知ろうという気はない」

「わかりました。匈奴軍の動きと、われらの対応。そのすべてを、お話しいたします」

「よかろう。おまえたちは、次に北へむかう時は、それぞれ一軍を率いる。そのつもりでいよ」

「公孫敖が、将軍に昇るということなのでしょうか?」

「将軍として、使ってみよう。駄目なら、兵卒に落とすだけのことだ」

「ありがとうございます」

公孫敖より、衛青の方が嬉《うれ》しそうな顔をしていた。

「匈奴との戦で、いまなにが必要か、ひとつだけ言ってみろ、衛青」

「国境に、兵站《へいたん》を」

即座に、衛青が言った。

「兵糧など、匈奴軍に奪われかねん」

「兵糧は、潤沢に蓄えられていますが、後方にありすぎます。それはないのと同じです」

「回りくどいな、おまえの話は」

「国境を越え、匈奴を追撃するためには、兵糧の補給をせめて国境で受けたいのです」

「追撃か」

「はい、追撃です。十度ばかりは国境を越えましたが、丸二日追ったところで、兵糧が尽きました。引き返さざるを得ません」

「おまえは、何日匈奴を追おうと思っているのだ？」

「何日でも。兵站さえ続けば、地の果てまでも」

それこそ、劉徹が望んでいる匈奴との戦だった。全身がむず痒《がゆ》いような気分に、襲われた。自分が興奮していることに気づいたが、劉徹はそれが表情に出ることを、なんとか押さえこんだ。

「埒《らち》もないことを」

「お言葉ですが、陛下。匈奴軍は、打ち払うだけではどうにもなりません。追いつめ、撃滅する。つまり匈奴を漢に加えるか、完全に服属させる以外に、戦を終らせる方策はない、と私は思っております」

「そのために、国境に兵站を集中させる、ということだな？」

「国境から、奥深く攻めこめば、匈奴の領地の中に、兵站を繋げなければなりません」

「匈奴との戦の決着は、兵站が決する、と言っているように聞えるぞ、衛青」

「そう、申し上げております」

「わかった。もういい」

自分が望んでいる戦を、しっかりとやっていこうという軍人に、はじめて出会った、と劉徹は思った。しかし、それは口にしなかった。表情にも出さなかった。

表情を殺すということは、太皇太后や太后や大長公主や、外戚の臣と接するうちに、自然に身につけていた。

「退《さ》がれ、衛青。明日から、おまえが闘った戦を、つぶさに俺に語る、ということは忘れるな。大言を吐くより、戦ひとつひとつを語る方が難しいぞ」

「すべての戦について、いまここで語ることもできます、陛下」

「退がれ。明日からの話を、もう一度思い返せ」

不機嫌を装って、劉徹は手を振った。

3

建章宮《けんしょうきゅう》の、さらに西四十里ほどの渭水《いすい》の畔《ほとり》に、牧を作ることを許され、そばに軍営も設けられた。

牧には三千五百頭の馬がいて、そのうちの二千頭は衛青が、一千頭は公孫敖が使い、五百頭は予備である。

衛青は、二千の麾下を抱えた。すべて、騎馬である。兵を選ぶことも許され、それは朝議で決定したことらしい。

「陛下は、このところ丞相の意見を採られることは、ほとんどありません。贅沢《ぜいたく》を許されているぐらいです」

営舎や牧の建設には、桑弘羊《そうこうよう》という衛青とほとんど年齢の変らない、若い侍中が長安から来て指図した。

「とにかく、この軍は特別なものです。丞相が、騎馬隊だけの軍などと言って反対したのですが、陛下は、黙れ、とひと言おっしゃっただけです。並みいる廷臣は息を呑《の》んだようですが、陛下は平然とされていました。丞相はうつむいて、それ以後、ひと言も発しませんでした」

「それが、どうかしたのですか、桑弘羊殿？」

「あの瞬間に、なにかが変ったのですよ、衛青将軍。朝廷の中で、いやこの国の中で、すべてを決するのはひとりだけだ、と陛下が宣言されたようなものです」

頂点に立つのが帝である、というのは当たり前のような気がするが、太皇太后や大長公主や、それに外戚の臣の意向が、かなり強く働いていたことは、衛青も知っている。

実際に、衛青自身も、大長公主の館で殺されかけたのだ。

営舎の、衛青の部屋である。

質素なものでいいと衛青は言ったが、桑弘羊はしっかりしたものを建てた。長く使うにはその方がいいのだというのが、桑弘羊の意見だった。

「この営舎には、五千の兵が入ります。その意味がおわかりですね、衛青将軍？」

いずれ、五千の軍を指揮せよ、ということだろうと衛青は思っていた。しかしそれは、匈奴との戦で、しかるべき戦果を上げた時である。

昨年の冬から今年にかけての、一年弱の戦について、衛青は自分の指揮から相手の動きまで、詳細に帝に語った。

帝が望む戦をするのが軍人だ、という信念が衛青にはある。だから、帝がなにを望んでいるのかは、いつも最初に考えた。

匈奴の軍とぶつかって撃ち破り、国境のむこうに追っても、それでやめなかった。国境を越え、兵糧が保《も》つところまでは、必ず追った。二日がせいぜいで、国境のそばに兵糧を置いて欲しいというのは、そこから出た希望だった。

いま、二千騎を擁している。それが五千騎になれば、匈奴の領地の奥深くまで、進攻が可能だった。そのためには、兵站が必要となり、そういう部隊を作ることを、衛青はいずれ帝に願い出るつもりだった。

「匈奴を滅ぼしたい。それは、陛下が抱いておられる夢です」

その夢のために、自分はいま兵馬を鍛えあげているのだ、と衛青は思った。桑弘羊に言われるまでもなく、帝の夢が自分の夢としてあるのである。

「陛下はまだ、朝議で夢を語られることはありません。私には、時々それを語られます。私は、反対していますが」

「なぜ、反対されるのです？」

「五十万の軍。兵站を担う者も入れれば、七十万の軍が必要だと、将軍たちが言っているのを知っているからです。それで、何年もかかるというのですから。とても軍費を賄いきれません。たとえ一年でも、無理です」

陣を組んで、歩兵でじわじわと押すという戦では、何年かけようと無理だろう、と衛青は思った。匈奴の民は、ひとつの地点に固執しない。漢の軍がある地域を制圧すると、平然とそこを捨て、別の地域に移る。遊牧の血が流れていて、それは単于であろうと変らない。

匈奴を滅ぼすか服属させるには、ただ討つしかないのだ。

「兵も馬も、最上のものを衛青将軍には選ばせよう、と陛下はお考えだろうと思います。それが、五千。それで、どこまでのことが衛青将軍はおできになりますか？」

「長城の、遥《はる》か北まで、匈奴軍を追い払える、と思います。もっとも、われらが通り過ぎたあとを、軍が駐屯することで確保して貰わなければなりませんが」

「それにかかる費用は？」

「五万の軍を、十年。砦《とりで》を築いて、そこにいるというかたちになりますが、兵站は漢から繋ぐしかないでしょう」

「穀物など、むこうで手に入れることはできないのですね？」

「匈奴では、ほとんど農耕はなされていません。麦などは、運ばざるを得ないでしょう。獣肉は、いくらでも手に入りますが」

「民は、漢から移すのですね」

「それこそ、少しずつ。それで、ほぼ漢の領土ということになっていくでしょう。漢族が入れば、農耕などもはじめるでしょうし」

「難しいですね。とても、難しい」

「関市も、ずっと北に持っていくことができます」

「匈奴を打ち払い続けるのが、難しいと思うのですよ。匈奴の民は、人生の半分が戦でしょう。幼いころから、みんな戦のために馬に乗り、弓矢の腕を磨くと聞いています」

「難しくても、陛下の御下命があれば、全力を尽して闘うのが、軍人というものです」

「私は、そこまで割り切れません。というより、覚悟を決められないのかな。怯《おび》えている自分を、すぐに想像してしまうのですよ。軍人のあなたから見れば、腑甲斐《ふがい》ない男なのでしょうが」

衛青は、ひ弱そうなこの男に、なぜか親しみに似たものを感じた。

「せめて、馬ぐらいは乗りこなしてみろ、と陛下には言われているのですが」

「それは、乗ってみられるとよい、と私は思います」

「こわくて、近づけないのです」

「馴れです、それは。いま、補充を受けた一千の兵の調練をしていますが、むしろ馬に乗れない歩兵の方が、いずれはうまく乗りこなすことが多いのです。おかしな癖がついていませんから」

「しかしなあ」

「乗れます。桑弘羊殿を見ていると、それがはっきりわかりますよ」

「私の、どこが？」

「まず、姿勢がよい。人の話を、しっかりと聞こうとされる」

「馬は、話しませんよ」

「それが、いろいろと話すのですよ。言葉ではなくね。馬が停《と》まりたがる。それはなにかがある時で、耳を傾けていれば、そのうちなにを語りかけているのか、わかるようになります。人の話を、根気よく聞くのと同じなのです」

「ほんとうですか？」

「私が、教えましょう。桑弘羊殿は、まだ物資の運びこみなどを指図しておられますが、それは私の副官の陳晏《ちんあん》という者に任せればいいと思います。ここへ来られたら、必ず馬に乗ってみる、ということにいたしませんか？」

「ほんとうに、衛青将軍に教えていただけるのですか？」

「その代り、私にも教えていただきたいものがあります。私は、読み書きができないのですよ。せめて、命令書ぐらいは、読めるようになりたい。いまは、陳晏に読ませているのです」

「それは、たやすいことですね。書物を一巻、諳《そら》んじることができるようになればいいのです。私が、書物を選んで、諳じていただきます。諳じることができて、書物を読めば、つまり字が読めているということになります。そうやって憶《おぼ》えれば、多少の読み書きはすぐにできるようになります」

「なるほど。そんなものかな」

桑弘羊が、笑った。笑うと、少年のような顔だ、と思った。

「私にも、教えられることがあって、よかった。あとは、計算ぐらいですね」

「それも、できたら少しは身につけたい。奴僕の出で、学問と名の付くものとは、無縁で生きてきましたので」

「では、次からはじめましょう。書物は、よいと思うものを選んで、持参します」

「私も、馬を選んでおきます」

なにか、楽しいことが、これから待ち受けているような気分になった。

「陛下には、御内聞に、衛青将軍。遠乗りに出られる時にお供をして、驚いていただこうと思います」

桑弘羊が、また笑った。

輜重《しちょう》が到着したようで、桑弘羊は居室を出ていった。

衛青が考えたより、本格的な軍営になりつつある。長安の軍営とはさすがに較べられないが、建章宮の軍営には劣っていない。放して草を食ませる時以外は、馬のそばに兵がいられるようにもなっていた。

衛青は、外へ出た。

桑弘羊と陳晏が、運びこまれる物資を見て、なにか話し合っている。

公孫敖の軍の営舎は、ここから十里は離れている。そして一千しか収容できない大きさだった。それを決めたのは、帝自身だという。

李広の麾下が、三千。これは、韓安国と並んで、漢軍で最大である。衛青の二千は、歴戦の将軍と較べると、いかにも多い。それが、帝の寵《ちょう》を受けている、姉の衛子夫の力によるものだ、とされることは容易に想像できた。いまは仕方がない、と衛青は思っている。

李広は虎符を与えられて出陣したので、北の地帯で、三万の兵を集められる。衛青はまだ、虎符を与えられたことはなく、どの郡県にいても、その地の兵の動員はできない。

まだ、帝にまともな将軍とは見られていないのだ。ただ、北の国境で騎馬隊は働いた。その働きを、もう少し大きくするための増強にすぎないのだ、と自分に言い聞かせていた。そして、大きな評価を受ける機会は、これからやってくる。

衛青は、馬に乗った。従者が二人付いてきたので、自分もそういう者を持つ立場にいるのだと、なんとなく思い出した。戦場では、従者のことは忘れている。

衛青がむかったのは、牧の奥だった。

そこの、小さく囲った場所で、馬の調教が行われている。いい馬を選びたかったが、調教をしていないものが、三百頭はいたのだ。

蘇《そ》建《けん》と張次公《ちょうじこう》が、調教に立会っていた。二人とも、衛青の軍の将校である。

調教は、一頭ずつやる。人を乗せるようになったら、二十頭をまとめて駈けさせ、馬銜《はみ》が利くように鍛えあげるのだ。

二十騎が、三隊駈けていた。一隊の動きが、まとまりを欠いていた。張次公が、怒鳴りながらそばを駈けている。悍馬《かんば》が、二頭混じっていて、全体が乱れているのだ。

悍馬を、力ずくで押さえこませることを、張次公は避けていた。鍛え方によっては、悍馬はよく駈けるようになるのだ。張次公は、馬の扱いをよく心得ている。

「衛青殿、なにか？」

囲いの中で、調教を見ていた蘇建が、声をかけてきた。

「いい馬を、一頭欲しい」

「なら、こいつですよ。まだ人を乗せませんが、しっかりしています」

「俺が乗ってみる。囲いから出せ」

「しかし、衛青殿」

「構わん。裸馬の方が、いい馬かどうか、よくわかる」

呆れたような顔で、蘇建が囲いの横棒を二本はずした。飛び出してきた馬に、衛青は自分の馬を並べて駈けさせ、飛び移った。

はじめて人を乗せた馬は、棹立《さおだ》ちになろうとして前脚をあげた。衛青は、両腿《もも》で、軽く馬の腹を締めた。いい馬になれよ。そういう思いをこめた。馬は、何度か頭を振った。

駈けはじめる。手綱《たづな》もないから、腿の締める力だけで、馬に意思を伝える。幼いころ、こんなことはよくやった。実父の家で奴僕をしていたころは、鞍《くら》さえも与えられなかった。馬と一体になって、駈けるしかなかったのだ。

馬はまだ、衛青を振り落とそうとしていた。無駄なことだ、と腿の力で伝える。俺はおまえに、吸いついているのだ。

ひとしきり駈け、馬は静かになった。

いい脚をしているではないか、と馬に伝えた。人を乗せるのも、悪くはないものだぞ。馬は、まだ機を見て逆らおうとしている。半刻ほど背中にいると、馬は衛青が伝えることを、はっきりと理解するようになった。

「どういう技です？」

蘇建が、首を振りながら言った。

三日間、その馬に鞍をつけ、衛青が自分で乗り続けた。馬は、大抵のことは理解するようになった。おまえの主人は、俺じゃない。そう言い続けた。会ったら、絶対に主人だとわかるはずだ。そういう男が、現われる。

桑弘羊が、輜重隊と一緒に姿を現わしたのは、四日目だった。

「桑弘羊殿と俺は、歳《とし》もそれほど変らない。これからは、俺、おまえにしないか？」

顔を見てそう言うと、桑弘羊はにこりと笑った。

「いいよ、衛青」

「じゃ、馬と会ってみるか」

「その前に、これを部屋へ。おまえに読ませようと思っている、書物だ」

包みの中には、丸めて筒にした木簡が、二十本ほど入っていた。衛青はそれを自分で部屋に運び、それから厩《うまや》へむかった。

「こいつだ」

桑弘羊は馬を見、馬も桑弘羊を見ていた。

「一刻後に来る。それまで、二人で話をしていろよ」

衛青は、別の厩へ行った。

どの馬も、毎日駈けに駈けさせているので、元気がいい。冬の間の秣《まぐさ》も、桑弘羊が余るほどに調達したので、毎日駈けさせることができる。

「落ち着きのない馬は、いないか？」

馬丁《ばてぃ》の担当の若者に、衛青は声をかけた。いません、という答が返ってくる。いい馬が揃《そろ》っている。手入れの悪い馬は、見当たらなかった。

騎兵は、自分が乗る馬の手入れは、自分でやる。衛青の軍は、それを徹底させていた。

一刻経ち、衛青は桑弘羊のところに戻った。なにか呟《つぶや》きながら、桑弘羊は馬の鼻面《はなづら》を遠慮がちに撫《な》でていた。

「私は臆病で、力も弱い。縁があって私を乗せることになったが、我慢してくれ、とずっと頼んでいた。鼻面を撫でても、いやがらなかった」

「それは、よかったな。じゃ、鞍を載せるところから、やってみるか」

桑弘羊は、衛青が言う通りに動いた。鞍を持ちあげる時は、顔を紅潮させている。

「いいか。馬は苛《いじ》めてはいかん。しかし、言うことは聞かせなければならん。毅然《きぜん》としていることが、第一だ。それから、なにかあると語りかけてやること。手綱の遣い方、腿での胴の締め方が大事になる」

馬を外へ曳《ひ》き出し、衛青は言った。

鞍にしがみつき、桑弘羊が乗った。

歩きはじめる合図から、教えた。並脚になると、膝《ひざ》の力で尻への衝撃を殺さなければならない。はじめは鞍の上で突っ立つような恰好《かっこう》だったが、次第に自然な姿になっていった。

衛青は、そばを駈けながら、大声を出し続けた。桑弘羊の顔には、汗が噴き出している。躰が揺れるたびに、それが後方に飛び散っている。

六刻余り乗り、営舎へ戻ってきた。

鞍から落ちるようにして、桑弘羊は降りた。髀肉《ひにく》が張っているのか、まともに立ってもいられない状態で、それでも笑いながら馬の首に抱きついた。なにか、耳もとで呟いている。ふり落とされなかった礼を、言っているのかもしれない。

「これで終りではないぞ、桑弘羊。一日の終りには、馬体の手入れをしてやるのだ。特に脚は、念入りに見てやれ」

「手入れの方法を、教えてくれ」

「夕刻でいい。俺がやるのと同じことを、やればいいのだ」

「衛青も、自分で手入れをしてやるのか？」

「当たり前だ。十日に一度は、水で洗ってやる」

「そういうものか」

「戦場では、命を預ける相手だからな」

一度、衛青の居室へ行った。

桑弘羊はまともに歩けず、衛青の従者に両脇を支えられている。従者たちは、笑いを嚙《か》み殺していた。

「情けないな。私はよく歩いて、意外に健脚だなどと言われるのだが、騎乗がこれほど脚を使うとは思わなかった」

「気にするな、桑弘羊。歩く時には、髀肉は使わん。一年も馬に乗らないと、誰でも髀肉は落ちてしまうのだ」

「そういうものか」

衛青は、杯に水を満たして、桑弘羊に差し出した。ひと息で飲み干し、桑弘羊は掌で口を拭《ぬぐ》った。それから、積み上げられていた木簡のひとつをとり、拡げた。

「さてと、衛青はもの憶えはいい方か？」

「それには、いささか自信がある。字が読めないので、なんでも憶えるしかなかった。自然に、頭に入る」

「ならいい。これを私が一回読む。聞いていてくれ。二回目は、憶えているところだけ、私に合わせて声を出せ。それを何度もくり返して、やがてひとりで誦じることができるようになってくれ」

「わかった」

衛青は従者を呼び、誰も部屋に入れるなと命じた。

桑弘羊が、ゆっくりと、しっかりした声で木簡を読みはじめる。半眼で腕を組み、衛青はそれを聞いた。

二度目は、桑弘羊に合わせて、口を動かし、声を出した。三度目は、二度つっかえただけで、ほとんど諳じることができた。

「驚いたな。これなら、あっという間に書見が愉《たの》しめるようになる」

「木簡を持たされても、読めないと思う」

「読めるさ。一字一字、私が指しながら読む。それで、どれがどの字だか、わかる。できるかぎり、字の数が多い書を持ってきている」

「あと二度ばかり、諳じさせてくれ」

「やってみろ」

桑弘羊は、自分で杯に水を注ぎ、木簡に眼をやった。どこもひっかかることはなく、諳じ終えた。次は、かなり早口で諳じた。

「これは、おまえが字を覚える方が、私の馬より早いな」

桑弘羊が、木簡の字を、一字ずつ指して読んでいく。

「しっかり、眼を開いて、一字一字区切りながらもう一度読むぞ。それから、お前に読んで貰う」

　衛青は頷いた。

　桑弘羊が、一字ずつ箸《はし》の先で指しながら読む。それが終ると、無言で桑弘羊は箸を動かした。

衛青は、字をしっかりと見ながら、読んでいった。

「驚いた、ほんとうに。これだけで、五日はかかると思っていたよ」

　大して、難しいことではなかった。ただ、いままで覚えなかったのは、部下に教えられるなどということが、どこか恥ずかしかったからだ。奴僕の出でも、見栄はあるということなのだろうか。

「そろそろ、夕刻だ。馬の手入れをしてやるぞ」

「あの馬に、私は名前をつけたいのだが、衛青。三日、ここにいる。その間に、名前をつけるよ」

「いいな」

「おまえ、自分の馬の名は？」

「つけない」

「なぜ？」

「いつ、どちらかが死ぬかわからん。名前をつけるほど、深い関係にはなるまい、とどこかで思っているのだろうな」

「そんなものか」

桑弘羊が、立ちあがろうとした。脾肉が張って、すぐには立ちあがれないようだった。桑弘羊は笑い、内腿を手で揉《も》んだ。

「あれは、私にとっていい馬だ、衛青」

「おまえにとってだけではない。いい馬を、俺が選んで調教した。最低必要なことだけを、教えてある。あとは、おまえと馬が、二人でいろいろ決めればいい」

「友が、同時に二人できた。おまえと馬と。そんな気分だよ」

ようやく、桑弘羊は立ちあがった。

4

子供のころから、草原を駈け続けていた。そんな気がする。

どんな馬でも乗りこなしたし、騎射で獣を斃《たお》す時、二矢を遣うことはほとんどなかった。匈奴では、子供のころから戦のことを考える。戦のない時こそ、技を磨くためにさまざまなことができるのだ。牧畜をしていても、狩猟をしていても、戦のことを考えていた。

草が、枯れた色に変りはじめている。冬を越すための秣は、充分に蓄えられているだろう。なにも食うものがなくとも、馬はひと冬耐えられる。そうやって耐えられる馬の方が、強いのだ。ただ、春先には戦に出せない。草が芽吹いてから、ふた月はひたすら食い続け、それで駈け続ける力を取り戻す。

軍馬はそういうわけにはいかないので、秣を蓄え、冬の間も食わせるのだ。

領土は、草原ばかりではなかった。むしろ土漠や砂漠が多く、わずかな灌木《かんぼく》が点々とあるだけの岩山も少なくない。

地形は、知悉《ちしつ》している。

長城を越えた漢の領土も、ほぼ地形は摑んでいた。

軍臣が、父の老上《ろうじょう》から単于を継いだ時、心に決めたのが、漢との戦だった。せめて長城の南に、国境を置きたかった。

漢には、富がある。匈奴にはない、物産も多い。その一部でも、奪うことが自分に与えられた使命だと思った。それによって、痩《や》せた土地で暮す民を、いくらかは豊かにしてやることができる。民は、戦の時は、兵としてその命を差し出すのだ。

匈奴は、人が少ない。漢の河北の人数とだけ較べても、極端に少ない。数郡の人数を合わせた程度だろう。領土は広くても、それだけの命しか養えない土地なのだ。

「前方十里に、五百の騎馬隊」

側《そば》を駈ける者が、声をかけてきた。出していた物見からの報告である。

「左谷蠡王《さろくり》であろう」

そろそろ、その領地に入る。領地の境で、麾下を率いて待っているものと思えた。

左谷蠡王は、左右賢王の次の第三位に位置する。いまは、弟の伊稺斜《いちさ》だった。息子たちが、左右の賢王である。

伊稚斜とは、もの心がついたころから、ずっと一緒だった。戦でも、轡《くつわ》を並べた。年齢が上の分、いつも軍臣が勝《まさ》っていた。いまは、同等の力だろう、という気がする。

谷を抜け、なだらかな丘をひとつ越えると、整列している騎馬隊が見えた。

軍臣が率いているのも、五百騎である。戦に来たのではない。漢軍の配置を、自分の眼で見ようと思って、ここまで南下してきたのである。五百騎の供は、通常の移動の数だった。

単于庭にいる麾下は、二千騎である。そこに加われば、牧畜をすることもなく、狩猟をすることもない。戦の中心に立つための二千騎であり、平時は調練に明け暮れている。伊稚斜も、そういう兵を五百騎抱えている。戦時になれば、伊稚斜が集める兵力は、およそ二万というところか。

「おう、兄上」

伊稚斜が、一騎で駈け寄ってきた。

「一応、野営のための幕舎は用意してありますが、休まれますか？」

「漢軍を見てからにしよう」

「承知」

伊稚斜が、片手を挙げた。伊稚斜の麾下が二つに分かれ、その間を軍臣は通った。

十騎が、一里（約四百メートル）ほど先を先導で駈けて行く。

「羊は増えたか、伊稚斜？」

「わが領内で、五千頭は増えているはずです。関市で、かなり売ったのですが」

漢主劉徹から騙し討ちを食らいそうになり、漢との間はにわかに戦時の様相を呈したが、関所で開く市は閉鎖していない。漢の物産をやはり民が必要としているので、閉鎖すれば、密《ひそ》かに運ぼうとする者が出てくる。関市を開いているかぎり、こちらの構えは和戦両用というかたちだが、軍臣の肚の中は、戦と決まっていた。

小さな進攻は、数十度くり返させている。

騙そうとした劉徹よりも、騙されかかった自分に腹が立った。

馬邑を譲るというのである。それは、長城の南に、大きな拠点を得るということだった。欲を掻《か》いて、見るべきものを見ようとしなかった、といまにして思う。

漢の領土に十万騎を率いて入り、馬邑にむかった。草原に、羊は多くいるのに、牧人の姿が見えないことに、不審を抱いた。それで、兵を返すことを即座に決めた。途中で漢の斥候を捕え、訊問《じんもん》して三十万の埋伏があることを知ったのだった。

あそこで不審を抱かなかったら、殺されたか、逃げおおせたとしても、しばらくは立ちあがれない傷を受けただろう。思い返しても、背中に冷たい汗が流れる。

それにしても、三十万とは、劉徹も思い切りのいいことをするものだ。ただ思い切りのいいのはその兵力だけで、策戦にはどこか姑息《こそく》な臭《にお》いがする。

国境沿いに、物見の櫓《やぐら》が並んでいるのが見えた。ほぼ一里おきというところか。その背後に、三段に構えた漢軍の陣がある。

ここは、大軍で押しこめる場所だった。つまり、大軍の侵入を警戒しているということだろう。一度打ち壊した長城も、修復してある。

「さすがに李広だな、伊穉斜。抜くのに、かなり手間のかかる陣構えだ」
「まず、漢の将軍の中では、最も手強《てごわ》い男でありますな。われらとの闘い方を、よく知っております」

陣構えには、闘気が見える。絶対にここを抜かせないと、李広は考え抜いて布陣したのだろう。抜いて抜けないことはない、と軍臣は感じたが、犠牲の大きさも想像できた。

国境沿いに駈け、少し離れた丘の頂きから、もう一度よく陣構えを見た。三段の構えは、すぐに六段にできるし、横に長い一段にすることも可能だった。騎馬は後方にいるが、回りこめば、前衛に出るのは難しくない。

「いくらか、敵が動いています。まさか、兄上が御自身で陣の見物をしているとは、考えていないでしょうが」

三万の軍である。しかし李広は、その気になればさらに三万を、周辺の軍から動員できるだろう。あるいは、どこかに埋伏ということも考えられる。

「李広ひとりか」
「いまのところ、そう見えます」
「なにを考えて、いまここに李広を持ってきたのか?」
「すべてが防御のためなのでしょうが、なぜいまなのかは、俺にはわかりません、兄上」
「俺はまだ、劉徹という男を読みきってはおらん。若いし、これからも変るであろうし」

劉徹は、親族や外戚の圧力を受けていた。丞相の田蚡はおじであるし、太皇太后と呼ばれた祖母が生きていたころは、自分の意思を通すのは、なかなか難しかったという話だ。

そういうことを、軍臣は捕えた漢の将校などから聞いた。

張騫は、交易の道を探りたいという劉徹の意思を帯びて、旅に出されたのだという。劉徹がまだ十八のころで、その話を聞いた時、なにか大きなものを軍臣は感じた。

いまもまだ田蚡は丞相であり、劉徹の母や正妻の母も健在である。以前よりずっとましになったとはいえ、まだ完全に権力を握ってはいない、という印象は、やはり捕えた将校の訊問などから感じていた。

馬邑の騙し討ちも、そういう圧力との妥協があったのではないのか。そう考えると、軍臣が感じていた漢とした大きさと、どこかそぐわないことも理解できる。

漢の朝廷と較べると、匈奴の王族は健康なものだった。

漢のように、難しい儀式も、着るものに関する堅苦しい決まりもない。単于であろうと、君臣の間柄を形式で考えてはおらず、ともに酒を飲み、肉を食らう。

法制はあるが、複雑ではなく、罰もいくつもあるわけではなかった。死罪、鞭打ち、家産の没収などで、牢に何年どころか、ひと月置かれる者もいない。

匈奴は、単于を頂点とした、軍なのである。政事は、軍令のように通る。外戚などという面倒な考えもない。逆らいたい者がいれば、叛乱《はんらん》として単于を倒せばいい。倒せない場合は、ただ滅びるだけだ。

漢人は野蛮だと言うが、父や兄弟が死ねば、その妻を自分の妻に加える。家系を途絶えさせないためである。

単于がいて、それぞれ左右の賢王、谷蠡王、大将、大都尉、大当戸《とうこ》、骨都侯《こっと》がいる。それらが抱える青壮の民は、みな兵である。

難しいことは、なにもない。だから時々、漢の王族の複雑さを見落すことがある。

「李広が、三万で堅陣を敷いていることはわかった。進攻するのは、この場所でない方がよかろう。おまえは、しばらく李広とむかい合っていろ、伊穉斜」

「やはり、攻めない方がいい、と思われますか？」

「いたずらに、犠牲を増やすことはない。寒くなるまでのことだろう」

「大軍を出すのは、来年ですか？」

「漢軍の、隙《すき》を見てだ。それまでは、二千、三千で進攻し、奪えるものを奪ってくればいい」

人を奪う。家畜を奪う。城郭まで攻めこめば、家財も奪う。奪ったものは、等分に分けさせる。

軍臣は、もう一度国境沿いに駈け、李広の陣構えを確認した。

李広は、闘気の男だった。その率いる兵にもまた、闘気は乗り移る。しかし、李広の闘気はいつも、内にむいている。攻める、というかたちで出てこないのだ。

「よかろう、伊穉斜。幕舎へ行こうか。俺は二日、ここにいる。その間に、できるかぎり多くの将兵と語りたい」

駈けた。

父が単于だったころ、軍臣は左賢王としてこの近辺に領地を持っていた。そのころから左谷蠡王であった伊穉斜とは、よくともに駈けたものだった。

いま左賢王は、息子の於単《おぜん》である。若くて暴走しかねないところがあるので、国境での漢軍との対峙《たいじ》は、伊穉斜に任せたかたちだった。

進攻する時こそ、冷静な判断が必要である。於単は、兵站など考えないで突き進むところがある。それは、兵馬を失うことに繋がる。

幕舎の周辺では、すでに大きな焚火がいくつも作られていた。羊も用意されている。軍臣のためだけには、穹盧《きゅうろ》が作ってあった。これは、風だけでなく寒さも防ぐ。

伊穉斜と、小さな焚火の前に座った。まだ明るいが、すぐに陽は落ちるだろう。

「俺が、ただ李広の陣を見るためだけに、ここまで来たと思うか、伊穉斜」

「それは、民の暮しぶりや、牧の状態なども御覧になりたいでしょうが」

「そんなことは、誰かに見てこさせれば済むことだ」

「昨年から続いている、一千から一千五百ほどの騎馬隊との衝突は、どういうことなのかずっと調べ続けております」

「それで」

「いずれ、兄上と話し合わなければならない、と考えていました。あれが、たまたま精強な騎馬隊だったのか、それとも新しく作られた軍だったのかをです。李広の軍が来てから、姿を消しています。李広の指揮下にも入っていません」

「おまえが調べたことを、言ってみろ」

「指揮をしているのは、衛青という男です。五百騎を、別に公孫敖という男が指揮し、二隊に分れて動くこともあります」

「それは、おまえの報告にあった」

「衛青というのは、奴僕の出で、漢主の北宮にいる、衛子夫という女の弟です。衛夫人は、劉徹の娘を二人生んでいます。つまり寵愛《ちょうあい》は受けていると思えます」

「それで？」

「衛青の出自がわかったところで、これは衛夫人の引き立てであろう、と俺は考えました。ところが、ぶつかると強いのです。まるで匈奴の精強な騎馬隊にぶつかっているようです。公孫敖の方は、そうでもないのですが」

軍臣が単于庭で調べたことと、ほぼ一致していた。ただ、いつごろから衛青が騎馬隊を率いて出てきたのかは、わかっていない。捕えた漢の将兵の中に、衛青の部下はひとりもいなかった。

「明日、衛青の騎馬隊と闘った者たちを、できるだけ集めろ。俺が、直接話を聞いてみたい」

「ひとつだけ、お願いがあります、兄上」

「言ってみろ」

「闘った者たちは、みんな衛青に負けた者たちです。負けたことを、責めないでいただけますか？」

「当たり前だ、伊稺斜。俺はただ、衛青がどんな闘い方をするのか、知ってみたいだけだ」

「最も悲惨な負け方をした軍からも、将兵を呼んでみます」

伊穉斜は伊穉斜なりに、かなり負けを気にしているのだろう。大軍で負けたわけではないが、騎馬の野戦で負けているのだ。

「俺がはじめに、兄上がどういう気持で話を聞きたがっておられるのか、言っておこうと思うのですが。でなければ、兵たちは緊張してしまいます」

「そうしてくれ。罰など、一切ないとな」

こういう気遣いは、息子の於単にはないものだった。於単は、負けたことをあげつらって、部下を責めるだろう。

羊が焼けはじめているようだ。伊穉斜が、酒を満たした杯を差し出してきた。米から造った、白い酒だった。関市で、毛皮とでも交換したのだろう。兵たちは、羊の乳から造った、酸っぱい酒である。米や麦から造った酒は、まろやかに口に拡がる。

「衛青は、いまのところ、地方の軍を動員する権限は与えられていない、と思えます。これが地方軍を動員して大兵力となると、漢との戦も面倒なものになるでしょう」

「なぜ、姿を消した？」

「俺が調べたかぎりでは、長安に呼び戻されています。長安で、増強があるのではないか、と思います。姉の伝手《つて》で、奴僕から出世を果したのとは、いくらか違うような気がしています」

劉徹が、自分が望む軍人を見つけたということだろうか、と軍臣は思った。自分のことをふり返ってみても、そういう部下と出会うのは稀《まれ》である。

「兄上、まず飲んでください。単于庭ではめずらしくないでしょうが、ここでは米の酒はなかなか飲めません。兄上が飲んでくれないことには、俺も口をつけられませんから」

軍臣は、笑って杯を口に運んだ。

兵たちも、それぞれ肉を食いはじめたようだ。

翌朝になると、軍臣は隊ごとに、将校と兵を分けて、穹廬に入れ、話を聞いた。

それは夕刻から夜に及び、その翌日も同じことを続けた。

最後に浮かびあがってきたのは、衛青という、果敢で智略《ちりゃく》に富んだ軍人の姿である。

衛青が、ほかの漢の軍人と決定的に違っているのは、迷うことなくこちらの領土に踏みこんでくることである。用兵は、特にこちら側に入ってから、変幻をきわめていた。三隊に分かれて攻撃していると思えば、いつの間にか二隊になり、別の一隊はさらに奥へ引きこもうとする匈奴の軍の、進路を阻んでいる、という具合なのだ。

ただ攻めこんでくるだけではなかった。冷静に、兵糧や馬の力を測って、あるところまで来ると、速やかに引き揚げている。

馬の質は揃っていて、しかもいい。動きに統制がとれているのは、指揮の系統がしっかりしているからだろう。兵力としては匈奴軍の方が多くても、うまく攪乱し、撃破している。奇襲のようなものだった、と言った将校がいたが、さまざまなものを測り尽し、意表を衝いているのだ。

そのあたりは、周到さも感じられる。

手強い敵が、目前に立っている。将兵の話を聞き終えた時、軍臣を包みこんでいた思いはそれだった。それを、顔には出さず、伊穉斜を穹廬に呼び入れた。

「俺が考えていたより、ずっと厳しいことのようですね、兄上。きのうから、ずっと聞き取りが続いているので、ただごとではない、と俺は感じていました」

「おまえも、多少は聞いたのだろう？」

「聞きました。そして、これまでにない軍が、漢にできようとしているのかもしれない、と考えていました」

「ふむ。それは俺と同じだな」

「衛青の軍が増強されたとして、どこまでわれらを攻められるのか、ということになりますが」

「どこまでも、攻めこんでくるな。兵站が続き、馬がもつ間は」

「われらの領土の奥深くに引きこめば、兵站を断つのは難しくない、と俺は思います」

「奥深くに、引きこめるかな。兵站を確保するという周到さを、衛青は持っていると思うぞ」

「兄上、俺は衛青を相手に、それ以外の闘い方を考えられません」

「弱音か？」

伊穉斜が、うつむいた。

「俺にできることは、ひとつしかありません。兵を鍛えあげて、衛青を好き勝手に動かせないようにすることだけです」

翻弄《ほんろう》された、という気が伊穉斜にはあるのだろう。

軍臣は、増強されれば、衛青の闘い方は変るかもしれない、と思っていた。たとえば地方軍を動員し、一万、二万の指揮をしなければならなくなった時は、当然、いまのような俊敏な動きはできない。

衛青が、大軍を率いた時の想定も、忘れてはならないことだろう。北宮に入った姉の引きではなく、自らの力で大軍を率いる将軍になる、という確信に近いものが軍臣にはあった。

戦は、こちらが押せば、徹底して相手を叩《たた》く。不利なら、逃げる。意地や名誉を介入させないのが匈奴の戦であり、そこが漢とは違うところだった。

それでも、衛青のような若造を相手に逃げたくはない、という思いが軍臣にはあった。

穹廬の外から、従者が声をかけてきた。

於単が来たようだ。

「李広の軍を撃破しようというのではないのですか、父上？」

入ってくるなり、於単は言った。

「俺は、全軍に待機を命じて来たのですが」

「気が早すぎるぞ、於単。李広が腰を据えて構えているのだ。撃破には、大きな犠牲が伴うというのが、おまえには見えぬか」

「しかし、李広を追い払って、四つ五つの城郭を襲えば、それなりの収穫はあると思うのですが」

漢と匈奴の大きな違いは、城郭があるかどうかだった。

漢に攻めこんだとして、兵糧などは陥《おと》した城郭の倉のものを使える。兵站ということを考えれば、それは大きなことだった。民の家財も、城郭に集められている。

逆に漢に攻めこまれたとしたら、奪われるものは人か家畜しかない。集落はあるが城郭とはまるで違い、敵が追ってくれば、移動すればいいだけのことだ。家財の類《たぐ》いは、漢の民と較べると極端に少ない。

単于庭でさえ、その気になれば、移動は難しくなかった。

だから戦では、兵力以外ではたえず優位に立っているのだ。

「俺は、撃破しておくべきだと思いますね。さらに大軍を送ってくるかもしれませんが、その前に引き揚げればいいのですから」

「いまがどういう時か、よく考えろ」

軍臣は、かすかに鼻白んで言った。

このところの漢軍の侵攻を、一度も追い返していない。わずか千か二千の衝突、と於単は考えているのだろう。しかし、侵攻を受けること自体が、稀なことなのだ。

「これから、漢軍は手強くなる」

「なにを根拠に、そう言われます？」

「俺の、勘のようなものだ」

「そんな勘で、戦を」

「黙れ、於単。勘で助かることは、よくあるのだ。先年の馬邑の罠も、俺の勘が働いたので、虎《こ》口《こう》を逃れたのだぞ」

勘ではない。細かいことを寄せ集めて考えると、そういうことになるのだ。それを、於単に言うつもりはなかった。自分で、わかるようになるしかないのだ。

於単は、不満そうに横をむいていた。伊稺斜は、ただ苦笑いをしている。

軍臣は、外に出た。

於単が率いてきた二百騎を、細かく検分してみる。兵というのは、率いている者によって、それこそ顔まで変ってくるものだ。

於単の兵たちは、いい顔をしていた。馬の手入れも怠っていないし、装備もきちんとしている。ただ、前へ進むことしか知らないようにも見えた。

「於単、今回は戦はやらんが、おまえの兵は見てみたいと思っていた。それなりに、やりそうなやつらではないか」

「そうでしょう、父上。俺の自慢の兵です。二百騎で、漢軍の五百は相手にできます」

それはたとえば、騎兵二百歩兵三百、というような場合だろう。いま、漢軍に精強な騎兵が育ちつつあることを、やはり於単は考えていないようだ。

「動きも見たい。しばらく、一緒に駈けてみるか」

「乗馬」

於単が、早速大声を出した。

翌早朝、軍臣は単于庭にむかった。

駈けている間、ずっと騎馬隊の調練のことを考えていた。匈奴の騎馬隊がどんなものか、於単の兵が駈けるのを見てよくわかった。

いま必要なのは、集団としてまとまって動く、ということだった。それも、五十騎、百騎で、まとまって動く。一騎も、そのまとまりを崩すことは許されない。

しかし、あまりに動きに制約をつけると、匈奴軍のいいところが殺される。そのあたりをどうするか、というのは難しい問題だった。気質から勇猛さを削《そ》いでしまわず、どうすれば指揮通りに動く兵を育てあげることができるのか。

風が、頰《ほお》を打った。すでに、風は冷たい。草原で吹かれる、この季節の風が、軍臣は好きだった。これから先、身を切るような冷たさになっていくが、それも好きだった。

ここは、俺の大地だ。心に刻みつけられた思いを、風がさらに鮮やかに際立たせる。漢の騎馬隊ごときに、踏み荒らさせてなるものか。

覇気が、心地よい血の熱さとなって、軍臣の全身を駈けめぐっていた。

5

年が明けても、河南の水は引かなかった。

たえず数万の兵を動員しているが、治水がいかに難しいのかは、骨身にしみるほどに理解できた。はじめからそうだろうと思っていたが、十年、二十年の事業にするしかない。

劉徹は、石畳の通りを、六頭立ての馬車で走っていた。

むかうのは、建章宮である。前方を、二百騎が駈けている。建章宮といえ、長安からは出るので、それだけの供回りになった。もっとも、密かに出かける時は、二十騎ということもあり、劉徹自身も騎乗である。

建章宮には、時折こうやって出かける。宮殿にいるだけでは、息苦しくなってくるのだ。建章宮から船を浮かべ、昆明池へむかうということを、このところくり返していた。およそ二十里で、水遊びをしているわけではない。

これでいいと思う船が完成したら、それで河水を下り、勃海《ぼっかい》へ出たいと思っていた。海を知らないわけではない。七歳で皇太子となるまで、膠東王《こうとうおう》であり、領地は海に面していたのだ。

海の彼方《かなた》になにかがある、ということはもの心がついたころから、教えられていた。なにかとは、島であり、別の国であり、見たこともない人間たちである。

海の彼方へむかい、戻ってきた者を知らなかった。それは、船のせいだろう、と劉徹は考えている。海は、河や池と違い、とてつもない波が立ったりすることもあるのだ。これまでの船だと、その波に襲われると、呆気《あっけ》なく呑みこまれるのだ、と思えた。波に耐えられる船を、人が造れないはずはない、と劉徹は思っていた。

それに、膠東では塩が作られていた。それは、人の暮しにとって大事なものである。それについては、穀物のような扱いはやめ、国がすべてを集め、分配するべきだ、と桑弘羊などは言っていた。いずれはそうしようと、劉徹も考えている。

国が税によって富むというのは当たり前のことだが、それ以外にも道は多くあるはずだ。それを考えようという廷臣は、桑弘羊ぐらいのものだった。

建章宮へ着くと、すでに川までの警固の態勢を、建章宮の衛士が作っていた。昆明池へも、数艘《そう》の船がつき、陸上を騎馬隊が随行してくる。大袈裟《おおげさ》だが、船を動かす以上は仕方がなかった。

船に乗る時に、桑弘羊は供の侍中に加えない。一度乗せたが、昆明池に着く前に、死人のような顔色に変り、座ってさえもいられなくなったのだ。

船を造ることにも、丞相はいい顔をしなかったが、無視した。いい顔をしないのが、最近の田蚡の仕事のようになっている。

年が明けたばかりのころ、田蚡とともに外戚として力を振るい、太皇太后の逆鱗《げきりん》に触れて、ともに職を免ぜられた竇嬰《とうえい》が、棄市《きし》（死罪）された。田蚡との、つまらぬ争いだった。

太皇太后が崩御すると、竇嬰は外戚でなくなり、田蚡は外戚のままだった。その力関係の変化は竇嬰を追いつめ、ついにはその命を奪ったのだ。

外戚は、帝にとっては、血の縄のようなものだった。助けられることもあれば、自らを縛りつけてくることもある。その血の縄は、乱れ、もつれ、気づくと手や脚に絡みついているのだ。

帝の力が絶対にならないかぎり、その血の縄は蛇のように生きている。骨身にしみてそれを感じたのは、太皇太后に趙綰《ちょうわん》と王臧《おうぞう》が追放された時だった。二人とも儒家出身で、劉徹の意思で要職に登用したのだった。

太皇太后が崩御して、血の縄の色は、わずかに薄まった。皇太后に繋がる外戚の田蚡は、しぶとく蘇《よみがえ》ってきたが、その力が絶対というわけではなかった。

徐々に、徐々に、劉徹は自らの力を拡げてきた。田蚡はすでに、その丞相としての地位に、しがみついているだけである。母の皇太后は遠慮がちであるし、皇后とその母の大長公主は、劉徹の寵愛を繋ぎとめるために、腐心しているだけだ。

劉徹は、船の揺れを快く感じていた。

もっと大きな船があれば、海の彼方にある国へ、人を遣《や》れる。そこの文物を手に入れることもできる。

西域にも、強い関心を持っていた。しかし、そこへむかわせた張騫は、帰ることがなかった。西へ行くためには、まず匈奴の問題を解決しなければならない。和議などということは、劉徹の頭にはまったくなかった。皇太子のころから、いやその前から、この国が匈奴に対して、いつも卑屈としか思えない接し方をすることに、心を痛めていた。

いまのところ、劉徹が思うような、匈奴との戦はできていない。衛青がそれをなしているとも言えるが、まだ小勢でのぶつかり合いである。

衛青と公孫敖の軍を、合わせて三千に増強した。すべて騎馬隊であるその軍は、これまで漢にはなかったものである。

衛青に虎符を与え、国境の軍の動員を許せば、これはもう小勢ではなくなる。そういう戦を、いつ衛青にさせるかだった。

歩兵の指揮について、衛青の力量がどの程度なのかまだわからない。

衛青の軍には、五千の兵を収容できる営舎が与えてあり、大きな失敗をしないかぎり、いずれ五千の麾下を揃えさせるつもりだった。

そういう営舎を見て、衛青もそれなりの覚悟は持っただろう。

とにかく、騎馬隊の戦には長じている。それは、劉徹を驚嘆させ続けた。本格的に匈奴に進攻するとしたら、やはり歩兵がいる。騎馬隊だけだと、どう勝とうと、いずれ戻ってくるしかない。寨《とりで》を築き、そこを守る。そうすることによって、領土ははじめて拡がるのだ。

昆明池が近づいてきていた。

船は心地よいが、海の彼方まで行くのが耐えられるかどうか、劉徹にはわからなかった。長く、海で船を扱ってきた者たちに、訊《き》いてみるしかないことだ。

「昆明池のほとりに、二千の騎馬隊が整列しているようです」

侍中のひとりが、報告に来た。

劉徹は、船の舳先《へさき》に立った。

昆明池に入る。浅瀬を避けた水路は開いてあり、その水路を進むと、石積みの桟橋に着く。先行していた護衛が、その桟橋を囲むようにしていた。衛青の軍は少し退《さ》がり、衛青とその副官だけが突出し、劉徹が呼ぶのを待っていた。

劉徹が片手を挙げると、衛青は馬を降り、轡《くつわ》を副官に託して近づいてきた。

「二千の騎馬隊の調練は、終ったのか？」

「はい。公孫敖の一千も、終りました」

「ならば、二千を三千に増強する」

この増強について、劉徹は迷っていた。李広などの、歴戦の将軍と同じになるからだ。しかしそういう考えは、結局、古い軍の思想に配慮したもの、と思い定めて排除した。

公孫敖については、すぐれた指揮官ではあっても、しばしば誤った判断をしている、と軍監の報告でも指摘されていた。衛青や公孫敖から直接話を聞いても、一千騎以上の騎馬隊を任せるには不安がある。

「なにか、言いたいことは？」

「一千ずつ、時を置いて増強されたのは、意味があるのでしょうか？」

「二千を、うまく調練したようだからな。もっと時がかかるようなら、二千で止め置いた」

「はい」

「営舎のことや、調練のことではなく、三千騎を率いて戦に出た時、朕《ちん》に頼みたいということはあるか？」

「ひとつだけ、ございます。兵站のための部隊を、作っていただけませんでしょうか。それによって、これまでより数倍の距離を進攻できます」

それは、問題点として、指摘されていることだった。衛青は、匈奴の地に敵を追っても、四日ないしは五日で、戻ってくる。兵站がないからだ。

「どれほどを、希望する？」

「まず、国境に兵站の基地を。それで、敵地へ足をのばす距離は、ずっと増えます。兵站の部隊がいて、敵地まで兵糧などを送れば、陛下が思っておられる以上の進攻ができる、と考えております」

「気に入らぬな、衛青。朕が思っている以上のこととは、この世のすべてを制することだ。おまえは、朕の気持を測っているつもりだろうが、それは余計なことである」

「申し訳ございません」

「朕が命じる戦をする。そう思い定めよ。おまえの考えより、はるかに大きなことが朕の胸にはある。わかったの？」

「御意」

「あと一千の増強は、すぐになされるであろう。それをまた、いまの二千に負けぬほど、鍛えあげよ」

片膝をついたまま、衛青が頭を下げた。

「馬」

警固の軍に、劉徹は言った。

すぐに、白馬が曳かれてきた。鞍には余計な飾りがついているし、馬甲も派手である。騎兵と同じものに乗りたい、と劉徹は考えていたが、それはなかなか難しい。侍中を連れて、長安の郊外を駈け回る時ぐらいは可能だが、それでも二百騎の供は付いてくる。

「よし、二千騎を見せて貰うぞ、衛青」

馬上から、劉徹は言った。

衛青が、自分の馬に駈け戻っていく。

丘をひとつ越えると、二千の騎馬隊が二つに分かれていた。

劉徹は、馬乗の衛青をそばに呼んだ。普通、自分の前での馬乗は許していないが、観戦である。

「はじめよ」

劉徹が言うと、衛青が片手を挙げた。

一千が、動きはじめる。もう一千は動かず、その一千を受けようとしている。ぶつかる寸前に、受けると思った一千が、きれいに二つに分かれる。それが四隊になり、八隊になる。攻めた方は、一隊のままである。

劉徹は、鞍から身を乗り出した。

よく観戦はするが、これほど見事に動く騎馬隊は、見たことがない。いや、これまで騎馬の調練は、いつも歩兵を掩護《えんご》するためだけのものだったのだ。

二刻ほど観戦し、劉徹は衛青に先導させ、一千騎とともに駈けた。前方で、横で、めまぐるしく隊が入れ替る。それだけでも、尋常な動きではなかった。

二刻駈けただけで、劉徹は強い疲労感に襲われていた。それを見越したように、騎馬隊は離れ、衛青が護衛と劉徹を先導して、昆明池の桟橋に戻った。

「三千の麾下を与えるからには、なまなかの戦で朕は許す気はない。死力を尽せ、衛青」

「はい」

「朕の心中を忖度《そんたく》しようなどということは、おまえには早すぎる。大きな勝利を手にしてから、言うのだ」

劉徹は、桟橋から船に乗り移った。溯上《そじょう》することになるので、戻りの方がいくらか時がかかる。甲板に座ると、疲れがまた襲ってきた。

衛青の騎馬隊にとっては、ちょっとした行軍程度だったのだろう。

このところ、煩《わずら》わしいことが多く、遠乗りもしていない。躰が鈍《なま》ってしまっているのだろう、と劉徹は思った。

建章宮から、馬車で未央宮《びおうきゅう》に戻った。

夕刻だったが、劉徹は宣室殿《せんしつでん》に入った。

そこは、文官たちが報告に来たりする部屋である。眼を通さなければならないものが、何巻も積みあげられていて、腰の高さほどになっている。

怠っているから、溜《たま》っているのではない。丁寧に読んでいるのだ。政事ということについては、一度はこうやって、細かいところまで知っておく必要がある、と劉徹は考えていた。

帝は、大きなものを見つめればいい。しかし、小さなものの積み重ねが、大きなものでもあるのだ。

「おい、あれはなんという名だった、桑弘羊。丞相府から連れてきた者だ」

侍中は三人控えていて、その中のひとりが桑弘羊だった。

「張湯《ちょうとう》でございます」

「そうだ。ちょっと呼べ」

桑弘羊は、部屋の下に控えている者に伝えた。しばらくして、張湯が入ってきた。

「面白いな」

「はっ」

　拝礼している張湯が、うつむいたまま小さな声を出した。

「長安の民には、まだ細かい法が必要と言うか？」

「はい、左様、心得ます」

「これを書いたのは、おまえか？」

「私が、書きました。丞相のお名前になってはおりますが」

　張湯は桑弘羊が丞相府から見つけてきた者だが、田蚡の顔を立て、丞相からの推挽《すいばん》で吏官に取り立てた者だった。

　田蚡が、細かい法のことなどを、奏上してくるはずもなかった。この男が書いたとわかったのは、同じような内容のものを、以前、桑弘羊に見せられていたからだ。それで吏官に取り立てたのである。

「法は、簡潔なほどわかりやすい、と俺は思うが」

「わかりやすいだけでは、法は使命を果しません。人を殺す、傷を負わせる。物を奪う、盗む。そのようなことは簡潔でよろしいのでしょう。それは、人が命とわずかな物を持っている場合の話であります。人は、財を持ち、権利を持ち、入り組んだ関係を持ち、面倒な約束事をいたします。それを、いまの法では裁きにくい、と考えます。いや、裁くことが難しいと言うべきでしょうか」

「なぜ、長安だけなのだ？」

「まず、長安でございます。そこで法を通し、うまく運ぶようであれば、全国に拡げればよろしいのです。およそ、長安より複雑なことが起きる城郭は、外にはありません。ですから、拡げるのはたやすいことです」

「ずいぶんと、詳しい事例がいろいろと書いてあるのう」

「すべてが、実際にあったことでございます。それも、ほんの一部でありますが、法令が必要なことは、おわかりいただける、と私は考えて認《したた》めました」

「確かにな。しかし、おまえ、すべてを法で決めてしまおうとするか？」

「どう法を作ったところで、すべてを決めることはできません。ただ、ないよりもあった方がいい、ということであります。法に通暁した吏官がいれば、その執行は正しくなされます」

「おまえの、考えの大本が、それか？」

「はい。左様でございます」

「俺には、いまひとつ身に迫って感じられぬ。俺がそうしたいと思うように、おまえは話すべきだ。これからしばしばここへ来い。桑弘羊に通せばよいからな」

「ありがとうございます」

「ふん、礼か。おまえは、信じられぬほどの苦労を背負うことになるかもしれぬぞ」

「まさに、望むことでございます。吏官として取り立てていただいた以上、苦労をいとう気はありません」

「わかった。退がれ」

劉徹は、次の木簡を読みはじめた。

読み終えて、決めることは決めなければならない。親裁を覆す者は、まずいない。

「陛下、お食事はいかがいたしましょうか？」

侍中のひとりが言った。外は、もう暗くなりはじめている。

本来ならば、北宮へ行くところだ。しかし、気は進まなかった。衛子夫のところへ行くとしても、皇后の視線が絡みついてくるように感じるのだ。

回廊が、慌しくなった。

「何事だ。陛下がおわすことを、忘れるな」

侍中が、外へ出て声を出す。

劉徹も、木簡から顔をあげた。ただ事とは思えないのだ。

外へ出た侍中のひとりが、駈け戻ってきた。

「申し上げます。丞相が、さきほど亡くなられたそうです」

田蚡が、死んだ。大して心は動かなかった。母の弟でなければ、とうに罷免している。いずれは、丞相から追おうと思っていた。その手間が、省けただけだ。

劉徹は、読みかけの木簡に眼を落とした。

第三章　落暉《らっき》

1

竹簡には、赤、黒、白の紐《ひも》を付ける。

赤は、絶対に読んだ方がいい、と思えるもの。黒は、急がないが読んだ方がよく、白は暇がある時に読めばいい、というようなものだ。

帝のもとにあがってくる報告の類《たぐ》いは、厖大《ぼうだい》な量にのぼった。そのすべてを、順に眼を通すのはとても無理だと考えた帝は、侍中の何名かを選んで眼を通させ、その紐を付けさせるのである。

桑弘羊《そうこうよう》は、宣室殿《せんしつでん》に付属した小部屋で、毎日四十巻近い竹簡を読んだ。その間も、帝からしばしば呼び出しがかかる。多忙といえば、多忙だろう。桑弘羊にはあまり苦にならなかったが、音を上げている者もいた。

しかも帝は、白い紐の付いた竹簡を、いきなり開いたりする。そこに重要なことが記されていれば、白い紐を付けた侍中は罰を受ける。

桑弘羊は、一度も罰を受けたことがなかった。

白い紐の竹簡に手をかける時、帝はなにかを感じているようだった。白い紐で重要な案件が見つかれば、それを付けた侍中は、ほかの白い紐について、すべて説明を求められる。残りは、取るに足りない報告ばかり、ということが多いのだ。

田蚡《でんふん》が死去し、薛沢《せったく》が丞相《じょうしょう》となってから、上げられてくる竹簡の量は、倍に増えた。緊急のものには、丞相府で付けられた札があり、それは侍中が見ることもなく帝に届けられる。その緊急の竹簡も、増えているようだった。

「俺が読まなければならないものが、増えているというわけではないな。おまえらが、白い紐を付ける竹簡が、やたらに増えているというだけだ」

帝は、侍中たちが音を上げかけているのが、面白くて仕方がない、という様子だった。

薛沢は、実直な人物である。適当に判断してしまうというところがなく、丞相府で一応の判断をしたものも、気になるところがあれば、上げてくるのだ。御史大夫も、韓安国《かんあんこく》から張欧《ちょうおう》に代った。

「おまえたちの仕事を、楽にしてやる気は、俺にはないぞ。もうしばらくは、踏ん張って見せろ」

帝はそう言い、それから桑弘羊の方に眼をむけた。

「踏ん張るほどのこともない、という顔をしているな、桑弘羊」

「陛下、私は顔に出ないだけです」

「ふん。俺は遠乗りに行く。おまえはここに残って、竹簡に埋もれているがいい」

「私も、お供をしたいのですが、陛下」

「おまえが付いてくるだと。面白い。遠乗りは、馬で行くのだぞ、桑弘羊」

「はい」

「よし。途中で弱音を吐くことは許さん。駈ける時も、付いてこい」

遠乗りと言っても、建章宮《けんしょう》までは、六頭立ての馬車で行く。供をする侍中は、その前に建章宮に着いていなければならない。

遠乗りの供をする侍中たちは、みんなすぐに建章宮へ移動した。それぞれが、自分の馬を厩《うまや》に預けている。厩が一杯で、桑弘羊にはそれができなかった。

桑弘羊は、未央宮《びおう》を出ると、桂宮に沿った道を走った。

衛青《えいせい》の家は大きな屋敷ではないが、厩には八頭の馬が入る。そこに、夏光《かこう》と名付けた自分の馬が預けてある。

門内に駈けこむと、大声で馬丁の名を呼んだ。驚いて飛び出してきた馬丁に、夏光を出すと告げる。

夏光が、曳《ひ》き出されてきた。

少年がひとり、夏光に付いていた。衛青の甥《おい》であり、桑弘羊は一度会ったことがある。霍去病《かくきょへい》という名だった。十歳ぐらいのはずだが、馬も見事に乗りこなし、自分の馬を一頭与えられていた。

「夏光は、毎日、俺が駈けさせています、桑弘羊殿」

「そうか。駈けてくれるよな」

「それはもう、翔ぶように」

侍中である桑弘羊は、馬に乗れない日々が多い。ほかの侍中たちのように、宿舎と未央宮を馬で通うこともできない。駈けさせなければ、馬は駄目になってしまうのだ。

厩で預かるというのは、衛青の気遣いでもあった。

衛青が長安城内の家に戻るのは、月に一度ぐらいである。その時は、桑弘羊は必ず夕餉《ゆうげ》に招かれた。衛青の妻は、北宮で衛子夫《えいしふ》の下女をしていたという。すでに、二歳になる子がいた。

「陛下の、遠乗りのお供だ」

それだけ霍去病に言うと、衛青の家を出て、直城門にむかった。城内では、勝手に馬は駈けさせられない。直城門を出ると、建章宮にむかって駈けた。

供をする十二名の侍中は、すでに到着していたが、帝の馬車はまだである。

侍中たちは、桑弘羊の馬を好奇の眼で見ていた。

桑弘羊は、夏光に眼を向けていた。駈ける前には、しっかりと馬を見ろ、と衛青に言われていたのだ。いまでは、普通に衛青が駈けていれば、なんとか付いていくことができる。

二百騎に守られた、帝の馬車が到着した。帝の乗る馬も、用意されていた。

ここからは百騎だけの護衛になり、残りの百騎はかなり後方を付いてくる。いつも遠乗りの供をする、同僚の侍中から聞いたことだった。

帝の周りには、十騎の精強な兵が付く。あとは、侍中だけである。百騎は、かなり前方を進むのだ。気紛《きまぐ》れに帝が方向を変えるので、百騎はいつも振り回されている、とも同僚は言っていた。

白い馬に乗った帝が、十騎を従えて出てきた。

「ほう、おまえの馬か。見かけはなかなかのものではないか」

乗れるのか、と帝の眼はあからさまに問いかけていた。

先導の百騎が、駈けはじめる。その土埃《つちぼこり》が消えてから、帝が駈けはじめた。両側を五騎がわずかに遅れて駈け、後方に侍中の十三騎が続く。桑弘羊は最後尾だった。

西へむかっていた。

十里（約四キロメートル）ほど駈けたところで、不意に動きは速くなった。侍中が三騎遅れたので、桑弘羊はそれを抜いた。桑弘羊が見ていたのは、帝との距離だけである。まだ苦しくなるような駈け方ではなかったが、同じ距離を保とうとすると、次々と侍中を抜くことになった。

三十里ほどのところで、付いていく侍中は桑弘羊ひとりになった。夏光の脚には、まだ充分の余裕がある。

帝が、疾駆をはじめた。夏光は、しっかりとそれに付いていった。一度ふり返り、帝が並足に落とした。そばへ来い、と手で合図された。

「いつから、馬に乗っているのだ、桑弘羊？」

「はい、昨年からです」

並んだが、首ひとつ退《さ》がっていた。夏光も心得ていて、決して前へ出ようとはしない。帝と並んで駈ける、という調練を衛青とずいぶんやったのだ。

「驚いたな。しっかりと馬を御している。誰か教えた者がいるだろう？」

「衛青将軍に」

「なるほど。馬も、衛青が選んだのだな」

帝が、両側の騎馬になにか合図を出した。

左右に五騎ずついた騎馬が、両側に拡《ひろ》がるように離れた。

「この先が、衛青の営舎だ。付いてきてみろ、桑弘羊」

帝が、再び疾駆をはじめた。一騎だけで駈けるというかたちで、ほんの少し遅れて、夏光は付いていった。

すぐに、衛青軍の営舎が見えてきた。百騎ほどが、整列して待っている。先導の百騎ではなく、それは衛青が率いていた。

「付いてきたな。いい馬だ」

帝の声は、わずかに弾んでいた。桑弘羊は、汗が眼に流れこんでくるのを、掌《てのひら》で拭《ぬぐ》った。

「水が欲しい。二刻休んだら、戻ることにする」

衛青に言い、帝は営舎の前まで馬を進めた。

調練に出ているのか、営舎に兵の姿は少なかった。

将校たちが集まる部屋の中央に、帝は腰を降ろした。

こういうことが、帝は好きなのである。若い将校のように振舞い、口調も荒っぽいものになり、肉などを手で摑《つか》んで食う。酒があれば、瓶ごと回しながら飲む。

「桑弘羊を、だいぶ鍛えあげているな、衛青。俺はこいつが、馬に乗るなどとは、考えたこともなかった」

田蚡が死んでも、帝のやることは大きく変っていない。しかし、どこか変った。

即位してから、太皇太后や皇太后、そして外戚《がいせき》の、締めつけの中に、帝はいた。時には強圧的で、時には微妙なその締めつけを、徐々にふり捨てていく、というのがこれまでの日々だったのだ。太皇太后が崩御した時、最も強いものは消えた。しかし、丞相に田蚡が就くのは、阻止できなかった。

丞相である田蚡の力を削《そ》ぐのは、それほど難しいことではなかっただろう。昨年あたりから、宮廷における田蚡の意見を、帝はほとんど無視してきた。

春に、田蚡が死んだ。

帝は気づかなくても、すべての束縛がなくなった、解き放たれたような笑顔を、侍中や廷臣に見せるようになっていた。

まだ、皇太后がいる。皇后と、その母の大長公主もいる。しかし、そんなものは関係ない、と田蚡の死が思わせたように見えた。

そういう意味で、田蚡の死は、意外に大きなものがあるのかもしれない、と桑弘羊は考えていた。

「陛下、桑弘羊の脾肉《ひにく》は、騎兵のそれと変りません。それだけ、懸命に馬に乗り続けてきております」

「おまえが、直々に教えるとはな。疾駆した時、付いてきているのが桑弘羊だとわかって、俺は幻でも見ている気分だった。馬も、よく仕込まれている。一度たりと、俺の前へ出ようとはしなかった」

帝の前に出たら、両側の護衛兵の誰かに突き落とされただろう、と桑弘羊は思った。あの馬の前に出てはならない、という意思を伝えたら、夏光は決して出ようとしなかった。

夏光に乗っていて、はじめて本気で意思を伝えようとしたが、それはほんのわずかな脚の動きで充分だった。

「北で、また匈奴《きょうど》の侵攻が頻繁になっている。李広《りこう》がいないところを狙《ねら》って、侵攻してくるようだな」

「それは、李広将軍をあの地に置かれた時に、予想されていたことではありませんか」

帝が話題を変え、衛青もそれに乗ったので、桑弘羊はいささか不満だった。自分は褒められなくても、夏光はもっと褒められていいのだ、と思った。

「これから寒くなると、匈奴は南に下がってくる。つまり、やつらは戦がやりやすくなる。これまでも、冬に侵攻してくることは、少なくなかった」

「いまの侵攻を見るかぎり、なにかを測っているというように、私には思えるのですが」

「おまえが、いつどこで、どんなふうに出てくるか、ということを測っているのだろう」

「ならば、私は小勢を率いて、それにぶつかるべきではないでしょうか。陛下がここぞと思われる時まで、私がお預かりした兵力を、敵に見せるべきではない、と思います」

「それも、姑息《こそく》だという気はするが」

「二千の調練は、まだ仕上がっておりません、陛下」

「わかっている」

帝と衛青の会話を、桑弘羊はぼんやりと聞いていた。

衛青の麾下《きか》が、騎馬三千に増強されたのは、今年のはじめだった。軍の慣例にもとる、とめずらしく田蚡が朝議で正論らしきものを述べたが、勝った将軍を連れてこい、という言葉で帝はそれを退けた。

その増強は廷臣の間で話題になった。ただ騎馬隊であり、地方の軍を動員できる虎符《こふ》が与えられた実績もないので、特殊な部隊を作っただけだ、という意見が多かった。

それが、秋のはじめに、五千に増強された。かつて、それだけの麾下を擁した将軍はいない。軍人は、勝つことがすべてだ、と帝が明言したようなものだった。

いまは、衛青がどれぐらいの戦果をあげられるか、ということが廷臣の間で話題になっている。期待されているほどの働きはできないだろう、と言っている者が多かった。

歴戦の、古い将軍たちについて、そういう話題が廷臣の口にのぼることは、まったくないと言ってよかった。

衛青は、帝がそうしているのとは違う意味で、廷臣たちにも試されている。そして、勝つという道しか、残されていない、というところに追いつめられている。

しかし、帝と喋《しゃべ》っている衛青に、切迫したものはなにも感じられなかった。どこか、もの足りないほどぼんやりした感じの、いつもの衛青がいるだけである。

「二千騎ほどを率いて、一度出動してみるか、衛青？」

「それは、陛下の御下命さえあれば。私は、一介の軍人であります。陛下の御下命に従って、ただ闘うだけです」

北の国境には李広がいるが、そこを避けるようにして、小規模な匈奴の侵攻が続いていることは、当然、桑弘羊も知っていた。

それ以外にも、兵糧を北へ移送するということが、徐々にはじめられていた。どこに貯えられているかははっきりせず、関《かかわ》っている文官の数名が知らされているだけだろう、と思えた。

それも、田蚡の死後にはじまったことである。軍が出動する時、大量の輜重《しちょう》を連ねなくても済む。帝と衛青の間で、それは決められたことかもしれない。

「数日後に、出発の下知を出す。年明けは国境で迎えると思え」

「はっ」

帝が、腰をあげた。

離れて控えていた侍中たちも、弾《はじ》かれたように立ちあがった。

「おまえは残れ、桑弘羊。ここの牧のことを調べて、俺に報告しろ」

帰路も、帝に付いて駈けるつもりだった。それが、表情に出たのかもしれない。

「馬に乗れることで、得意になるな。おまえは、侍中としての仕事を、きちんとこなせ」

それだけ言って、帝は営舎を出ていった。

二刻の休憩と告げてあったので、供の二百騎はすでにいつでも乗馬できる状態で待っていた。侍中たちの動きはいかにもつらそうだが、帝に疲労の色は見えない。

先導の百騎が駈け、帝が出発し、間を置いて残りの百騎が動きはじめた。

「もっと、褒めていただける、と思ったのだがなあ。ここに残されてしまった。私が馬に乗れることが、帝のお気に召さないのだろうか？」

「褒めていただいたではないか、桑弘羊。幻かと思った、と言われた」

「もっと褒められると思っていたのに、馬に乗れることを鼻にかけるな、と言われた」

「それは、ほかの侍中たちに気を遣われたからだ、と俺は思った」

「そんなことに、気を遣われるお方か？」

「それが、遣われる。御自身で、お気づきになってはいないが、そんなふうになられたのだ。その分、厳しくもなられた」

厳しいと言うより、残酷と言った方がいいのかもしれない。帝は、自分の変化を人に隠さなければならない立場では、なくなったのだ。

宮廷では、実務のかなりの部分を、厳助《げんじょ》が担っていた。そこから丞相や御史大夫にあげられるものが、かなり多くなっている。それは筋道を踏んでいるというだけで、厳助は、帝自身から命じられていることが多いようだ、と桑弘羊は見ていた。

北への兵糧の移送など、すべて厳助の統轄下にあるのだ。

それに宣室殿の奥の居室には、よく張湯《ちょうとう》が出入りしていた。その時は、侍中もすべて退がらされて、二人きりである。

なにが話し合われているのか、桑弘羊は考えないようにしていた。

「おまえはこれから戦に行くのだろうが、私ももっと働かされそうだ。この十年で、帝は私たちが想像できないほど、大きくなられたという気がする」

「軍人は、命じられた戦をするだけだ、桑弘羊。勝つのが望ましいが、勝負は時の運、というところもある」

「そういえば、おまえの屋敷に霍去病がいた」

「数日前から、我が家に来ている。そういう知らせが、妻から入っている。この軍営を見たがっているようだが、まだ十歳の子供だからな。やはり、ためらってしまう」

「軍人になりたがっているのか、霍去病は？」

「馬を友にして育ってきたようなものだ。いまも、同じ暮しをしているが、俺ほどの貧しさは舐《な》めていない」

「厳しさが、足りないということか？」

「いや。貧しさが与える厳しさなど、戦の役には立たん。子供のくせに、あいつは思いがけないことを言ったりする」

「軍人としての、素質には恵まれているのかな。まあ、おまえの甥だ」

「これからだろうな。生かすも殺すも、使い方だ、という気がする」

そのうちに、軍に入れるということなのだろうか、と桑弘羊は思った。

二度しか会っていないが、あの甥を桑弘羊は嫌いではなかった。

「さてと、牧を見て回るか」

馬の質が揃《そろ》っていない、という訴えが、衛青から出ていることは知っていた。

質の落ちる馬がいると、全体の動きをそこに合わせなければならない。

「陛下はやはり、人の使い方を瞬時に判断されるようにおなりだ。おまえが馬に詳しくなっているることを見抜くと、すぐに牧の実態を調べろ、だ」

「言われれば、そうだ。私は多分、ほかの侍中や吏官と較《くら》べて、馬については詳しくなったと思う」

「そして、誰よりも乗りこなす」

衛青が笑った。

鞍《くら》を付けたまま待っていた夏光に、桑弘羊は乗った。乗り方も、このところ不恰好《ぶかっこう》ではなくなってきているはずだ。

2

女色に耽《ふ》けることはなかった。

これまでも、これからもそうだ、と劉徹《りゆうてつ》は思っている。

十六歳で即位した時は、すでに妻がいた。そしてそのまま后となった。后以外にも、劉徹は数人の女を知ったが、衛子夫に会ってからは、気持が揺らぐことはあまりなかった。気紛れにほかの女に手をつけてみても、衛子夫に対した時のように、満足を得ることがなかった。

衛子夫は、娘を二人産んだ。それで劉徹の北宮での生活には、わずかだが家庭というものの匂《にお》いがするようになった。

子を産むことがなかった后とは、次第に冷えた関係になってきた。それが后の悋気《りんき》の火に、油を注ぐかたちになっている。

しかしもう、劉徹は后というのが、ただのかたちだけのものでしかない、と思い定めていた。后の母である大長公主は、二人の関係をなんとか改善しようと躍起になっていたが、その言葉も、劉徹は本気で耳に入れようとはしなかった。

大長公主の母である太皇太后が崩御してから、大長公主の発言力を弱める努力は、わからないようにしてきた。劉徹の母の王《おう》太后の弟にあたる田蚡を、我慢して丞相に留め続けたのは、太皇太后の系列とは違う外戚であったから、という意味も少なからずあった。

多くいた兄弟の中から、自分が皇太子になり帝になったのは、大長公主の力であったことは、いつまでも否定できなかった。

后は、そのことを鼻にかけてきた。自分が劉徹を帝にしたのだ、という言い方をする時さえあった。

そしてある時、劉徹の心が衛子夫に移り、それをやめさせることは、母親にも自分にもできないことに気づいたのだ。それでも、后の態度が、変ることはなかった。

劉徹は、北宮の庭に立って、葉を落とした樹木を眺めていた。毎年、葉を落として樹木は大きくなる。即位して十二年目で、劉徹の背丈ほどだった樹木は、見あげるほどに高くなり、枝も伸ばしている。

母の王太后が、皇后であったころに植えさせたものだという。小さな林のようなその樹木を見るのが、劉徹は好きだった。

劉徹がそれを眺めている間、衛子夫は女官たちを近づけない。呼ばないかぎりは、自分でも近づいてこようとしない。

視界の隅に、女官の姿が入ってきた。二人である。華美な着物で、劉徹が眺めている樹木の方へ、ゆっくりと歩いてくる。

それが后の侍女だとわかった時、劉徹は背をむけ、建物の中に入った。

劉徹が衛子夫と過す部屋には、炭が入っていた。着物を脱いでも、寒くないようにしてあるのだ。

この部屋には、娘たちも入ってこない。娘たちと会うのは、もっと大きな部屋で、外の光が入ってきて明るい。昼間でも灯台に灯を入れているここにいるのは、劉徹と衛子夫の二人だけである。侍女さえも、衛子夫は入れようとしなかった。

冠だけは自分ではずし、劉徹はただ立っている。衛子夫は、すぐに劉徹の着物に手をかけ、脱がせていく。

北宮のどこにいようと、呼ぼうと思った時は、衛子夫はそばにいるのである。

「子供たちは息災か、子夫？」

北宮には入っても、ふた月近く娘たちには会っていなかった。夜、遅く入り、早朝には未央宮前殿に出る。そういう生活が続いたのだ。半分は、宣室殿の奥の居室で寝ていた。

「御安心ください。元気です。陛下にお目にかかりたい、とは思っているでしょうが」

「忙しい」

「わかっております、子供たちも」

田蚡が死んでから、丞相の仕事を自分でやってみたりしている。衛青を北の国境へやり、活発に人材を集めることもやっていた。

しかし、どうにもならないほど、忙しいわけでもない。

劉徹は、ある決意をしていた。

それについて、ほかの者に語ったことはない。忖度《そんたく》をさせることも、しなかった。

ひとり、楚服《そふく》という巫女《みこ》が、劉徹の心の底を覗《のぞ》いたかもしれない。しかしそれも、覗いたというだけで、はっきりした言葉を発したわけではない。

楚服は、姉の平陽《へいよう》公主の館に出入りしていた者である。

久しぶりに姉を訪ねた時に、楚服が病いの平癒の祈禱《きとう》をしているのに行き合った。祈禱のあと、二人きりで言葉を交わす、わずかな時があった。

后が病いなのだ、と劉徹は言った。

北宮への出入りを許されたら、平癒の祈禱ができるものを、と楚服は言った。妖《あや》しい眼をしていた。

国の祈禱を司《つかさど》る巫女が欲しい、と劉徹は言った。その時、妖しい眼が、さらに妖しく光った。

劉徹は、おぞましさを感じたほどだったが、心の底を覗かれたという気分も、拭いきれなかった。

それ以上はなにも言わず、北宮への出入りをただ許した。

后が、楚服をそばに置くのに、それほどの時はかからなかった。劉徹が、楚服をそばに置くことはない。衛子夫が呼ぶことも、ないようだった。

「衛青を、また北にやった」

「お役に立つ軍人になれるでしょうか、弟は。ほかに、すぐれた将軍がおられますのに？」

「やらせてみなければ、わからん」

すでに、やらせている。騎馬隊だけの戦では、規模は小さいとはいえ、連戦連勝である。匈奴の地を占領するために、歩兵の軍を伴った戦で、どれほどの力を発揮できるかは、まだ試していない。

ひとつだけはっきりしているのは、衛青が劉徹の抱く匈奴撃滅の思いを、しっかり理解しているということだった。

実に長い間、軍は匈奴の侵攻を防ぐためにある、という思想ともいうべきものが、なんの疑問もなく、軍人たちに受け継がれてきた。

衛青は、その思想より、劉徹の思いをまず自分のものにした。奴僕《ぬぼく》として生きた青春期があり、軍人なら当然自覚するべきものが、欠落していたとも言える。

衛子夫の弟であるがゆえに、大長公主の館に連行され、殺されかかった。殺されていれば、大長公主はいくらでも理由を並べ立て、正当な行為であったことを主張し通しただろう。あの姑母《おば》は、劉徹の父であった景帝を騙《だま》しおおせ、皇后を廃し、劉徹の母を皇后に押し上げたのである。

それによって劉徹は皇太子となり、そして帝となった。

それについては、姑母の娘である后に、この十数年、骨の髄まで思い知らされてきた。

大長公主の館に連行された衛青が、多数の兵をものともせず、鮮やかに脱出したのは、劉徹にとって胸のすくような行為だった。

すぐに、衛青を召し出した。侍中に加え、建章宮の監にも任じたが、大長公主も后もなにも言わなかった。

あの時、劉徹にとっては、なにかが変ったのだ。

自分がやりたいようにやる、と宣言して、誰にも異を唱えられなかった。

馬邑《ばゆう》の役においては、王恢《おうかい》の助命嘆願が方々からあがってきたが、劉徹は一顧だにせず、処分を断行した。王恢の獄死によって、田蚡の専横もどこか縮こまったものになり、私腹を肥やすという方向だけが残った。

いまひっかかっているのは、馬邑の役の失敗である。衛青がそれを回復する力になるかもしれないと感じたのは、ここ一、二年のことだった。それまでは、異色の将校という評価に留まっていた。

地方軍まで動員するための虎符は、まだ与えていない。今回の北での戦をやりおおせれば、虎符を与えよう、と劉徹は思っていた。そのための障害は、すでにない。ただ、慎重にやりたかった。正面切っての戦を匈奴とはじめれば、いつ終るとも知れないのだ。

戦の前に、ひとつやっておかなければならないこともあった。

「弟は、馬に乗ることと、騎射にかけては、誰にも負けないと思います。陛下のお役に立てる将校になってくれればいいのですが」

そんなことではないのだ、と言いかけて劉徹は口を噤《つぐ》んだ。弟をその程度にしか思っていない姉が、どこかほほえましい。

「戦のことなど、ここであまり話したくない。おまえがいれば、いまはいい」

劉徹は、衛子夫の白い躰《からだ》に手をのばした。子を産んでも、まだ若い。やわらかいが、張りは失っていない乳房が、灯台の灯に浮かびあがっている。

冬が終り、春の兆しが北宮の庭にも溢《あふ》れはじめたころ、北の戦線の情報が入りはじめた。

二千騎を率いている衛青は、小規模な戦ながら、相変らず連戦連勝である。これはもう、偶然の勝利ではなく、衛青の戦のやり方が、匈奴に対して非常に効果的だということだった。

帰還命令を出した。

衛青の麾下の三千騎は、長安の近郊に残って調練をくり返している。二千は新兵であるので、自ら鍛えあげたいだろう、という配慮があった。

次に出動する時は、虎符も与える。

その気になれば、やらなければならないことは、山ほどあった。政事は、うまく運んでいる。河水の決壊による水害は相変らずだが、時をかければ押さえこめる見通しも立ってきた。

各地から集めた人間たちも、それぞれ力を発揮しはじめている。

公孫弘《こうそんこう》がいた。すでに老人と言っていい年齢だが、献策はきわめて斬新《ざんしん》であり、実行力も伴っていた。

文官たちは、未央宮前殿の宣室殿にやってくる。

宣室殿の奥の部屋に入ることを許している者は、侍中のほか数名しかいない。そこでは、儀礼的な会話も、いっさい交わさない。

張湯が姿を見せた。奥の部屋に入ることを許している者のひとりである。

侍中もすべて退がらせ、二人きりになった。

「間違いはないのか？」

劉徹が言うと、張湯はうつむいた。

間違いがないことは、劉徹にはほぼわかっていた。

楚服が北宮に入って、祈禱をなすことを許したのは、劉徹自身である。許しはしたが、呼びはしなかった。

そういうものが出入りを許されたと、后はすぐに知った。北宮の中には、細かいことまで后に注進する、多数の女官がいる。劉徹がいない間の北宮では、后が頂点に立つことになるのだ。后は、さまざまな祈禱を、楚服にやらせたようだ。その中には、呪咀《じゅそ》の類いもあったという。そして春の盛りのころから、ついに衛子夫に、巫蠱《ふこ》と呼ばれる呪術をかけはじめたのだった。

この巫蠱は、后の母である大長公主が、景帝に讒訴《ざんそ》をする時に、使ったものである。それにより、時の皇太子劉栄が廃される原因を作った。代りに皇太子となったのが、劉徹なのである。

つまり人を呪《のろ》い殺す巫蠱は、劉徹が帝になるための、大きな道具のひとつになった。

「どこまで、詳しく調べようというのだ、張湯？」

「どこまでも。陛下がやめよと命じられるまで、続けるのが、私のなすべきことであります」

「俺は、后をちょっと叱《しか》るつもりで、おまえに調査を命じたのだ」

「しかし、巫蠱であります、陛下。巫蠱であるという証拠は、ここにあるだけではありません。持参いたしましたのは、ほんの一部です」

劉徹は、腕を組んだ。

張湯が持ってきたものだけでも、証拠は充分だった。しかし相手は、后ではない。太皇太后の娘であり、后の母でもある、大長公主なのだ。

「衛子夫が、巫蠱にかけられているというのは、好ましくない」

「しかし、事実でございます」

「おまえが事実を報告しなければならないのは、この世で俺ひとりだけだ。それは心に刻みこんでおけ」

「はい」

「これを、衛子夫にも、世にも知らせたいとは思わぬ」

「巫蠱は、許されざる罪であります。私は、楚服を捕えるべきである、と考えます」

「捕えよ。これに関った者たちは、すべて捕えよ。しかし、おまえに后を裁くことなどできぬ。それもわかっているな？」

「わかっております」

「よし。巫蠱にかけられたのは、俺だということにでもしておけ。そのように、証拠を揃えよ。すべての者が納得できるのは、それであろう」

「陛下を巫蠱になど、恐懼《きょうく》のきわみであります。私に、そのようなことは」

「俺が巫蠱になど、惑わされるか。関った者を捕縛して、処断せよ。手加減はするな」

強張《こわば》った表情で拝礼し、張湯は退出していった。

北宮への出入りを、楚服に許した。その時から、祈禱だけでなく、いつかは呪咀もやりはじめるだろう、と思っていた。巫蠱にまでいくというのは、それだけ后の衛子夫に対する、怨念《おんねん》の強さを物語っていた。

皇后という、北宮の頂点の位置に立たせておくのは、危険である。

懸念のすべてを、劉徹はここで払拭《ふっしょく》してしまうつもりだった。それが終って、はじめて帝位は完全無欠なものになる。

太皇太后からのものをはじめとする、複雑に絡み合った圧力から、ようやく解き放たれるのだ。すでに、やろうと思ったことはできるようになっているが、心のどこかにわだかまり続けているものも、消せるはずだった。

三日後にはじまった張湯の摘発は、劉徹が予想した以上に、厳しいものだった。張湯は、手加減という言葉とは無縁な性格をしている。そこは、劉徹が見極めた通りだ。そして、感じていたより、ずっと緻密《ちみつ》だった。

北宮の、后の住居である椒房殿《しょうぼうでん》で捕縛された者は、三百五十人に及んだ。

大長公主が、未央宮前殿の宣室殿へ、直接、血相を変えてやってきた。

張湯を呼んで、難詰から質問まで、すべてのことに目の前で答えさせた。

その積み上げた証拠には、劉徹も啞然《あぜん》としたほどだ。大長公主に、いかなる反論も許さなかった。そして矛先は、徐々に徐々に、大長公主と后にむかっていく。

后のそばにいた高位の女官四名について、その罪状の詳細な論告が終ったころ、大長公主は両脇から侍女に支えられなければ、立っていられないほどになった。

「巫蠱は、許し難い罪である。朕《ちん》は、それを憎む」

劉徹は、支えられて立っている、大長公主を見据えた。

「厳罰をもって処するしか、あるまい」

大長公主の表情が、強張った。

「楚服という巫女は、まずその舌を抜き、二日経《た》って両眼を抉《えぐ》り、三日晒《さら》してから、首を刎《は》ねよう。巫蠱をなせばどれほどの罰を受けるか、長安の民によく見せてやらなければならん。高位の女官も、やはり三日は晒そう」

大長公主の、唇がふるえている。劉徹は、それを見据えたまま、続けた。

「しかしながら、朕には、自らの后や自らの姑母についての、人らしい思いもある。それを持たなければならぬ、とも思う」

大長公主である姑母には、確かに恩を受けた。皇太子になれたのは、姑母のおかげである。そして廃されることなく、帝に即位した。

その恩は、ここですべて返せる。

「申し伝えることは、それだけである。退がってよい」

大長公主が、両脇を支えられて、退出していく。張湯は、無表情にそれを見送っていた。

群臣が居並ぶ中で、劉徹さえもしばしば持て余した、あの大長公主に、ひと言の反論も許さなかった。群臣の中からも、その論告に対する異議は、いっさい出ていない。

「刑の執行の日を決め、布告を出せ、張湯」

それだけ言い、劉徹は立ちあがった。

北宮椒房殿からは、人がいなくなっていた。数百名はいるはずだが、風が吹き抜けたような印象が、劉徹にはあった。それほど、張湯の手入れは、苛烈《かれつ》をきわめていたのだ。

執行が明日という日、劉徹は十名の侍中を伴って、獄舎へ行った。

石積みの暗い獄舎の中に、鎖をかけられた楚服が座っていた。劉徹を、じっと見上げてくる。

「明日、おまえは舌を抜かれる。その前に、言いたいことを聞いてやろうと思って、ここへ来た」

「私がここに繋《つな》がれていることを、その眼でお確かめになりたかった、ということですね」

侍中が持つ二つの灯台の明りを照り返す眼は、相変らず妖しい光を放っていた。侍中から灯台のひとつを取り、全員を外へ出した。

「陛下は、はじめから私を嵌《は》められたのですか？」

「もしそうだったとしたら、それは嵌められたおまえが悪い」

「確かに、そうですね」

「おまえは、なにを求めて巫蠱をなしたのだ。后の寵愛《ちょうあい》が欲しかったわけではあるまい」

楚服が、かすかに口もとに笑みを浮かべた。

「悋気に狂った陳《ちん》皇后など、私にはどうでもいいものとしか、見えていませんでした。すでに力をなくした女を、さらに追いつめようという、陛下もです。私はただ、国の滅びを見たかったのです。私のかけた巫蠱は、衛子夫にかけたものでも、陛下にかけたものでもなく、漢というこの国にかけたものです。その意味で、私に科せられた厳罰は、きわめて正しいものでありました」

「国が、おまえの怨念のむかうところなのか。国とはなんなのだ、おまえにとって？」

「さあ、なんでしょう。それは陛下が、一生をかけてお考えになればいいことです。人それぞれの国が思いの中にあって、陛下の思いの中にある国が、この国ということになるのでしょう」

「国か」

「陛下の国は、滅びとは無縁なのでしょうか。私には、なにか見えるような気がするのです。国が滅びなければ、陛下が滅びる。そういう姿が、見えます」

「所詮《しょせん》、人が作るものであろう、国は」

「そうでしょうか。ならば、帝なども必要ありますまい。帝は、人ではない。だから国に必要なのです」

「そして、俺はどうだというのだ？」

「陛下は、あまりに人でありすぎるのです。おかしな言い方ですね。でも、今回のなされようは、人でありすぎることを、私に教えました。だから陛下は、人に滅ぼされます」

「俺が滅びるか。それもまたいい。滅びるまで、生ききってみるかな」

劉徹を見つめる楚服の眼から、涙が流れ出してきた。その涙の意味が、劉徹にはわからなかった。

3

軍営に戻ってきた。

二千騎は、百騎ほどしか欠けていない。

欠けたものは、馬も併せて、すぐに陳晏《ちんあん》が補充した。牧に馬も育ちはじめているし、残していた三千騎の調練は、衛青が予想した以上に仕上がっていた。

然《しか》るべきところには、帰還の報告に行った。

ほぼ同時期に帰還した李広も、そうしたようだ。

しかし、帝からの呼び出しはなかった。

留守の間に、北宮で起きたことについては、陳晏から詳しい報告が来ていた。桑弘羊も、知らせをくれた。

帝が、巫女に巫蠱をかけられた、という事件が起きていた。それに関った北宮の女官たちが、数百人捕縛されていて、中にはすでに、晒されたのち、死罪となった者もいた。

軍営では、ほとんどその話題を出す者はいなかった。陳皇后まで連座しているという噂《うわさ》があり、もし皇后が廃されるとなると、次の皇后について、誰もが考えるからだろう。

姉の衛子夫が皇后というのは、あり得ないことではない、と衛青も思った。それがいいことなのかどうかは、わからない。

同じ母を持つ。もともと、奴婢《ぬひ》であった。その子が、皇后になど、ほんとうになれるのか。なってもいいのか。

自分が奴僕だったころは、将校になることさえ夢のようなものだった。それが、若くして将軍になろうとさえしている。世の中が、そんなふうに自分にとってうまく回ってしまうというのは、ほとんど信じられないことだった。

しかし、公孫敖《こうそんごう》も陳晏も、李広でさえそう考えている、と思えるところがある。

衛青は、そういうことのすべてを忘れて、五千の麾下が自分の命令をどう受け、どう動くか把握することに努めた。五千だと、手足のように動かすというのが、たやすいことではないのだ。

桑弘羊と霍去病が、馬を並べて軍営にやってきたのは、そういう調練の最中だった。この二人は、桑弘羊の馬の世話を通じて、親交を深めたようだ。

「北宮だけでなく、未央宮全体が、一時はとても暗かった。未央宮前殿にも、連座する者が出るかもしれない、という噂があったのだ。処分の決定が一応終ったと伝えられて、ほっとした雰囲気が流れている」

「すべてが終るまで、帝は俺に拝謁を許されないのかな、桑弘羊」

「多分な。今度のことは、おまえたちにまったく無関係だ、とは私は思っていない。帝は、匈奴との大きな戦を考えておられるのかもしれないのだ。そのために、北宮のことなども、きれいに片付けられたのだ、としか私には思えない」

「ならば、大きな戦がはじまる、ということだな」

衛青は、国境近辺での十数度のぶつかり合いで、歩兵の必要性を痛感していた。

匈奴を打ち払い、その領地へ攻めこんでいく。そこまでは、たやすくできる。しかし、騎兵だけでは、兵站《へいたん》が続かない。騎兵が攻めこんだところに、歩兵が入ってきて、小さな塁でもいいから造り、兵糧も運びこむ。それによって、騎兵はさらに、匈奴の領地の奥深くに、攻めこむことができるのだ。

これについては、すでに帝に奏上してあることだった。

「今度のことで、よく見えた。内政は、公孫弘と張湯がやっていくのだろう。私は二人とも好きではないが、いまの丞相や御史大夫よりは、ずっとましだと言わざるを得ない。私も、ただの侍中ではいられなくなるだろう」

「公孫弘の下か。なにをするにしろ、二人を嫌いなのだろう？」

「好き嫌い、を言える立場ではない。命じられたことを、やるだけのことだ」

霍去病は、張次公《ちょうじこう》に頼みこんで、牧を見せて貰《もら》っている。いまより、もっといい馬を手に入れようと、なにか目論《もくろ》んでいるのかもしれない。

「文官に掩護《えんご》というものがあるとしたら、軍の支持なのだ、衛青。おまえがいつまで、私を見ていてくれるかはわからないが」

「俺は、読み書きを教えて貰った恩は、忘れてはいない。それに、軍のことを一番よくわかってくれるのがおまえだと、俺は思っているよ、桑弘羊」

「お互いに、いまのところ扶《たす》け合えるということか」

桑弘羊が笑った。

軍営には、五千のすべてが揃っている。この軍が、これまでにない精強さを持っている、という自信も、衛青にはあった。

「政事が乱れたのではない、ということはおまえの知らせなどで、わかっていた。陛下の周辺が、すっきりしたと考えていいのだな」

「いよいよ、遠征を考えておられる、と私は思っている。そしてその時、主力として闘うのが、おまえなのだともな」

「俺はまだ、虎符を与えられていない。俺の軍だけで、同程度の匈奴軍を破ってきただけだ」

「次の戦では、虎符が与えられると、私は思うよ」

「匈奴軍は、決戦の構えでいると思う。そんなことも含めて、陛下に御報告をしたい、と思うのだがな、桑弘羊。李広将軍も、まだ拝謁しておられない」

「もう少し、時を待て、衛青。これですべてが終ったわけではない、と私は思っている。私が考えている通りなら、おまえは陛下とは非常に近い間柄になる」

そんなことは、考えたくなかった。漢の帝のもとで、一軍を率いている。それで充分なのである。奴僕の身が、ここまでになった。あとは戦をするということしか、衛青には考えられなかった。

長安の様子について、桑弘羊が語りはじめた。残酷な方法で、楚服という巫女が晒されてから首を刎ねられ、晒されるはずだった四名の女官は、自殺した。

巫蠱をなすことの罪がどれほどのものか、いま長安の民は嚙《か》みしめている。

霍去病が、戻ってきた。十一歳になっているはずだが、背丈は大人と同じほどだ。全体に、まだ線が細かった。

「いい馬が見つかったか、霍去病？」

「おじさんのところにある馬で、私には充分です。馬を見るのが、好きなのですよ」

「それはいい。騎兵になりたければ、馬を見る眼をまず養うことだ」

「張次公殿にも、そう言われました」

「張次公は、馬を扱わせたら、右に出る者がいない。用兵などについては、蘇建《そけん》に訊《き》くのがよかろう」

「はあ」

「不服か。俺に、教えられたいか？」

「自分で、学びます」

「生意気を言うな、霍去病。子供なら、大人の知恵に学ぶべきだ」

「戦には、いつ連れていっていただけるのですか、おじさん？」

「まだ、子供ではないか」

笑ってやり取りを聞いていた桑弘羊が、口を挟んだ。

「おまえの才は、おじ貴とは違うところにあるかもしれんのだ。いまは、それを見きわめる時期だと思え」

「桑弘羊殿のように、書物を読み、計算を学ぶことが、あまり好きではないのです」

「やはり、生意気だな。こいつには、一日一巻ずつ、書物を読ませることにしよう。桑弘羊、おまえが選んでくれ」

「泣きたくなるほど難しい書物を、選んでやるよ」

声をあげ、桑弘羊が笑った。

皇后が廃されることがわかったのは、衛青が帰還して、五十日も経ったころだった。

廃されることは確実で、死を賜るかどうかということに、長安の噂は移っていた。大長公主も、当然連座する、という者も少なくなかった。

大長公主には、拉致《らち》されて、館で殺されそうになったことがある。公孫敖が救出に来てくれなかったら、間違いなくそうなっていただろう。

しかし、大長公主には、お咎《とが》めがなく、陳皇后だけが、長門宮という離宮に移ることになった。長門宮は、かつては大長公主の別荘であり、やがて離宮になったのである。

長安の人々が想像した以上に、皇后に対する処置は寛大だった。大長公主には、触れもしなかった。

廃された皇后の行列が長門宮にむかう時、たまたまだが衛青は家に帰っていた。

霍去病とともに、私服でその行列を見送った。

これで、姉の衛子夫の立場が強くなる、と周囲の誰もが考えたようだ。それを衛青は望んではいなかった。人には、分というものがある。自分が、五千騎を率いる軍人であることに、満足以上のものを感じているのと同じように、衛子夫も、帝の娘を二人生んだ側室で、充分すぎるぐらいなのである。

「大長公主は、これで大人しくしているだろう。陛下のやられることに口を出す、うるさい存在は、もういない。まあ、大長公主のわがまま勝手は続くだろうが、それは陛下や朝廷とは関係ないところでだな」

いつの間にか、桑弘羊が背後に立っていた。

衛青が家に帰っていると知って、遊びに来たのかもしれない。

行列の中央に、輿《こし》があった。

衛青は、深く拝礼して見送った。

帝から召し出されたのは、それから三日後のことだった。

軍装を整えて、衛青は未央宮前殿へむかった。

通されたのは、宣室殿の奥にある、帝の居室のひとつである。

帝はすでにそこにいて、壁を睨《にら》みつけていた。新しく作られた地図だ。帛《きぬ》を継ぎ合わせて壁一面の大きさにして、貼《は》りつけてある。

衛青が、はじめて眼にするものだった。国境の地形を土盛りで作ったものが、その下にある。

「俺が、なにを見ているか、わかるか、衛青？」

地図の下の方には、なにも書かれていない。詳しく描かれているのは、国境とその南である。

「俺はいま、ひとつのところだけを見ていた。たったひとつの場所だ」

「朔方《さくほう》の、西の端でございますか？」

「まさしく」

河水は、朔方を取り巻くようなかたちで、北へむかい、西へ曲がり、南へ戻っている。その西の半分が、匈奴に侵され、漢ではなくなっていた。匈奴との戦では、まずそこを奪回できるかが、鍵《かぎ》になる。

しかし、匈奴の本格的な侵攻の拠点になっているのもそこで、正面から攻めるのには危険が多かった。匈奴の主力の精鋭が集まっているところでもあるのだ。

「そこを、攻め奪《と》ります、いずれ」

「いずれか」

「匈奴の構えは、そこだけは季節を問わず動きません。そこにいる主力を、まず各地に散らせる戦が必要かと」

「ふむ」

季節を問わず動かないということは、なにがあろうとそこだけは譲らない、ということでもあった。無理をしてそことぶつかると、いたずらに犠牲を増やすだけということになる。

帝は、まだ壁の地図を睨みつけていた。

「この地さえ回復できれば、この国は西域にむかって、大きく拡がる。この土地を奪い返す、というだけのことではないのだ」

「御意」

「いずれ攻め奪る、と言ったな」

「そのために、いくつか戦が必要になる、と考えます」

その地域を奪れば、北への進攻も難しくなくなる。背後を衝かれることが、なくなるからだ。

帝の視野には、西域だけでなく、当然北への進攻も入っているだろう。

「年が明けたら、編制を決めよう。おまえがいきなり、総大将というわけにはいかん。しかし、ほかの将軍の指揮下に入れることも、避けたいと思う」

「五千騎を、思う通りに動かしてよろしいのでしたら」

「虎符も与えよう。ただ、大動員はまだできん。おまえは、騎馬隊での実績は作ったが、一軍を率いての実績はまだだ」

「心得ております。私の闘い方を、陛下に御覧に入れようと思います」

「おまえのそんな言い方が、このところ快くなってきた」

代《だい》郡、雁門《がんもん》郡を中心に、かなりの兵糧と秣《まぐさ》の蓄えはなされていた。二千騎の部隊でなら、十日は動ける。しかし、帝が考えているのは、大規模な戦だ。その大規模な戦ができる、とまず示さなければならない。

「おまえが見るかぎり、北の郡の太守たちはどうであった？」

「私の動きを、複雑な面持ちで見ておられたような気がします」

虎符を与えられず、騎馬二千のみで、匈奴の地に五十里、百里と進攻しては戻ってくる衛青の部隊を、郡の太守たちは、確かにどう扱えばいいかわからなかったようだ。

補給については、やるべきことは一応やるという構えだったが、国境で帰還した部隊を迎えるためにでさえ、一兵も出そうとはしなかった。

帝の命令がないかぎり、つまり虎符を与えられた将軍の要請ではないかぎり、自らの判断で兵を動かすことはしない。太守同士で、力を合わせることもない。

そういうことについて、帝は、細かく調べ上げているはずだ。

年明け早々にまず行われるのは、太守の入れ替えということになるのかもしれない。少なくとも国境の塞《さい》である候官《こうかん》に、まとまった兵糧と秣を運びこんであれば、百里の進攻が、二百里まで可能になったのだ。

　そういうことについて、帝が詳しく調べて検討するというのは、衛青がやってきた戦に必ず軍監を送ってきたことでも、明らかである。太守の動き、その下の都尉府の動きなど、当然詳しく調べているだろう。さらにその下の、候官や燧《すい》の動きまで、ある程度は把握しているかもしれない。

「皇太子のころから、俺は匈奴を討つべきだと考えていた。国境を守ればそれでいい、などと思っていたら、いつまでも匈奴との戦は終らんとな」

「御意」

「匈奴を討つ。同時に、西域にも人を出す。九年前に、俺は西域に人をやった。匈奴に恨みを持つ、月氏国と組んで、匈奴を挟攻できるのではないか、と考えてな。逸《はや》りすぎたな。行った者たちは、もう戻るまい」

「次には、必ずや、陛下のお望み通りのことが」

「匈奴さえ討ち滅ぼせば、西域は指呼の間にあると言ってもよい」

　帝が、竹の棒を執った。鞭《むち》のように見えるが、壁の地図を指すのに使われているらしい。

　竹の棒が、長安からゆっくりとのびて、朔方の西部で止まった。そこを、匈奴に遮られている。西へ行けないだけでなく、長安からもそれほど遠くないのだ。漢という国の、のどもとに突きつけられた刃に似ていた。

「軍の編制は、いつお決めになるのでしょうか、陛下」

「麦秋までには」

麦の収穫を待つ、ということだった。収穫前の畠が荒れて困るのは、匈奴ではなく、漢の方だ。ただ匈奴も、夏の間は北の草原へ行っていて、兵は集めにくい。農耕と遊牧、ともに問題は抱えていた。北へ行って手薄になった匈奴の地に進攻しても、大した打撃を与えることにはならない。戦は、秋にはじまる、と衛青は思った。

「五千騎を、鍛えに鍛えます」

国の命運がかかった戦が、ついにはじまる。そして自分は、そこに働く場を与えられる。奴僕であった身が、信じ難いほどの栄光だった。

ただし、勝てば、である。

退出すると、衛青は久しぶりに自宅へ帰った。霍去病が迎えに出てくる。

子供たちはまだ小さく、衛青の顔を憶えていないのではないか、という気がした。それだけ、衛青が自宅にいることは、少ない。

「おじさんの馬、俺が面倒を看ます」

霍去病は、姉の家にいるより、衛青の家にいる方が好きなようだ。衛青の家には、どうしても軍の臭《にお》いがつきまとうが、霍去病には、それが新鮮に感じられるらしい。

「しばらくは、調練が厳しくなる。おまえが軍営に来ても、誰も遊んではくれないぞ」

「匈奴との戦が、はじまるのですね」

自分が留守の間は、軍営に出入りすることは禁じていた。それでも霍去病は、馬を駈けさせなければならないことを口実に、時々牧には姿を現わしていたようだ。帰還してからは、三日に一度は姿を見せ、張次公や蘇建と戦の真似事《まねごと》をし、騎射などを競ったりもしている。

衛青が見るかぎり、霍去病には間違いなく戦の才があった。軍営における遊びの中で、はっとするような行動をとったりするのだ。考えているというより、身に備わったなにか、と判断した方がいいだろう、と衛青は思っていた。

それを、霍去病に言ったことはない。

「よし、俺の馬の手入れをしろ。終ったら、剣の稽古《けいこ》をつけてやろう」

「すぐに、やります」

家から、妻が出てきた。

さして嬉《うれ》しそうでもないが、なにかやわらかな感じで、衛青を出迎える。

「今日は、顔を見に寄っただけだ。軍営に戻らねばならん。夕餉は、残念だが、ともにとれん」

妻が、かすかに落胆したような表情を見せたことで、衛青はいくらか満足した。

4

西から吹いてきた強い風が、ようやくやんだ。

集落は南にあったが、北へむかう準備をしていた。南の草は食い尽したが、北の大地がすでに芽吹いている。

「そろそろだな」

張騫《ちょうけん》は、わずかに残った草を食《は》む羊の間を歩きながら、堂邑父《どうゆうほ》に言った。

夏になれば、また砂漠には風が吹き荒《すさ》ぶ。拳《こぶし》よりも大きな石塊《いしくれ》が、舞いあげられ、飛んでくるのだ。移動できるのは、一日のうちわずかな時だけとなる。

砂漠の旅でもうひとつ大事なものは、水だった。水が湧《わ》いている場所は調べてあるが、入らない方がいいと判断した、異民族の集落が少なくない。そこを避けて通るとなれば、川を見つけるしかなかった。

いまは、遥《はる》か遠くの山脈《やまなみ》から、雪解けの水が砂漠に流れこんでいる。この季節だけ流れている川が、いくつもあるのだ。その場所も、詳しく調べてあった。

「いつの間にか、もう九年が経ってしまっている。われらに西行の勅命を下された陛下も、成長されているであろう」

「集めますか、お三方を？」

「いや、ここに集めるのは目立ちすぎる。どこかに、四人で集まることにする」

漢との戦が、続いていた。軍臣単于《ぐんしんぜんう》が馬邑《ばゆう》で罠《わな》にかかりそうになって以来、小さな戦は絶えることがないのだという。

匈奴が、漢に大きく攻めこんでいった、という話は聞かない。ほとんどが、国境近辺の戦のようだ。

張騫は、五日後に三人と集まる場所を、堂邑父に伝えさせ、同時に各地にいる三十名ほどの部下についても、一応様子を見てくるように命じた。

部下で、何人か脱落するのは仕方ない、と張騫は考えていた。実際、匈奴の地に入ってから、漢人であることを捨てた部下も十名以上いた。

胡姆《こも》や張固《ちょうこ》を連れていくことは、もとより考えていない。それどころか、連れていく部下さえも選ばなければならない、と張騫は考えていた。九年の間に、病を得て、躰を弱らせた者がいるし、老いが近くなった者も数名いた。

全部で、二十名になるかならないか。それぐらいの一行で、西にむかうことになるはずだ。

五日後、岩山の中腹で、三人と会った。

その岩山には草がなく、遊牧の民が姿を見せることもない。

「みんな、覚悟はできているだろうな？」

「ということは、出発ですか、張騫殿？」

「ただちに。いまから、連れていく部下を、ひとりずつ挙げることにする。異論があれば、言ってくれ。出発してからの、異議は許さん」

堂邑父が、ひとりずつ名を挙げはじめた。十三名である。みんな、西行の意思は持ち続けていて、壮健である。

ひとりについて、李江《りこう》が、異議を出してきた。一年前に妻を持ち、あと数カ月で子供が産まれるというのだ。李江にも子が二人いたが、そこそこに大きくなっていた。

「わかった。はずそう」

いつか出発するとしたら、それは西へむかってだ、ということは隠していない。故国へ帰ろうとしたというより、西の国を見てみたかったと言う方が、万一捕えられた場合、許されやすい理由だということは、やはり考え抜いたことだ。

十七名での出発、ということになった。

出発は明日で、どこかに集まったりすることはない。張騫より東にいる者は、急いで追いつく。西にいる者は、ゆっくりと進み、張騫が追いつくのを待つ。二十里先の行程だけを決めた。その間に、全員が一緒になることを目指す。

「俺の出発は、日の出だ」

西への行程についての情報のすべては、張騫が持っていた。落伍《らくご》する者が何人出ようと、自分が月氏国へ行き着かなければ、意味はないのだ。

羊の皮で作った水筒を、ひとりひとつずつ持っていく。それは、肩にかけられるように、張騫自身が考えたものだ。内側には蜜蠟《みつろう》が塗ってあるので、縫い目から水が洩《も》れることもない。陽射《ひざ》しを防ぐための、皮の帽子、沓《くつ》の底にするための皮、夜の寒さに耐えるための皮の服。そのほか、長い旅に必要な、最小限のものだけを持っていく。

水場や川の位置など、すでに頭に入っていた。九年間、そのための準備をしてきたのだ。

馬は、使わない。途中に険しい岩山などがあり、そこは這《は》って登るしかないからだ。馬が駈けられるところは、胡人の集落があると考えた方がよかった。

胡姆と張固のもとに、帰った。

しかし、出発は口にしなかった。旅に必要なものは、二里ほど先の岩場に隠してある。干した肉なども、かなりの量が置いてある。しかし糧食は、ほとんど途中で手に入れるしかなく、場合によっては猟ということにもなる。短剣なども用意していた。

とにかく、できることは、すべてやり終えての出発だった。

いつもと同じように振舞った。

よく眠ることができた。夜明け前に起き出して外に出ると、すでに堂邑父が待っていた。ちょっと遠出をする時はこんな具合だから、胡姆も別におかしいとは思わなかったようだ。

二里、なんでもないように歩いた。羊の群れを追っている顔見知りの胡人とは、笑って挨拶《あいさつ》を交わした。

二里先の岩場で荷を担ぐと、そこからは急いだ。李江や朱咸《しゅかん》や王広義《おうこうぎ》が、合流してきた。それぞれ、荷を背負っている。言葉などは交わさず、ただ歩いた。

二十里を進む間に、全員が揃った。

「進む以外のことに、力を使うな。二日間は、夜中も進む。眠れるのは、六刻だけだ」

全員に、そう言い渡した。

堂邑父が、先頭を歩いた。

張騫は、方向を誤らないよう、たえず陽の高さを見ていた。夜になれば、星を頼りにできる。

旅の方法も、さまざまな人間の経験を聞き、自分に合ったように練り上げたものだ。全員に合わせたわけではない。

歩きながら、干した肉を噛んだ。それが口の中で溶けるまで、噛み続ける。夕刻、誰もいない泉で、水筒に水を満たした。命を維持するためには、肉より水と塩が必要なのだ。糧食は、肉が尽きても、なんとかなる。耐え難い飢えに襲われれば、ひとりずつ殺して食っていけばいい。

最後に堂邑父を殺して食った時、張騫はひとりきりになる。

夜も、星の光でなんとか地形を見てとれた。九年間、闇《やみ》に眼を馴《な》らすことをしてきたのだ。二、三名、呼吸の荒い者がいた。闇の中で、誰なのかは見定められない。構わなかった。遅れるな、という声すらかけなかった。

夜明け前、水を少し飲んで眠った。

六刻で、陽が出てきた。

肉を噛みながら、歩いた。胡人が少なくなる地域まで、あと一日は歩き続けなければならない。二人が、苦しそうな表情をしていて、朱咸が叱咤《しった》している。それも、止めなかった。誰も落伍させたくないと考えるのも、勝手である。

道は、なくなっている。西寄りの南。それが当面の方向だった。明日の昼には、行手に山脈が見えるはずだ。その山脈を越えるのに、五日かかる。それから砂漠を渡り、また山脈を越えると、果てがないとしか思えないような砂漠があるという。そこからは、ずっと西へむかえばいいのだ。

細いが、山脈を越える径《みち》はあり、砂漠にも、歩くための目印はいくつもある。迷った時のことまで含めて、目印については調べられるだけ調べあげていた。九年という、歳月をかけてきたのだ。

張騫自身も、疲労を感じはじめていた。山脈より先に、その疲労を乗り越えなければならない。人間の躰は、疲労に潰《つい》えそうになっても、その先にさらに強靱《きょうじん》な自分がいて、そしてまた疲労にぶつかって乗り越えると、さらに強い自分がいることがわかる。何度も、それをくり返しながら、ひとつのことをやり遂げられるのだ。

ただ、自分も含めて、限りなくどこまでも耐えられる、というわけではない。どこかで、潰える。つまり、死ぬのだ。

六刻に一度、ひと口の水を飲んだ。全員にそうするように、はじめに一度だけ伝えた。当然、張騫は自分が言ったことを守った。ほとんどの者が、そうしている。しかし、耐えきれずに、四刻でひそかに口にした者もいる。

それが誰かも、張騫は考えなかった。やがて、苦しみはじめたら、それがわかる。

二度目の夜がやってきた。

ひとりが、水を欲しがりはじめた。自分の分は、とうに飲み尽したらしい。朱咸が、水を分けてやっている。頑健で、ほかの者より汗をかく量は少なかったのだろう。

歩き続けた。夜半から、岩が多い地帯になった。張騫は、何度も躓《つまず》いた。ほかの者がどう歩いているのか、気にしている余裕はない。方向を違えないことだけで、精一杯である。

夜明け前、やはり六刻の眠りをとった。

少しずつ高地に登ってきていたらしく、陽が落ちるとひどく寒かった。

棘《とげ》のある灌木《かんぼく》であろうがなんであろうが、刈れるものはすべて刈り、掘った穴に横たえた躰に、それらのすべてを被《かぶ》せた。

土に穴を掘るのも、西域を旅したことのある、胡人の商人に聞いたのである。

陽の出とともに、出発した。

四刻ほど歩いて、ようやく水場に到着した。水を少し飲み、水筒に満たした。

「飲みすぎると、苦しくなるぞ。汗も出る。躰を、いためつけるようなものだ」

ひとりに、朱咸が言っている。半分近くの水をその男に与えても、朱咸はなんでもなかったようだ。

李江、朱咸、王広義以外の者たちも、当然名前は知っていた。しかし、すべて男である。名を、頭に浮かべない。名が浮かんだ瞬間に、その男とどんな付き合い方をしてきたかまで、ひとつひとつ蘇《よみがえ》ってしまう。そして、情というものが、頭をもたげてくる。

全員の水筒に水を満たすと、休むこともなく出発した。

いまのところ、水場の情報など、間違っていなかった。雲に霞《かす》んで見えないが、前方には山脈が連らなっているはずだ。

そこは荒涼として、ほとんど草木もない。石塊と岩の山で、わずかな土地も、冬場は凍っている。そこに草が生えてくるのは、夏だけなのだ。だから、遊牧の民もまだ山には近づかない。

干肉を口に入れた。嚙んで嚙んで、嚙み続ける。唾《つば》が出続けて、多少は渇きを癒してくれる。

二刻に一度、ひと口だけ水を飲んだ。

「やめろ。おまえの水筒は、俺が預かる」

朱咸が怒鳴っている。また、ひとりが水を飲みすぎているようだ。

李江も王広義も、それについてなにも口を挟もうとしていない。

生き延びられるかどうか、というぎりぎりのところで、みんな旅をしているのに変りはないのだ。朱咸にはまだ余裕があるというだけで、いつまでその男に関わっていられるかわからなかった。朱咸がなんとかしてくれている間に立ち直らなければ、その男は死ぬしかないだろう。

六刻歩き続けると、前方に山々の姿がくっきり見えてきた。いままで、なぜ見えなかったか、不思議なほどだった。

そういうことがよくあると、張騫は聞いて知っていた。だからことさら山の姿は求めず、ただ方向を違えないことだけに集中して歩いてきた。

「あの山に入れば、いまよりも眠る時は多くとれる。あそこに、胡人はひとりもいないからな。見えている。挫《くじ》けるなよ、みんな」

李江が言った。山脈が見えたので、ほっとしたのかもしれない。

しかし山脈は、いつまで歩いても近づいてこなかった。陽が落ちるまで、まったく近づいていないような気がした。

張騫は、歩き続けた。張騫が歩くかぎり、全員が歩き続ける。

やはり、眠るのは六刻にした。

歩きはじめるとすぐに、山が覆い被さるように近づいているのが見えた。

何人かが声をあげたが、張騫はなにも言わず歩き続けた。

麓《ふもと》で休止を命じ、堂邑父と二人で、あるはずの水場を捜した。

雪解けの水が溜《たま》っているらしい、小さな水場が見つかった。水はそこに溜り、砂漠に流れ出すことはなく、砂に吸いこまれていくようだ。

その水が、地表の下を通り、またどこかに顔を出す。砂漠の川とは、そういうものだ、という話も聞いている。

山に、とりついた。麓から、すでにとりつくという感じで、這うようにして登っていく。いまのところ、方向は違えていない。いまとりついている山は、張騫が何度も思い浮かべたものと、同じかたちをしていた。

途中で、陽が落ちた。

この斜面を、闇の中で登るのは、危険だった。休止を命じた。すぐに、眠りはじめる者が多かった。張騫は、穴を掘り、自分の躰を土や石塊で埋めた。土の中には、わずかな熱がある。ほとんど、湿り気というものはない。

すぐに眠り、夜明けに眼醒《めざ》めた。

まだ寒く、少し躰を動かして、すぐに出発した。口の中には、干肉である。いまのところ、水は充分だった。

時々、陽の高さと方向を確かめるだけで、岩だけを見つめ、這うように登り続けた。

喘《あえ》ぎが、聞える。それを気にするより、足を滑らせないことに注意した。

頂上が近づくと、なぜか斜面は緩やかになった。摑まらずに、登っていくことができる。

夕刻、頂上に立った。

なぜ急な斜面を無理をして登ったのか、そこに立ってはじめてわかった。山は、まだいくつも続いているのだ。眼前には、頂きが二つ並んでいる。しかし、その間の谷が、山を縫って蛇のうに曲がりくねりながら、ずっと続いている。

ここに立てば道が見える、と三人の男が言った。確かに、道は見えた。それを縫って山脈を越えると、果てのないような砂漠に出るのだ。

少しだけ降りて、休止を命じた。

闇の中で、斜面を降りるのは、登るより危険だった。いや、降りる方がずっと難しいのだと、何人にも聞いた。

寒かった。岩ばかりで穴を掘ることもできず、燃やすための枯木や枯草さえもなかった。風を避け、身を寄せ合って眠った。

山に入れば、たとえ軍臣単于が追手を出したとしても、安全なはずだった。匈奴は馬で動くからだ。

これからは、水場と糧食が大事になってくる。いまのところ、まだ進む方向を失ってはいない。落伍した者も、いなかった。

すぐに、朝になった。

ひと口の干肉を、嚙みながら歩く。六刻かかったが、下の谷まで辿《たど》りついた。それからは、急な斜面はなく、ちょっとした岩山を乗り越えるぐらいで、前へ進めた。

「この先に、集落はあるのでしょうか、張騫殿。生肉か麦を、手に入れなければならないと思うのですが？」

「あるはずだ。五日で、山を抜けられる。砂漠になるが、ところどころに集落はあるという話だった」

「柯賀《かが》は、もう大丈夫だろうと思います」

朱咸が、ちょっと振りむいて言った。柯賀というのが、朱咸が叱咤を続けてきた男だった。きのうから、ほかの者より水を欲しがる、ということをしなくなっている。

それまでは、自分の水を半分近く、朱咸は柯賀に分け与えていたはずだ。

張騫が思っていた以上に、朱咸は体力も気力も強靭なものを持っている。落伍しかかった人間に対して、それを使わせたくなかった。

やさしいのも、時と場合による、という言葉を、張騫は呑《の》みこんだ。

「あと五日で、山中を抜けるだろう。それからは、おまえが西に先行しろ。使命は、麦と肉の調達だ」

「わかりました。しかし、買わなければならないと思うのですが」

「漢の銭は、使えまい。髪飾りなど、小さなものを持ってきている。それで購《あがな》え」

言葉も、ほとんどわからなくなる地域だった。人との掛け合いは、度胸でやるしかないのだ。

相手が、こちらに害意を持っているかどうかも、瞬時に判断しなければならない。

李江や王広義は、まだ限界寸前のところにいて、すぐには使えそうもなかった。

「誰か、もうひとり選んでおけ」

「では、柯賀を」

「ほう」

「分けてやった水を、取り返します」

「失敗は、許されん。それは、覚悟しておけよ」

「わかっています」

一日の行程が、長くなった。ほんとうに、五日で山中を抜けられるのかどうかと考えていたが、この調子が続けば、なんとか大丈夫だろうと思った。

ただ、予想よりかなり寒い。特に夜は、水も凍ってしまうほどだ。暑さもそうだが、寒さも、体力を消耗させる。

砂漠に出れば、いくらかはましになるだろう、と張騫は思った。

一日に、拳ほどの大きさの干肉を、ひとつ食うだけだった。鹿の姿などを見かけたが、とても猟などできる状態ではなかった。

砂漠は、不意に現われた。

五日目、緩い登りの斜面を歩いていると、崖《がけ》の上に出て、視界が開けたのだ。

「やっと、砂漠に出たのか」

李江が、感に堪えないような声で言った。

この砂漠を東へ行けば、それほど遮るものもなく、長安に行き着く。ただ、匈奴が支配している地域は、抜けなければならない。

西へ行けば、月氏国に到《いた》る。

この砂漠の旅が、どれほど困難かは、いやというほど聞いていた。夏も冬も、人がいられるという状態ではなくなるという。わずかに、春と秋が、旅が可能なのだ。人は極端に少なく、水場の周辺に、集落を作っている。初夏までは川が方々で流れているが、夏には涸《か》れる。雨は一滴も降らず、雪解けの水だけなのだ。

日中は眩暈《めまい》がするほど暑く、夜は魂が縮むほど寒い、と言われてきた。陽を遮るものは、なにもない。

張騫は、砂漠に出ると何度も方向を確かめた。

頭の中には、九年間調べあげた地図が、消しようもなくある。

「この先、百二十里のところまで、水場はない。そこは集落になっていて、うまく交渉すれば、糧食を分けて貰えるだろう。うまくいかなければ、水さえも貰えない」

全員を、見回した。

「朱咸に柯賀を付けて、先行させる。駄目な場合は、すぐに引き返してこい。方向を変えなければならん。それぞれが持っている水は、大事にしろ。一滴の水が、命を繋ぐことになるかもしれんのだ」

命令を出す以外、張騫はいままでほとんど無言で通してきた。これからも、あまり喋ろうとは思っていない。

「これからは、山地よりももっと水が少なくなるぞ。それも、頭に刻みこんでおけ」

朱咸と柯賀が出発した。

張騫は、全員に沓を作り直させた。底を、少し厚いものにしたのだ。そういう沓で歩いた方がいい。いまのところ、暑さの実感はないが、砂なども熱くなるはずだ。

「出発するぞ」

小声で言うと、それを李江が大声で言い直した。

堂邑父を先頭に、一列で歩いた。

砂漠には、起伏のある場所と、そうでないところがある。ところどころに灌木があるが、それはほとんど起伏のない、わずかに斜面になった土地だった。そういうところの地中深くには、水脈があるのかもしれない。

歩きはじめは、そういうものを見てとる余裕があった。斜面があまりなく、ちょっとした岩山も、越えればまた砂というのは、それほど体力を消耗しなくても済む。

そう感じながら歩けたのは、四刻ほどのものだった。次第に、足がなにかに摑まれているような気分に包まれた。砂が、重たく感じられるのだ。

岩山では喘がなくなっていた者が、喘ぎはじめていた。足もとがやわらかくて、膝《ひざ》を折りそうになるのも、しばしばだった。

これから、果しがないほど、この砂漠は続くのだ。

八刻歩いたところで、陽が落ちた。

干肉を食い、水を飲んだ。明日一日分の水は、まだ残っている。

砂を掘り、躰を埋めた。闇に包まれると、急激に寒くなった。地表から出している顔が冷たくなり、張騫は荷の中から毛皮を出して顔にかけた。

夜が明けた。

歩きはじめると、すぐに暑くなった。夜の寒さが、嘘《うそ》のようだ。

顎《あご》の先から汗が滴り落ちてきたが、それもすぐになくなった。肌が乾いて、皹《ひび》でも入りそうな感じがする。夜にまとう毛皮は、荷に縛りつけて担いだ。

一滴もこぼさないように注意しながら、水を口に入れ、少しずつ少しずつ飲み下した。そうしていると、渇きはいくらか収まってくる。

ところどころに、灌木の繁みがある。しかし、そこに水があるわけではない。地中の深いところにまで、灌木は根をのばしているのだろう。

陽を遮るものが、なにも見つからない。砂は、一歩ごとに足に絡みついてくる。

先行した朱咸と柯賀の足跡は、見つからなかった。ちょっと離れると、足跡など見えはしないだろう。足跡を捜すより、方向を違えないように歩き続ける方が、ずっといいだろう。

小さな起伏が続いていて、いつも視界が開けているわけではなかった。ちょっと高い砂丘の頂上に立った時、遠くまで見通せる。集落のある緑は、どこにも見えなかった。

5

軍の編制については、まず軍内の会議で話し合われた。

帝は、遠征の準備を命じただけである。

国境を越えて、匈奴の地に攻めこむ。それについて、軍内では危ぶむ声が多かった。李広を除いた古い将軍たちは、こぞって反対した。遠征のあと、匈奴の反撃が厳しくなる、という理由だった。

二度に一度は、帝の御前の会議になった。

帝は、なにも言わない。将軍たちの意見を、黙って聞いているだけである。

「朕は、遠征を命じた。遠征の是非を話し合えと、命じたわけではない」

八度もの会議を重ねた時、帝ははじめて口に出してそう言った。

これまで、それぞれの将軍の考えを、じっと聞いていたのだろう、と衛青は思った。

帝のそのひと言で、遠征の是非を論じようという雰囲気はなくなった。帝の言葉は、以前よりずっと重く、ほとんど絶対のものになっている。

「遠征軍の、規模を話し合おうではないか」

李広が言った。戦歴という意味では、随一の将軍である。

「二万の軍が攻めこめば、匈奴には大きな打撃を与えられる、と私は思う」

匈奴は、いくらでも北へ退却できる、という意見が出た。それを追うことは、匈奴の懐に入ってしまうことであり、帰還は覚束《おぼつか》ない。

「それを言えば、国境を守っていればいい、ということになりませんか？」

公孫敖が言った。

この会議から、将軍の資格で出席しているが、意見を述べたのは、はじめてだった。

公孫敖にも、匈奴への進攻の戦歴はある。それは、ほかの将軍たちには、ほとんどないものだった。

「北にむかって、攻めよう。漢軍がどれほど手強《てごわ》いか、まず匈奴に知らしめなければならん。匈奴が北へ退《さ》がれば、長城以北の地を奪って、寨を築き、守ればいいのだ」

李広は古い将軍の中のひとりだが、帝の意思は少しずつ汲《く》み取りはじめたようだ。攻める、ということが、戦の目的のひとつであると、認識はしている。

「充分な耕地が、わが国にはあります。羊しか飼えぬ土地を、兵の命と引き換えに奪ってどうするのか、帝にはお考えいただきたい、と思います」

李息《りそく》が言った。

帝の表情は動かなかった。

「戦をなす、大きな意味はございません。李息の言う通り、痩《や》せた土地を奪い守ることに、どれほどの利があるのでしょうか。関市で漢の文物を求める匈奴には、それなりのものを与えておけばよい、と私は考えます。それが、戦費よりずっと安く済む方法です」

韓安国が言ったので、会議の情勢はまた不戦に傾きはじめた。

韓安国は馬邑の役の総大将である。壮大な失敗に終った馬邑の役だが、韓安国は、はじめから反対し続けていたのだという。

馬邑の役の処理は、中心人物であった王恢の獄死で終り、御史大夫であった韓安国はなんの責も問われていない。

田蚡が死んだ時は、丞相に昇ると誰もが見ていたが、脚の怪我《けが》で動けず、辞退するかたちになって、薛沢が丞相となった。

だから韓安国の意見には、丞相の言葉以上の意味を感じる者もいるのかもしれない。

「韓安国」

帝の語調が強くなった。

「朕に、同じことを二度言わせるな」

韓安国は蒼ざめ、深く頭を垂れた。

これでもう、誰も遠征の是非を論じようとはしないだろう、と衛青は思った。

会議も、八度目になると、くり返しの議論が多くなる。しかしすべてがくり返されるのではなく、少しずつ各自の本音が出てくるのだ。帝は、そこだけを聞こうとしていたのかもしれない。

韓安国は、生粋の軍人というわけではない。

もともとは、先帝の同母弟の梁王《りょう》に仕えていた文官である。帝に召し出されてからも、むしろ民政で力を発揮してきた、と言っていいだろう。

李広のような生粋の軍人は、むしろ少ない。文官が将軍に任命されるのも、めずらしいことではなかった。

一刻ほど、北進についてのさまざまな意見が出された。どれも、その場で思いついたようなものばかりだ。

衛青は、ひと言も発言せず、黙って聞いていた。

「明日、もう一度、この会議を召集する。それぞれの考えは、よくわかった。明日は、朕が決めた編制を、伝えるだけである」

全員が拝礼する中を、帝は退出していった。

すぐに席を立つ者は少なく、ひそひそと言葉を交わしている。

衛青は立ちあがり、部屋を出た。

背後から、李広に呼び止められた。

「私の部屋に寄ってくれ、衛青」

「はい」

衛青は、李広と肩を並べて歩いた。その間、李広はひと言も喋ろうとはしなかった。

「いよいよ、本腰を入れて、匈奴を攻めることになる」

李広が口を開いたのは、本営の李広の部屋でだった。

「そうですね」

「おまえの出動は、ほぼ決まっているだろう、と私は思う。多分、私もな」

「私は、匈奴と闘うための軍を作ってきたのですから、出動は当然だと思います、李広将軍」

「私も、同じだ、衛青」

「はい」

「しかし、陛下のお考えにあるような、軍は作らなかったのだ、と思う。いや、たとえわかっていても、作れはしなかった。私には、躰にしみこんだ、戦のやり方がある」

躰にしみこむということが、衛青にはよくわかった。戦である。ぎりぎりのところで、命を懸けて闘うのだ。だから、やり方は身につく。躰にしみこむ。

ある日、別な闘い方をしろと言われても、最後の最後には、自分のやり方が出てしまう。衛青はそこまで追いつめられたことはないが、躰にしみこんだ闘い方というのは、肌で理解できた。

李広は、追いつめられているのかもしれない。

しかし、歴戦の勇将である。陣形を組んでのぶつかり合いで、右に出る者はいないだろう。

「いずれ私も、おまえを衛青将軍と呼んで、その指揮に従うことになるのだろうな。いや、今度の戦から、そうなるのかもしれん」

「李広将軍、私は、いまだ虎符を与えられたことすらない、見習いの将軍です」

「なんの。誰も、そうは思っておらん。はじめはいろいろあったろうが、自分の力でここまで昇ってきた男だ」

姉のことを言われているのは、よくわかった。それも関係ない、と李広は言っている。

「これからは、ともに闘うことになるのだろうな、衛青」

「はい」

「われらはよい。戦の勝敗がすべてだからな。なにもかもが、よく見える」

「なにか、気にかかっておられるのですか、李広将軍?」

李広は腕を組んだ。軍営の中である。兵の動く気配が、たえず部屋にも伝わってきた。

「韓安国将軍」

李広が言った。衛青は、李広を見つめたまま、次の言葉を待った。

「かつては、丞相にと、陛下が認められた方であった。脚の怪我さえなければ、間違いなく丞相に昇られたであろう。それ以後、馬邑の役では総大将を務められたが、あの結果であった」

「韓安国将軍には、なんの責もない、ということだったのではないのですか?」

「そうは言っても、陛下は疎んじられているのではないか、と私は感じる。少しずつだが」

「李広将軍は、なにをおっしゃりたいのでしょうか?」

「韓安国将軍が、戦に出られることも、考えられる。今度の戦とはかぎらなくても、いずれ陛下は、それをお命じになると思う」

「はい」

「その時は、大きな軍功を上げていただきたいのだ」

つまり、戦では韓安国に手助けをしろ、と李広は言っている。それは、戦場における認識としては、いささか甘いものだ、と衛青には感じられた。

「自分ひとりでそう考え、やればいいことかもしれん。御史大夫のころの韓安国殿に、いろいろ助けられたのは、この私なのだからな。ただ、これから軍を背負うであろう人間に、一度だけそれを頼んでおきたかった」

「わかりました」

言われたことは、わかった。承知した、というわけではない。

「つまらぬと思ったら、聞き捨ててくれ」

衛青は、韓安国とまともに言葉を交わしたことはなかった。戦場で、ことさら足を引っ張ることはしなくても、わざわざ助けることもしないだろう。というより、衛青にとっては、敵との闘いがあるだけである。

それに、老齢に近いと言ってもいい韓安国が、実戦に起用されるのかどうか疑わしい、という気がする。

李広の部屋を出ると、衛青は従者を呼び、自らの軍営に戻った。

公孫敖が待っていた。

「おう、めずらしいな」

「頼みがある」

公孫敖が言う。衛青は、公孫敖を自室へ導き、従者を退がらせた。

「ほんとうに、めずらしい。なんだ、おまえが俺に頼みたいのは？」

「今度の、戦のことだ」

「どういうことだ、戦とは？」

「今度の戦に出て、俺は戦功をあげたい」

「陛下が出ろと言われれば出て、力のかぎり闘えばいいだろう」

「だから、出たいのだ。おまえは、必ず出るだろう。俺を麾下に加えてくれ」

「待て。おまえは二千騎を率いる、将軍だぞ。俺の麾下などということは、あり得ない」

「おまえが、総帥だったとしてもか？」

「俺が、総帥などと」

「あるのではないか、と俺は思う。陛下は、おまえの力を買っておられる」

「確かに、五千騎を俺に預けられた。それだけの働きは、しなければならん、と思ってはいる」

「いいか、今度の会議は、八回だ。四回は、俺たちに好きに喋らせ、四回は御前だった。将軍たちが持っているもののすべてを、陛下はすべて吐き出させようとされたのだ。陛下が、そんな手間をかけられるのは、それしかあるまい。結局、おまえはひと言も発しなかったがな」

「遠征の準備についての話にまで、行かなかったからだ」

「そうだ。あの中で、遠征をどうやるか考えていたのは、おまえひとりだ。おまえはただ、遠征のことを考えていた。陛下は、それを見て取られたはずだ」

「おまえは？」

「話が、どういうふうになるのだろう、ということばかり考えていたよ。多分、李広将軍もだ。今日の会議で、陛下ははじめて自分の意思を貫く、と言われた。俺が遠征について考えはじめたのは、そこからだよ」

「陛下は、いろんな意見を愉《たの》しまれていたのかもしれん」

「おまえの知っている陛下は、そんなことをされるか。武骨な話を聞くぐらいなら、董仲舒《とうちゅうじょ》や司馬相如《しばしょうじょ》の、学識豊かな話を聞きたいと思われるだろう。政事の話なら、公孫弘とか張湯とか」

「確かにな」

「明日、編制を伝える、と陛下は言われた。話し合えではない。伝えるだ。陛下のお心の中では、もう編制は決まっているのだ、衛青」

「そしてもし、おまえが、そこに入っていなかったら、戦に出られない。俺が連れて行ける人間ではないのだ、おまえは。会議に召集された、将軍のひとりではないか」

公孫敖が、うつむいた。

「おまえか李広将軍が、総大将だと思うのだがな、俺は」

公孫敖は、それ以上執拗《しつよう》に言おうとはしなかった。匈奴を攻めるとなると、まずどの地点がいいのか、という話をはじめた。

いつもの、公孫敖だった。

夜になると、蘇建と張次公がやってきた。陳晏は、さまざまな連絡があるので、長安の本営にいる。

「全軍での戦ですね、衛青殿？」

「多分、そうなるぞ、蘇建」

「俺たちが、望んでいたことです」

「そのための、調練も積みました」

張次公が言った。

出動となっても、陳晏は残していくつもりだった。あの脚では、最後の最後のところで、踏ん張りが利かなくなるだろう。陳晏が長安の近くにいてくれた方が、助かることは少なくない。陳晏も、不満を抱きながら、それを承知している。

匈奴との戦は、一度はじまれば長くなるだろう、と衛青は思った。国境の小競り合いではない。その話を、衛青は二人にした。場合によっては、毎年出動ということにもなりかねない。

二人は、兵糧の話題などはじめた。前線の軍にとって、それは切実な問題だった。

翌日の会議の顔ぶれも、変らなかった。

出座すると、帝は全員を見渡した。

「公孫敖、一万を率いて、代郡から進攻せよ」

公孫敖の顔に、喜色が走るのがわかった。

「公孫賀《こうそんが》、雲中《うんちゅう》郡から進攻。兵は一万」

二人。あと何人の軍を、帝は想定しているのか。その中に、自分は入っているのか。

「李広、雁門から一万を率いて進攻せよ」

三人になった。

「衛青、上谷《じょうこく》郡から一万を率いて、進攻。以上である。今回の戦は、四万の兵力による遠征と決めた。総帥は決めぬ。四名が、それぞれ自らの判断で進み、闘ってみよ。はじめての、匈奴への進攻である。匈奴の首を、朕は待っている」

李広が、なにか言いたそうだった。韓安国も加えてくれ、と言うのか。しかし、帝の決定は、すでに伝えられている。

「総帥を、お決めいただければ」

「総帥はいらぬ。四名の将軍それぞれに、虎符を与えよう」

それだけ言い、帝は退出していった。

出動を喜んでいるのは、公孫敖だけのように見えた。出動しないと決まった将軍たちの間には、ほっとした空気が流れている。

出動の日時はこれから決まり、そして虎符が与えられるのだろう、と衛青は思った。

「競うことになったな」

李広が、近づいてきて言った。

「正直、おまえが総帥であったら、私は自尊心を扱いかねて、苦しんだと思う」

衛青は、かすかに頷《うなず》いた。

李広が、率直にそういうことを言うのが、いささか不思議でもあった。

軍営に戻り、全員に出動を告げた。

五千騎であり、虎符で集められる兵がさらに五千ということになる。すべて歩兵にしよう、と衛青は思っていた。

「わが軍の最大の課題は、秣を集めなければならない、ということです。敵地で調達しようと考えるのは、危険すぎますので」

蘇建が言った。

歩兵は、秣と兵糧の輸送隊だ、と衛青は考えていた。それも、こちらの進攻についてくる輸送隊である。本来の輸送隊の任務は、国境までだろう。匈奴の地を占領し、堅固な砦《とりで》を築いた時は、そこまでということになる。今回の戦は、砦を築けと命じられていない。

だから、槍《やり》のように、匈奴の地を突き進むことができる。

蘇建と張次公は、早速、兵の武器の点検をはじめている。

数日後に与えられる虎符について、衛青は考えていた。たとえ五千でも、帝の命により集める兵なのだ。

ほんとうに将軍になったのだ、と衛青は思った。

第四章　鐘鼓

1

五騎が、疾駆していた。

遠いが、動きの鮮やかさは、見ていてはっとするほどだった。

先駈けをしている者たちに、すぐに追い払われたようだ。

「衛青《えいせい》の、留守居の部隊の者だな」

そばを駈けている、桑弘羊《そうこうよう》に言った。牧の方へ、追い払われたからだ。

侍中《じちゅう》の中で、遠乗りについてこられるのは、桑弘羊だけだった。ほかの侍中たちとは、まず乗っている馬が違った。しかも、乗り方を仕込んだのは、衛青である。

武術の方を試してみたが、そちらはまるで駄目だった。衛青が仕込んだのは、乗馬だけらしい。

それでも、桑弘羊は得意そうだった。

「陛下、あれは兵ではありません」

「衛青の牧の方へ駈け去ったぞ。兵でなければ、そこも追い払われるだろう」

「追い払われません。しかし、兵でもないのです」

「なんだ、おまえ。知っているのか？」

劉徹《りゅうてつ》は手綱《たづな》を絞め、馬脚を緩めた。桑弘羊の馬は、決して劉徹の前へ出ようとはしない。

「あれは、衛青の縁者であります、陛下。私の馬の手入れも、よくしてくれます」

「縁者だと。どういう、縁者なのだ？」

「はい、衛青の甥《おい》で、霍去病《かくきよへい》と申す者です。ほかの四騎は、その朋輩《ほうばい》でありましょう」

「どういう、甥だ。はっきり言え」

「衛子夫《えいしふ》様の甥にもあたります」

「ふむ」

劉徹は、馬脚を並足に落とした。衛青軍の営舎が、前方に見えてきている。

「呼べ」

「はっ？」

「軍営で休息する。そこに、連れてこい」

桑弘羊が、鮮やかな手綱捌《さば》きで、駈け去っていった。

軍営の前には、すでに警固の百騎が轡《くつわ》を並べて待っていた。時と場合によるが、このところ遠乗りの警固は、百騎から二百騎にしていた。それ以上減らすと、周囲がうるさい。

軍営では、留守居の将校が、部下を直立させていた。衛青がいる時、何度か来たことはあるが、将校の顔は憶《おぼ》えていない。その将校も三十名ほどの部下たちも、みんな躰《からだ》のどこかに傷を負っていて、行軍や戦には耐えられないのだろう、と劉徹は思った。

「留守居は、これで全員か？」

馬を降り、劉徹は言った。

「牧に、六十名ほどおります」

将校が、警固の隊長に、小声で言った。

「よい、直答を許す」

「留守居は、全員で百二名であります」

「牧に、馬は？」

「八百頭ほどで、内の五百は、仔《こ》を孕《はら》んでおります」

「ほう、熱心に種付けをやっているということか」

「匈奴《きょうど》よりよい馬を、一頭でも多く育てよう、としております」

「入るぞ。水をもて」

中央の営舎に入った。

広い部屋で、壁には漢の地図が張ってあった。北が、上である。

劉徹は、未央宮《びおうきゅう》前殿の、宣室殿《せんしつでん》に張った地図を、あえて南を上にしている。天子南面と言い、執務はすべて南むきである。だから、地図も南を上にしたのだ。匈奴という字が上にあることも、気に食わなかった。

「腹が減った。兵たちが食っているのと、同じものを出せ」

「それは、恐れ多く」

将校が、言葉をつまらせた。

「構わぬ。衛青なら、言えば黙って出すだろう。気にするな」

「はい」

遅れていた、侍中たちが入ってきた。

出された水を飲んでいると、桑弘羊が少年をひとり連れてきた。

「まだ、子供だったのか」

霍去病と、桑弘羊は言っていた。劉徹の前に出されても、臆するところがない。不敵というよりも、好奇心に満ちた眼の輝きをしていた。

「直答を許すぞ。乗馬は、どこで学んだ？」

「学びません。幼いころから、馬とともに暮していたようなものです」

「ほう」

「いまは、衛青将軍の家にいることが多く、私の馬の世話もしてくれています」

桑弘羊が口を挟んだ。

劉徹が眼をくれると、桑弘羊はうつむいた。霍去病が余計なことを喋《しゃべ》るのではないかと、気を揉《も》んでいるらしい。

「おまえのおじは、戦場にむかったぞ」

「私も、一緒に行きたかった、と思っています」

「何歳になる、霍去病？」

「十二歳です」

「まだまだ、戦場には出られぬな」

「騎射では、人に負けません」

「戦に出られる時まで、せいぜいその技を磨くことだ」

「はい」

劉徹は、霍去病の中に、なにか不思議な、輝きのようなものを感じた。それは、知の輝きではない。武人の輝きとは、こういうものだろうか。衛青にも、感じたことがないものだった。

侍中のひとりが、将校になにか耳打ちされている。

「陛下、兵糧を、ほんとうにお出ししていいものか、迷っているようなのですが」

「命じたのだ。出せ」

言って、劉徹は霍去病の方を見た。興味を抱いて、話をした。普通なら、これで退《さ》がらせるところだ。しかし、眼の前の子供を、なぜかもうしばらくそばにいさせたい、という気持が強くなっていた。

「霍去病。めしを食う。おまえも、一緒に食っていけ」

「はい」

「陛下、それは」

桑弘羊が、また口を出した。一瞥《いちべつ》をくれただけで、劉徹はなにも言わなかった。粗末な皿に載った、麦の粉をかためたものが運ばれてきた。劉徹は、すぐに口をつけた。うまいはずはない。しかし、糧食としては充分なのだろう。かすかな、塩味がある。

「これは、遠征している兵たちと、同じ糧食なのか？」

「はい。遠征軍は、途中で鹿などを獲《と》るかもしれません。匈奴の地へ行けば、羊も手に入るでしょう。しかし留守居は、通常の兵糧のみで、本隊の帰還を待ちます」

「なるほど」

「天子様でも、このようなものをお食べになるのですか？」

霍去病が訊《き》いた。そちらを見て、劉徹はちょっと笑みを浮かべた。

「ものめずらしいと思って、俺は食いたいと言っただけだ。日ごろは、贅《ぜい》を尽したものを食っている。兵はこんなものを食っても生きられるし、戦もできる。それを知ってみるのも、悪くないな」

「食いもせず、闘うこともある、とおじに聞いたことがあります」

「だろうな。俺には、とてもできぬことだ。だから、兵は偉いと思う」

劉徹は、皿のものをすべて平らげた。霍去病も、うまそうに食っている。

遠乗りに連れてきた、五人の侍中は、誰もほとんど口にしていない。桑弘羊も同じだった。

「衛青から、いつもこの兵糧を振舞われているのではないのか、桑弘羊？」

「確かに、私はよくここで食事を振舞われますが、それは兵糧というわけではなさそうです。これなら、食わない方がましだ、と私は思います」

桑弘羊は、正直だというわけではない。思ったことを、はっきり言うだけだ。帝である自分には、こういう男も必要だろう、と劉徹は思っている。張湯《ちょうとう》のような怜悧《れいり》な緻密《ちみつ》さはないが、自分に不利なことも隠そうとはしないのだ。

外戚《がいせき》の力が、ほとんど無に等しくなって、廷臣を思いのままに動かすことができるようになった。それは、自分が望み続けてきたことではあったが、同時にこわさもあった。思念が膨れあがり、行き着く先が見えなかったりするのだ。

神に最も近い存在だと言う者もいるが、四海を見渡せば、漢という国の帝にすぎない。国は、ほかにも多くある。そこまで、自分の威信は届いてはいない。

匈奴が、いい例だった。油断をすれば、自分の首を奪《と》り、漢という国を押し潰《つぶ》しかねないのだ。匈奴との戦は、はじまったばかりである。

劉徹は、皿を持った侍中たちを見回した。五人とも、慌てて口に押しこんでいる。警固の兵の将校たちは、さすがに平然と平らげていた。

「早くしろ。茂陵《もりょう》を回って、帰るぞ」

劉徹は言った。

自らの陵墓を、劉徹は築きはじめていた。

渭水《いすい》の北岸であり、ここからだと一度渡渉することになる。

劉徹は立ちあがった。

ひとりの侍中が、兵糧を食いきれず、涙を浮かべている。その侍中を残したまま、劉徹は外に出た。

馬が並んでいる。離れたところに一頭だけいるのが、霍去病の馬らしい。

「衛青は、戦で死ぬやもしれぬ。その時は、おまえが代りをできるように、いまから戦のことを考えておけ、霍去病」

「はい」

馬に乗った。もう、霍去病の方は見なかった。

長安の方向にしばらく駈け、それから渭水の浅い場所を選んで、渡渉した。浅い分、川幅は広い。

渡って十里（約四キロメートル）ほど駈けると、茂陵だった。

陵は、即位の年が明けてから築かれることになっている。劉徹が、自分の陵墓に関心を持ちはじめたのは、この一年ほどの間だった。

陵邑《りょうゆう》を作りたかった。長安には、もう人が溢《あふ》れている。城郭《まち》の外にまで、民家が並んでいるのだ。

そこそこに富んだ者を、茂陵に移す。それで、長安にいるより、ずっと大きな屋敷を作ることができる。そこに住む人の数は、長安と変らないほどにするのだ。

陵邑も含めて長安である、と劉徹は考えていた。

茂陵へ着くと、遠くから墳丘を眺めただけで、長安への帰路をとった。

すでに、住んでいる者が五万に達している。いずれ二十万にまで、それは増えるだろう。ほんとうの建設は、これからはじまると言っていい。

帰路は渡渉せず、橋を使った。長安の近辺には、三本の橋がある。警固の騎馬隊は、当然、全員付いてきている。侍中は三人が脱落し、二人だけが付いてきていた。

未央宮前殿に到着すると、すぐに宣室殿に入った。

公孫弘《こうそんこう》が、待っていたように、執務室に入ってきた。以前より、戦はするな、という意見の持主である。儒教の教養がその根本にある言い方が、劉徹は気に入っていた。

「軍費についての上申書は、御覧いただけたでしょうか、陛下」

「いや、見ていない。そういうものを、俺は見ないことにした」

「それは」

「いいか、公孫弘。戦をすれば、軍費はかかる。匈奴を、銭で飼い馴《な》らした方が得だ、という考えを、俺は認める気はない。匈奴はこれからも漢に攻めこみ、財や民を奪い、当然の権利のように、関市の開設も求めてくる」

「それでも、軍費よりは、安く済みます」

「国の誇りは、銭では購《あがな》えぬ」

「そこに、外交がございます。関市を、匈奴にとって必要不可欠なものにしてしまえば、外交では有利になると考えておりますが」

「その考えは、前にも聞いた。軍費については、侍中の桑弘羊に以前から出させていた。それでほぼ、俺は軍費のありようは摑《つか》んだ。それでよかろう。足りないものを満たすのは、おまえたちの仕事である」

「それはもう、今回の遠征が五度行われたとしても、国庫は安泰であります」

公孫弘は、意見が通らないことがわかると、微妙にこちらにすり寄ってくる。決定的な対立を好まないと言えばそうだが、違う方法で意見を通そうという、老獪《ろうかい》さも見える。

悪くはなかった。こういう男が、廷臣の意見をうまくひとつに集約する。

「五度が、十度になった時のことを、私は申しあげているわけですし」

「二十度になった時の方策を、おまえは考えておけ。今後も、軍費についての上申書を、俺は読むつもりはない」

劉徹は、独座の上で脚をのばした。几《つくえ》に載っている竹簡には、眼もくれなかった。いつもより長い遠乗りだったせいか、脚が張っている。揉ませよう、と思った。

北宮（後宮）の乱れは、すでに収まっている。后がいたころのような、刺々《とげとげ》しい空気は、いまはない。劉徹にとっては、居心地のいい場所になりつつあった。

公孫弘は、二、三の口頭の報告をし、膝行《しっこう》してきて、几に載せられた竹簡を取った。

軍費については、常に桑弘羊が想定を続けている。

負けた時のことから、匈奴の人や家畜を奪えた時のことまで、何通りもの想定がある。そのあたりは、さすがに商人の血だった。しかも面白いのは、なんの意見もつけてこないことである。よく考えると、全部読まされるということになっているのだ。

腰をあげようとした時、張湯が入ってきた。

劉徹は、侍中二人を退出させた。

公孫弘と、時をずらして入ってきた気配がある。それに公孫弘は、侍中たちにも話を聞かせたがるが、張湯は内密の話をすることが多かった。

「未央宮内の厩《うまや》で使う秣《まぐさ》、馬具などの値いを調べました。それと、購った値いを較《くら》べれば、そこに不正が浮き出してきます。厩ばかりではありません。各所の厨房《ちゅうぼう》が入れた食材の値い、未央宮の衛士たちの軍袍《ぐんぽう》や装備。ほかにも数多く、実際の値いと、購った値いの差があります」

未央宮の中にも、不正が蔓延《まんえん》していると、張湯は言っている。本来なら、御史大夫の張欧《ちょうおう》か、丞相《じょうしょう》の薛沢《せつたく》のところで、決裁される問題である。

ただ張湯は、新しい法をどう作るべきか、ということを視野に置いて、喋っている。

細かいところを見過ぎる、という気がするが、実際に法を改正して適用していくのは、細かい事例に対してである。

劉徹は、張湯の話を、視野を拡《ひろ》げて聞くように努めていた。

「商人が、未央宮に入れる物だけ、高い値いをつけているということは？」

「ありません。もしあったとしても、そういう商人を排除できなかったという、役人の側の責任は残ります」

「どこまで、繋《つな》がっている？」

「秣などなら、上の、その上ぐらいまででございます。もっと大きな銭が動くところでは、ずっと上にまで」

いつも顔を見ている廷臣のところにまで、その不正は及んでいる、ということになるのか。劉徹の眼からは、役人はきちんと仕事をしている、というふうに見える。田蚡《でんふん》が死んでから、その下でいい思いをしていた者たちは、ひとり残らず追放した。后の廃位と並んで、それは昨年の大きな仕事のひとつだった。

田蚡のかげに隠れていた者たち以外でも、小さいが不正はあるということだ。張湯が作ろうとしている法は、そういう不正を即座に罰することができる、というものだった。

「もっと深く、手を入れてみろ、張湯。軍に関しても、遠慮せずにやっていい」

「いま、密《ひそ》かに調べ続けております」

「任せよう。また、報告に来い」

拝礼し、張湯が退出していった。

劉徹は、独座の上で躰をのばした。

細かいことは、頭から追い払い、いまは戦のことだけを考えていたかった。しかし、はじめからそれを忘れてしまう、というわけにはいかないのだろう。

忘れていられる状態にする、という役割を、張湯が作る法が果していくはずだ。

帝として、政事をどう見ればいいのか。そもそも、政事とはなんなのか。

ともすれば、頭は遠いところへむかう。国境のことを考えたり、海に眼をむけたりしてしまうのだ。

「北宮へ行く」

張湯と入れ替りに入ってきた侍中たちに、劉徹はそう言った。

2

強い陽射《ひざ》しが途絶え、周囲が薄暗くなった。

雲が出てきたわけではない。砂が、舞いあがっているのだ。

「それぞれ、風を避けて、じっとしていろ」

王広義《おうこうぎ》が、声をあげている。

張騫《ちょうけん》は、風向きを読み、砂の盛りあがりのかげに、身を横たえた。

砂嵐である。舞いあがった砂で、周囲は日暮のように暗くなる。

張騫は、荷の中から布を出して顔に巻き、躰には毛皮をかけた。

十七名で出発したが、十五名に減っていた。

欠けた二人は、足を傷めて、進めなくなった。砂が足をとり、気を抜くと足首を捻《ひね》ったりしてしまうのだ。

山よりも、砂漠の方が進むのがつらいということは、歩きはじめてすぐにわかった。二刻も歩くと、躰が揺れるような感じがしてくる。思ったように、足が前に出ない。なんでもないような砂丘が続いているだけだが、斜面を登る時は、砂に手を突っこんだようにして、躰を支える。降りる時は、転げ落ちる。そしてすぐに、また登らなければならない。

山を歩くように、砂丘の谷を縫って進むなどということは、至難である。どの方向にも、斜面はあるのだ。

砂漠に入ってからは、余裕のある者はいなかった。先行して、水や糧食を確保する役目を果していた朱咸《しゅかん》も、三度ほどでそれができなくなった。足を傷めれば、残るしかない。その先にあるのは、死だけである。

暗くなった。風の音が、すべてを遮断した。そばに人がいる気配さえ、吹き飛ばしてしまう。

張騫は、背を丸めた。

どこかで、駱駝《らくだ》が手に入れられないか、と張騫は考えていた。砂漠の舟が駱駝なのだ、と言った商人の言葉が、思い出される。砂漠を進むということは、水の中を進むようなものだった。おまけに、水にはない大きな起伏が続く。

たとえ駱駝を見つけたとしても、購えるかどうかは、わからない。荷の中に、匈奴の地でも隠し通してきた、金の袋が五つある。しかしそれは、月氏国へ行って使うためのものだ。あとは、小さな飾り物などがあるだけである。

風が、いっそう強くなった。躰に降り積った砂が、また吹き飛ばされていくのが、眼を閉じていてもはっきりわかった。

張騫は躰を丸め、毛皮をしっかり押さえていた。風を避けていても、そうである。まともに風を受ければ、立ってさえいられないだろう。

砂嵐は、竜巻とは違い、砂漠の広い範囲に吹き荒《すさ》ぶ風である。砂は舞いあがるが、石を飛ばすことなどはあまりない。

じっと身を縮めて耐えていると、砂と一緒に、恐怖が全身に降り積ってくる。この風がやむことはないのではないか、と本気で考えてしまうのだ。

砂漠全体が、ふるえているような気がする。天が落ちたのではないかと思うほど、躰に被《かぶ》さったものが、重さを増してくる。

眼を閉じている上に、砂に埋もれてくると、まったくの闇《やみ》しかない。荒々しい風の音に満ちた、決して光が射してくることがない闇である。

はじめて砂嵐に遭った時は、叫び声をあげそうになった。三人か四人は叫んだはずだが、そばにいるにもかかわらず、声は聞えなかったという気がする。

砂嵐は四刻ほど続き、不意に熄《や》んだ。

這《は》うようにして、張騫は砂の中から出た。

立ちあがり、全身の砂を落とす。方々で砂が動き、ひとり二人と這い出してくる。もう、砂嵐を感じさせるものはなにもなく、砂漠には陽が照りつけていた。

出発した。

方向だけは失わないように、それだけを陽の位置で確かめながら、歩いた。先頭は、堂邑父《どうゆうほ》である。次が張騫で、後方に十三名が続く。

四刻の損失があったので、陽が落ちても、星を頼りに歩き続けた。

いまのところ、水場の情報は、ほぼ正しい。砂漠に出て十四日が経《た》っているが、一日に進むのは、出発前に計画した、半分の距離にも満たなかった。

それでも、進んでいる。間違いなく、進んでいるのだ。

夜更けまで歩き、それから身を寄せ合って眠った。

あっという間に、朝になった。

干肉を口に入れ、嚙《か》みながら歩いた。砂のざらつきがあるが、それは気にせずに、呑《の》み下す。歩きはじめて二刻も経つと、全員が喘《あえ》ぎはじめた。渇きには、耐えていた。四刻に一度、ひと口飲むだけである。

半日歩いたところで、小休止した。

暑い。照りつける陽射しを、遮るものがなにもない。毛皮は、着ている方がいい、というのがわかってきた。頭にも、布を巻きつけている。はじめは白かったその布も、砂と同じ色になっていた。

ひとりが、遅れかけている。

張騫は一度ふりむいただけで、遅れるかどうか確かめようともしてこなかった。ふりむくのさえ、つらいのだ。足は動き続けているが、ふりむいた時、転ぶことがある。なんでもないように見えても、砂は罠《わな》に満ちているのだった。

遅れていたひとりが、ようやく追いついてきた。足を傷めている、というわけではないらしい。暑さにやられたのだろう。

皮袋の水は、飲み干していた。朱咸が、ひと口だけ分けてやっている。

二刻休んで、出発を告げた。ほんとうは一刻だけのつもりだったが、もう一刻のばしたのだ。

「もう少し、休ませてくれ」

うつむいて、呟《つぶや》いている。

「張騫殿は、一刻のばしてくれたのだ。これ以上は、休めん」

朱咸は、張騫が小休止をのばしたことが、ちゃんとわかっているようだ。

歩きはじめた。

陽が落ちるまで歩き、躰を寄せ合って眠った。頭の中の地図では、明日じゅうに、泉のある集落に行き着けるはずだ。

死んだように、眠る。寒いのかどうかも、よくわからないほどだ。

すぐに夜明けで、水をひと口飲み、干肉を口に入れた。口の中で完全に溶けるまで、それは噛み続ける。この干肉も、匈奴の地にいる間に、さまざまなものを試しに作った。塩をし、硬く干したものが、最も長く保《も》つ。

それも、絶えかけていた。

ひたすら、歩いた。方向を違えないこと以外、なにか考えるということもなくなった。やはりひとり遅れているが、それでもなんとか付いてきているようだ。

陽が中天にかかり、少しずつ西に傾いた。

「張騫様、あれを」

堂邑父が指差した。

砂ではないものが、遠くに見えた。砂ではない、緑。それはすぐに、見えなくなった。

「幻か」

歩きながら、張騫は呟いた。しかし、堂邑父は、確かに指差した。二刻ほど進むと、それは視界に現われ、また消えた。

三度目に見えた時は、かなり近くなっていた。いくつか砂丘を越えると、不意に眼下に川が流れていた。這いつくばるような草が、点々とその両側にある。

砂漠に入って、はじめて見る川だった。

実感は、湧《わ》かなかった。というより、幻に違いないという思いが、まだつきまとっている。そばまで行った。膝《ひざ》をつき、両手を水の中に入れた。水である。

「おお」

張騫の後ろを進んでいた王広義が声をあげ、上体を川に突っこむと、顔をつけて水を飲みはじめた。張騫も、両手で水を掬《すく》った。

しばらく、なにも考えられなかった。

十四名が、川に上体を突っこんだような、同じ恰好《かっこう》をしていた。

陽は、すでにかなり西にある。

「今夜は、ここで寝よう」

水に両手をつけたまま、張騫は言った。水の冷たさが、ようやく全身に伝わってきた。

川の幅は、二歩で渡れるほどだ。この季節にだけ流れている、雪解け水の川だろう。夏になれば、もう干上がってしまう。大抵は、地表の下を流れて水脈になっているが、こうして川になっているものも時にはある、と話は聞いていた。

よく見ると、這いつくばった草に混じって、膝下ほどの丈の灌木《かんぼく》の茂みも見えた。背中にくくりつけていた荷を、張騫は降ろした。堂邑父が川の周囲を歩き回り、燃やせる枯枝をひと抱え集めてきた。

「麦の粉を水で練って、煮ましょう」

堂邑父は、荷の中に小さな鍋《なべ》を持っていた。

火を熾《おこ》して湯を沸かし、水で練って玉にした麦の粉を、それに入れた。

久しぶりの熱い食事であり、久しぶりの火だった。

遅れていたひとりが追いついてきたのは、暗くなってからだった。

朱咸は、熱い食事を与えようとしたが、受けつけなかった。水を飲んだだけである。

張騫は、口には出さなかったが、その部下を食うことを考えていた。全員が、痩《や》せている。歩くことの過酷さのせいだが、糧食を補えば、かなりましになるはずだ。手持ちの糧食だけでは、絶対的に不足していた。

「水がそばにあると、これほど安心していられるものなのですね、張騫殿。おまけに、火まである」

李江《りこう》が、そばに腰を降ろして言った。川のそばの砂は、水を吸っては乾くということをくり返していくせいか、表面は硬くなっていた。座っていても、ずるずると崩れていくということはない。

「あの火で、肉を炙《あぶ》ったらうまいだろう、と考えていた」

「干肉ばかりですからね。それも、もう尽きかけています」

「ここから上流の方へ行くと、半日で集落があるはずだ。一応、安全な集落ということになっている」

「これまで、張騫殿の情報は、ほとんど間違いありませんでしたよ」

「これから先もそうなら、生きて月氏へ到着できるはずなのだが。とにかく、思いのほか時を要している」

砂漠の旅に馴れた人間の話を、聞くしかなかった。やはり、経験というのは、大変なものなのだろう。話の通りに進むことなど、とてもできない。

「あいつは、もうもちませんね」

遅れて着いて、なんとか鍋のものを食べようとしている部下を指し、李江が言った。落伍《らくご》しかかった部下に対し、李江も王広義も朱咸ほど甘くなかった。

「申し訳ありません」

「なんだ、李江？」

「憎まれ役は、俺がやらなければならないことです。それを全部、張騫殿に押しつけている、と思います」

「置いてきた二人のことを、言っているのか？」

「そうです。残して進むと決断されたのは、張騫殿でした」

決断と言うほどのことではなく、遅れる者を待たなかった、というだけだ。

「気にするな、李江。王広義にも朱咸にも、そう言っておけ」

「朱咸は、やさしすぎるのが、いずれ仇《あだ》になる、という気がしますよ。いくら自分に自信があるからといって、やり過ぎでしょう」

「この旅は、それぞれが、自分のことについては責任を持つ。あとは、なにをやっても構わない。堂邑父と二人だけで、匈奴の地を脱《ぬ》けるべきだったのではないか、と歩きながら俺は何度も考えた」

冷えこんできた。完全に暗くなる前に、小枝を手分けして集めてあったので、朝まで火は保ちそうだった。

二つ、焚火《たきび》を燃やした。

躰をのばし、毛皮を躰にかけ、眠った。

朝になると、すぐに出発した。

川沿いに、上流にむかって進む。水がそばにあるので、気持が切迫することはなかった。それに、歩きやすい砂だ。

陽が中天にかかった時、一刻の休止をとった。朱咸が、ひとりを支えて歩いてきた。水は与えているのに、顔色は悪く、唇は皹《ひび》が入ったようになっていた。

この先に、集落がある。それがなかったら、この部下を食おう、と張騫は思った。

出発した。

六刻で、集落らしいものが、遠くに見えてきた。池があるらしく、木もあり、草地も拡がっていた。

一行を見た童が三人、集落に駈け戻っていく。すぐに、男たちが十人ばかり出てきた。

「堂邑父、俺が喋ってみよう」

一行を止め、張騫はひとりで男たちに近づいていった。聞いた話では、漢の言葉を喋る人間が、何人かいるということだった。

「西へ、旅をしている」

張騫は、黒々と髭《ひげ》を蓄えた男たちにむかって、大声で言った。その間も、近づいていった。集落からは、さらに十四、五人の男たちが出てくる。

「食料を、譲って貰《もら》えないだろうか。そして、できれば一日か二日、休ませてくれ」

張騫は、男たちの前まで歩いていった。

「俺は、張騫という。食料を、分けてくれ」

男たちが顔を見合わせ、なにか喋っている。聞いたことがない言葉だった。

「俺たちは、漢という国から来た」

このあたりの国と漢が、戦をしたという話など、聞いたことがない。匈奴となら、ぶつかったことがあるかもしれない。

身ぶりを交え、同じことを言った。

「漢の、どこから来た？」

漢の言葉だった。

「おお、喋れるのか」

口をきいた男にむかって、張騫は言った。

「俺は、張騫という。食料を分けてくれ」

「漢の、どこから来たか、訊いたぞ」

「長安、長安だ。砂漠に入ってから、苦しい思いをしている」

「長安から、なんのために？」

「西の国との、通行路を拓《ひら》きたいと思っている」

「それで、なにをする？」

「交易だ。漢は富んだ国で、西の物産を欲しい者が多くいる」

「商人か？」

「商人に頼まれて、道を拓こうとしているのだ」

「長安の商人だな。長安の商人が西へ行った、という話は聞かん」

「長安ではないところの商人は、西へ行っているのか？」

「そうだ。しかし、漢の商人とは言えんのかもしれんな。酒泉《しゆせん》や敦煌《とんこう》にいる漢人だ」

「あのあたりに漢人はいるが、匈奴に遮られて、漢からは切り離されているようなものだ」

「遮られていて、よくここまで来られたな」

「実を言うと、匈奴に捕えられた。隙《すき》を見て逃げ、山を越え、それから砂漠を西へむかってきた」

「ほう、それは難儀な旅であったな」

片言の漢の言葉ではなく、喋っていることはほとんど理解できた。

「武器など、持っていないな？」

「そんなものを持つぐらいなら、水を多く持つ。途中で鹿や兎《うさぎ》が獲れないものかと、短い剣は持っているが、一度も遣《つか》わなかった」

「弓は？」

「持っていたが、とうに捨てた。水を持つ方が大事であったから」

「弓がなければ、獣など獲れん。匈奴の者のような身なりだが、それは匈奴の地で手に入れたものか？」

「そうだ。着ていたものは全部取りあげられ、こういうものを着せられた。毛皮などは、脱出の時に盗んできた」

「ほう、盗んだか」

「仕方がなかった。砂漠は、夜寒いと聞いていたし。食料も、盗んだものだ」

「苦労をしているようだな」

「十七人いたが、十五人に減った」

男はかすかに頷《うなず》き、ほかの男たちと喋りはじめた。

しばらくして、三人が出てきた。ひとり、髭に白いものが混じっている。

「来るがいい。泊めてやることは、できる。食料も、いくらか分けてやろう」

「それほど、多くを持っているわけではない。わずかな飾り物と、金を三粒ほどしか」

「困っている者から、銭を貰おうとは思っていない。ただ、飾り物というのは、見せてくれ。欲しい者がいれば、食料をさらに出させることができる」

「わかった」

「あとで、長のところへ連れていく。ここにいる三人は、漢の言葉を喋ることができる。敦煌に住んでいたことがあるのでな」

張騫はふり返り、離れたところにいる部下に合図をした。

警戒心はあるが、純朴な人間たちのようだ。子供たちの表情を見ても、この集落が、ひどく貧しいとは思えなかった。

池の周囲に、百二、三十の家が建ち並んでいる。砂の、粘りのあるところを水で溶き、四角い箱に入れてかたちを作り、陽に干す。それで、かなり硬いものになる。それを積みあげて作った家だった。匈奴でも、西の方では時々見かけた。

誰も住んでいないらしい家を、ひとつ与えられた。

火を燃やす場所があり、そこには薪が運びこまれた。

男がひとり来て、張騫を集落の長のところへ連れていった。

そこで、もう一度、長安を出発してからの話をした。男が、長の耳もとで、張騫の言うことを訳しているようだ。

「苦労したな。一年か」

十年を、一年に縮めて話をした。十年などと言っても、信じて貰えないと思ったからだ。

長はまだ若く、三十歳にもなっていないように見えた。

「十五人というと、この集落では大人数だ。いつまでも、客として置いておく、というわけにはいかない」

「二日。いや、一日でもいい」

「そんなものでいいなら、ゆっくりするがいい。できることは、してやろう」

「ありがたい。礼を言う」

それが耳もとで訳されると、若い長はかすかに微笑《ほほえ》み、頷いた。張騫は、飾り物を二つ、懐から出した。手にとって見つめ、長は嬉《うれ》しそうな顔をした。

家に戻った。

客として受け入れられたようだと言うと、李江と王広義が、ほっとした表情をした。朱咸は、支えてきたひとりを寝かせ、水を飲ませようとしている。

李江が、かすかに首を横に振った。

死者をどうすべきか、張騫は考えはじめた。死を忌み嫌う人々が、いないわけではない。まして、よそ者の死である。

男が二人やってきて、火を燃やした。夕暮で、火が鮮やかな色に見えた。

すぐに、木の串《くし》に連ねて刺した羊の肉が、焼かれはじめた。いい匂《にお》いがした。肉はかなりの量がある。饅頭《まんとう》のようなものも運ばれてきたが、それは蒸したのではなく、焼かれたもののようだ。

焼いた肉に、張騫は最初に貪《むさぼ》りついた。しばらく、頭の中が白くなった。うまいと思ったのは、何度か咀嚼《そしやく》してからだ。噛むたびに、肉汁が口に拡がる。干肉とは、まるで別のものだった。

ほかの者も、黙々と肉を貪っている。

「ほら、食え。力をつけないと、おまえはほんとに動けなくなるぞ」

朱蔵の声がする。

いま食っているのが、場合によってはおまえの肉だったのだ、と張騫はその部下に言ってやりたかった。

腹が満ちるまで食ったのは、久しぶりのことだった。全身が熱くなり、それから眠気が襲ってきた。

床に敷かれた毛皮に、ひとりふたりと倒れこんでいく。

張騫も、倒れこんだ。

揺り起こされたのは、明け方だった。

「張騫殿、こちらへ」

柯賀《かが》の声だった。

「索潜《さくせん》が、死のうとしています」

死にかかった部下の名を、はじめて張奮は思い浮かべた。

這って、索潜のそばに行った。

「おい、張奮殿だぞ」

朱咸が言っている。李江や王広義も起き出してきた。ほかの者も、頭だけもたげたりしている。

「張奮殿」

索潜が、弱々しい声で言った。

「申し訳ありません。俺は、もう」

「いい、喋るな」

「俺は、もう付いていけません」

「この村の長に、おまえのことを頼んでみる」

「もう、駄目です。月氏へは、行けません」

索潜が、かすかに首を動かした。それから、全身を痙攣《けいれん》させた。

「死んだ」

朱咸が言った。

これをどう扱えばいいか、張奮はめまぐるしく頭を働かせた。

外は、明るくなりはじめている。

張奮は外へ飛び出し、まだ色のはっきりしない空にむかって、雄叫《おたけ》びをあげた。三度、四度と、全身から声を絞り出した。家々から、人々が飛び出してくるのが見えた。

張騫は、地に伏せ、泣き声をあげた。

周囲がざわつき、誰かが張騫の背に手を置いた。両側から抱え起こされた時は、すでに明るくなっていた。

「同情するが、人はいつか死ぬものだ」

白いものが髭に混じった男が、静かな口調で言った。

「まして、厳しい旅を続けてきたのだ。弱い者から、死んでいく」

よそ者の死を、忌み嫌われてはいない、と張騫は思った。

「何日でもいいから、ここで休んでいけ。俺から、長に口添えしてやろう」

堂邑父が来て、張騫の躰を支えた。泣いている真似《まね》をしているが、堂邑父は涙を流してはいなかった。

3

上谷郡《じょうこくぐん》に到着すると、衛青は太守と虎符《こふ》を合わせ、五千の歩兵の動員を伝えた。

その五千は兵糧と秣を運び、そのまま北の国境近くまで進む。

その間に、四人の将軍が雁門《がんもん》郡に会した。

年長の李広《りこう》が雁門郡から進攻するので、他の三人が合わせたのである。

公孫敖《こうそんごう》は、衛青の年来の友だった。公孫賀《こうそんが》は、姉の衛君孺《えいくんじゅ》の夫になるが、言葉を交わしたのは、衛青が将軍に昇ってからである。親戚としての付き合いは、まったくなかった。

李広は、歴戦の勇将である。

衛青は、軍議の必要を認めなかったが、李広の意向に逆らう気もなかった。

四名が、それぞれに匈奴に進攻、という命令を受けたのだ。兵力も、それぞれ一万。匈奴の地の、どこを奪《と》れと言われているわけでもない。四名が、それぞれに競ってみろ、ということだと衛青は理解していた。

「まず、越境の期日を決めたい」

「わが軍は、いつでも出撃できます。期日さえ、決めていただければいいのです」

衛青が言い、公孫賀と公孫敖も頷いた。

「そうか。ならば、これから十日後。暑くなる前に、矛を収めるところまで行きたい」

李広は、雁門郡の軍営の一室で、几の上に地図を拡げた。

「それぞれに、百里の進攻が目標。それでよいか？」

「たった百里なら、私は騎馬隊だけで何度も行っています。何里進攻すべしということを、事前に決めるのに、意味はないのではありませんか、李広将軍」

「衛青、ただどこまでも進み、戻れなくなって兵を失う気か」

「それは、それぞれの将軍の判断が問われるのではないでしょうか。二百里進めるなら、進む。それ以上進んでも戻れるなら、さらに進む。戻れず兵を失えば、指揮の将軍が責めを負えばよい。陛下の御下命は、そのようであったと、私は考えています」

「ほかの二人は？」

「あらかじめ、進攻の距離を決めるのは、危険だと思う、李広殿。それぞれの判断で、進めるところまで、ということにしておくべきではないかな」

公孫賀が言った。やはり、古い将軍である。守りながら進む、という考えが見え隠れしていた。

公孫敖は、進めるだけ進むだろう。進み過ぎることも、あるかもしれない。

「わかった。そういうことでよいか、公孫敖。同格の将軍としての出動だ。言いたいことは、言っていいぞ」

「俺の判断で、進ませてください、李広将軍。俺は、ほかのお三方より深く攻め入ってみせろと、陛下から命じられたという気持なのです」

「わかった。しかし、功名を逸《はや》って、無理はするまい。陛下の兵を、いたずらに失ってはならん」

「わかっております」

「兵糧は、足りているか。郡の太守と、なにか揉めてはいないか？」

三人とも、なにも言わなかった。

「よかろう。では、連携の想定を、何通りか話し合っておこう」

無駄なことだった。どこかの地点を攻めようというのでなく、ただ進攻なのである。越境したら、お互いの所在など、知りようもなくなるはずだ。

それでも、公孫賀は連携にまんざらでもなさそうだった。公孫敖も、助け合えるのならという顔をしている。

伝令の交換の話になった時、衛青は無理だと、仕方なく言った。

「伝令を出すことは、できます。しかし、受けることはできません。匈奴に居所を知られないためにも、一日に百数十里は動くつもりですので」

「それは無謀ではないか、衛青。知らぬ土地だ。五十里も動けまい」

「騎馬隊のみで動き、歩兵は後方の一地点を動かさないつもりです」

「ならば、その歩兵に伝令を飛ばそう」

「無駄です。騎馬隊が戻るまで、そこを動きませんので」

「ふむ」

李広が、考えこんだ。

公孫賀は、伝令の交換を望んでいるようで、衛青を除いて交換しようと言いはじめた。

「よく考えてみたら、俺も動き回るかもしれません。情報として、伝令を送ったりすることはできますが」

公孫敖が、そう言いはじめた。

結局、連携はしないということになり、李広と公孫賀は、伝令の交換をするという話になった。

「李広将軍、これは割れたということにはならないと思います。陛下は、あえて総帥は決めぬと言われたのですから」

「そうだな。そうであった」

競い合わされるのだということを、李広もいやいや認めた。

日時が決まっただけで、なんの実りもない軍議だった。

上谷郡に戻ると、衛青はすぐに騎馬隊を国境の南に移動させた。

輜重《しちょう》を引いた歩兵が、続々と到着してきた。

普通、歩兵は輜重を引いたりはしない。しかし今回は、匈奴の地に入るのである。闘える者が、輜重を引いている必要があった。輜重の部隊を別に動かす、大きな意味はない。かえって、邪魔になるとも考えられた。

歩兵部隊の隊長は、輜重部隊のような扱いをされることに、大きな不満を抱いているようだった。

衛青は、その隊長と粘り強く話し合った。

「わかりました。とにかく、ある地点まで兵糧を運び、敵の攻撃から守ればいいのですね、衛青将軍。つまり、二つの役をやれ、と言っておられる」

「その通りだ。のんびりと輜重部隊で運ばせるほど、匈奴は甘くない」

「歩兵には、歩兵の誇りがあります」

「その誇りの中に、独自の力で、敵中にひと月留《とど》まる、というものも入れてくれ」

「俺は、衛青将軍の、匈奴との闘い方をよく見ていました。確かに、見事な戦だった。しかし、歩兵にはあんな動きはできません」

「その代り、騎馬隊をもっと匈奴の奥地にやる、ということはできる。騎馬隊のみでは、それはできん」

「それを、誇りにせよと？」

「勝てば、誇りになる、ということだ」

隊長は、考えこんでいた。陸英《りくえい》という名の将校である。

「命令ならば」

「命令だけでいいと言うなら、おまえの同意は求めない、陸英。戦は、ともに闘うべきものだ。俺はおまえと、ともに闘いたい。だから、同意を求めている。命令ならなどとは、言わないでくれ」

陸英は、あぐらをかいたまま、しばらくうつむいていた。

「騎馬には騎馬の輝きがあり、歩兵には歩兵の輝きがある。俺は、その両方を輝かせる自信はある。自信はあるが実績はない。だから、一度だけ俺に賭《か》けてみてくれ、と頼む以外にないのだ」

陸英が、腕を組んだ。唇を嚙みしめている。それから、顔をあげた。

「わかりました。やりましょう。部下も、そう説得します」

「そうか」

「俺は、衛青将軍の戦を、眩《まぶ》しいと思いながら見ていました。年に何度も匈奴の侵攻を受け、民が殺されたり攫《さら》われたりする国境の軍の将校として、衛青将軍のような闘い方を、もっと大がかりにして欲しいと、考えていたものです。それの端緒になるのなら、やってみましょう」

「頼む」

衛青が頭を下げたので、陸英はひどく驚いたようだった。

「男同士です。そう思ってよろしいのですね」

「そうだ、陸英。男の戦を、男同士で闘うということだ」

衛青が言うと、陸英が声をあげて笑った。

4

村に留まったのは、三日だった。

また、西へむけて出発した。丸一日で、川が細くなり、消えた。砂が、川を吸いこんだようだった。

糧食は、手に入れてある。しかし、十日分ほどだ。

三日休めば、躰に力が漲《みなぎ》ってくるのではないかと思ったが、村に入る前より、躰が重いような気がした。それは丸一日歩いても変らず、夜になると、なにも考えず、砂に倒れこんで眠った。

三日の休みが、長すぎたのか短すぎたのか、まだわからない。とにかく、三日以上休むのは、気持が許さなかった。

それにしても、躰を休めてしまうというのは、不思議なものだ、と張騫は思った。それまでの疲れまでが、全部噴き出してくるような気がする。

実際、二日目には二人が遅れはじめた。朱咸が面倒を看《み》ようとしているが、さすがに二人は無理で、最も遅れていたひとりは、いつの間にか消えた。

「おまえは、どうして平気でいられるのだ？」

二日目の野営は、わずかだが水のあるところで、火を燃やすこともできた。

薪になる灌木の小枝などは、堂邑父がひとりで集めたのである。

「村にいる間も、私は走っていましたよ、張騫様。躰を休ませるなら、十日以上休ませなければ、かえって疲れが出ます。昼が暑く夜が寒い砂漠では、十五日は必要かもしれません」

「はじめから、そう言え」

「私も、確信を持っていたわけではなく、長い旅のやり方として、父に教えられていただけです。それに、あそこで皆様に走ってくださいと申しあげたところで、誰も言うことなど聞いてくださらなかったでしょうし」

「このままの状態が、続くのか？」

「わかりません。人の躰は必ず馴れる、と私は思っているのですが」

そこまで、命が保つかどうかだろう、と張騫は思った。頭の中にある地図では、あと二十日進み続ければ、月氏国に達する。ほかにも、大宛《だいえん》という国があるはずだ。

旅をした者の話だと、ほかにも数多くの国がある。

しかし、目的の場所は、匈奴より西に追われた、月氏なのだ。月氏国と匈奴を挟攻するというのが、帝が描いた戦略だった。

あのころ帝は十八歳だったので、いまはもう二十八歳ということになる。

三日目には、躰はいくらか楽になっていた。

それは張騫がそうだということで、ほかに遅れる者が出はじめていた。朱咸は、二人の面倒を看はじめている。

何人が遅れているのか、張騫にはわからなかった。ふり返って、確かめようという気にもならない。一時、どちらかというと平坦だった砂漠も、いまは砂丘の連なりなのだ。すぐ後ろの者さえも、見えなくなる。

そのまま夜まで歩き、砂に埋もれるようにして眠った。

水場がなかった。どこかで方向を誤ったのか、あるいは水場そのものが消えてしまったのか。朝になって人数を数えると、九名しかいなかった。朱咸は、ひとりだけの面倒を看る気のようだ。

砂丘を、這い登る。転がるようにして降り、また這い登る。皮袋には、わずかの水しか残っていなかった。飲みたいが、耐える。

このまま、渇いて死んでいくのかもしれない、と思う。水が欲しいだけで、誰かを殺して食おう、という気も起きなかった。

不意に叫び声があがり、二人が絡まって砂丘から転げ落ちてきた。朱咸と、支えていた男だった。男の眼《め》は、もう尋常ではなかった。朱咸の首を、締めあげている。異様な力のようで、偉丈《いじょう》夫《ふ》の朱咸が、ふり払えないで踠《もが》いていた。

張騫は、堂邑父に顎《あご》でちょっと合図をした。堂邑父が、男の首筋に刃を当て、横に走らせた。

血が噴きあがり、すぐに砂に吸いこまれた。まだ朱咸の首に食いこんでいる男の手を、柯賀が引き剝《は》がした。

朱咸は咳《せき》をし、転げ回り、それから動かなくなった。張騫は、死んだ男を見ていた。食うべきかと思ったが、渇きの方が先にきて、食い物はどうでもいい、という気になった。肉だけでも、とも思わなかった。強い光が照りつけて、屍体はもう傷みはじめているように見える。

朱咸が、ようやく立ち上がった。右足をおかしな具合に引《ひ》き摺《ず》っている。

歩きはじめた。砂丘を、二つ越えた。

なんと、そこには水場があった。まばらだが灌木が生え、砂丘と砂丘の間で小さな流れになり、また砂漠に消えていた。

まず、飲んだ。塩を舐《な》めては、飲んだ。それから皮袋に水を満たした。

砂漠の下の水脈が、なにかの具合で表に出ているのだ、と張騫はようやく思った。張騫の集めた情報にはない、水場だった。

朱咸が、足を引き摺りながら、追いついてきた。

堂邑父が、灌木を刈り集めてきた。麦の粉を水でといて練り、丸い玉にした。それから火を熾《お》こし、鍋をかけ、その玉を煮た。

水を飲むと、持っていた干肉も食おうという気になった。

「こんなものだ。砂丘をあと二つ耐えて越えれば、水が飲めたのに」

朱咸が言った。

誰も、なにも言わない。いまは、八名だった。麦の餅《ヘイ》をひとつ、煮た汁を椀一杯。あとは、それぞれが持っている干肉を、時をかけてしゃぶる。


肉をしゃぶりながら、張騫は陽《ひ》の高さを測った。それで進路の誤りがはっきりわかったわけではないが、いくらか南にずれているような気がした。

出発すると、心持ち北寄りに歩いた。

足をとる砂は、もう気にならなくなっている。砂嵐にも、馴れてきた。砂丘の斜面を登るのも、転がって降りるのも、考える前に躰がやってしまう。

陽が落ちた。

七名になっていた。朱咸が、いない。やはりあの足では無理だったのか。

堂邑父が、引き返そうという素ぶりを見せた。

「よせ」

堂邑父が、薄闇《うすやみ》の中で、張騫を見つめてきた。張騫は、眼をそらさなかった。

「それぞれが、運を持っている。あの男の運が強ければ、必ず追いついてくる」

李江の様子も、おかしかった。わずか二つだが、張騫より年長である。砂を掘っては横たわり、起きあがっては、また砂を掘っている。

いつもはかける部下への言葉も、なかった。代りに、王広義が部下に声をかけていた。

朱咸が追いついてきたのは、夜半だった。

堂邑父が灌木の枝の束を持っていて、それを一本ずつ燃やし続けていた。わずかなその光で、朱咸は追いついてきたのだ。

「助かりました。およその方向は、星を見て測っていたのですが、火が見えなければ、ここを通り過ぎていたと思います」

「礼なら、堂邑父に言え」

「張騫殿が、火を燃やしておくことを、お許しになったのでしょうから」

朱咸は皮袋の水をひと口飲み、それから砂に潜りこむようにして眠った。

「李江殿が」

朝になって、堂邑父が報告に来た。李江は、砂に顔を突っこむようにして、自分で掘った穴の中で死んでいた。

七名で、出発した。しばらくすると、朱咸が遅れはじめた。

山中で、最初に落伍《らくご》しそうになって、朱咸に助けられた柯賀は、遅れる朱咸を見ないようにしていた。朱咸も、助けを求めたりはしていない。

夕刻、水場に着いた。

まだ明るかったが、張騫は夜営を命じた。

堂邑父が、湯餅《トウヘイ》を作る。水場は、張騫の頭の中の地図にあるもので、進路はもとに戻ったようだ。

暗くなってから、朱咸が追いついてきた。

堂邑父は、湯餅をひとつ残していた。

「俺を待っていただいたんですか、張騫殿」

「水場だから、夜営をした。それだけのことだ」

「どんなに遅れても、俺は必ず追いかけます。俺のことは、気にされずに」

張騫は、返事をしなかった。

みんな、もう眠っている。寒さで、張騫は唇がふるえるのを感じた。

「明日も、早いぞ」

それだけ言い、張騫は砂に掘った穴に身を横たえ、毛皮の上から砂をかけた。

眠ったと思ったら、夜が明けている。

出発した。すぐに、朱咸が遅れはじめた。

張騫は隊列を停《と》め、朱咸を自分のそばに出した。歩きはじめる。朱咸は左の足の踏ん張りが利かないようなので、左脇を支えた。

「張騫殿」

「俺の頭の中の地図では、大宛という国が、もうそれほど遠くない。生き残っている七人全員で大宛に入る」

「俺ひとりのために、遅くなります」

「構わん」

六刻ほど歩き続けると、堂邑父が代ってきた。それからさらに六刻経つと、柯賀が堂邑父に代った。

そうやって、六日進んだ。その間、二つの水場を通った。

足もとが、いくらか堅くなっている。岩も増えたし、ところどころだが、丈の高い木も見えるようになった。

そして、地平に山なみが現われた。

「砂漠を越えたようだ。あの山は、すでに大宛になる」

「月氏国は、そのむこうですか？」

王広義が言った。

「すでに、大宛に入っているのかもしれん。このあたりは、戦をくり返したりはしていないので、国と国の境界も適当なようだ」

進み続けた。

足もとが、砂ではなくなった。それで朱咸も、だいぶ楽になったようだ。杖《つえ》をついていれば、支えられなくても、遅れずに歩く。

ところどころに、草が見えはじめた。歩くのは、砂漠よりもずっと楽だ。

そして、羊の群れを見つけた。およそ五百頭ほどか。張騫は、大きく息をついた。

牧童たちは、近づいてこようとしない。あえてこちらから近づくことはせず、張騫は西へ進み続けた。

騎馬隊が現われたのは、二日目だった。

明らかに匈奴の騎馬隊とは違ったし、殺気立った兵でもなかった。

堂邑父が、胡人《こじん》の言葉で話しかけたが、半分も通じていないのが、脇で見ていてよくわかった。

「漢語を喋れる兵がいるようです」

「そうか。じゃ、俺が喋ってみる」

「いや、俺が。両脇から支えてください。相手がどう出るかわかるまで、張騫殿は脇におられた方がいい、と思います」

朱咸が言い、柯賀に支えられて前に出た。堂邑父も、もう一方の脇を支えた。

「われらは、月氏国にむかう漢の使節である。匈奴に捕えられたが、なんとか脱出して、砂漠を旅してきた」

「それはまた、苦しい旅をしてきたものだ」

明確な漢語だった。

「われらの王に会って、今後のことを決めればよかろう」

「待ってくれ。匈奴に引き渡されたりすると、われらは死ぬしか道がなくなる」

「なにを言っている。なぜ、匈奴などに引き渡すのだ。われらの王は、漢人の来訪を喜ばれるであろう」

朱咸がちらりと眼をむけてきたので、張騫は小さく頷いた。

大宛の兵は、馬を降り、それぞれ休止する態勢になった。見張ろう、という素ぶりも見せない。

張騫は、土の上に腰を降ろした。ほかの者と寄り添うように腰を降ろし、朱咸と堂邑父だけが、立ってまだ喋っていた。

「それにしても、なぜこんなに漢語を喋れる者が多いのだ？」

「大宛に、漢人が何人いると思う。戦で匈奴に捕えられ、逃げてきた者。わざわざ匈奴の地を抜けて、漢からやってきた者。そういう者たちが、何百年も前から大宛に住みつき、漢の文字なども伝えた。おまえらのように、使節として来た者はいないが、いまも年に数回は、漢人が現われる」

商いをしようと思う者、未知の地に憧《あこが》れを持つ者、逃げざるを得ない者。そういう人間は少なくなかったのだろう、と想像できた。そしてそういう人間について、漢で語られることはほとんどなく、朝廷にはまったく話は入ってこない。

過酷な旅だろうが、耐え抜ける者も多いだろう。たとえば一行の中でも、朱咸などは、ずっと落伍しかかった人間を支えるだけの余裕を、持ち続けてきたのだ。

「馬を、用意してくれるようです。大宛の王は、漢の大きさ、文物の豊かさをよく知っていて、匈奴の妨害さえなければ、交易をしたいと望んでもいるようです」

朱咸が、そばへ来て言った。

「もうしばらく待つと、われわれの乗る馬が到着するようです。その馬で、大宛の王のいる貴山《きさん》城まで、連れていってくれます。そこで、月氏への道は探れると思います」

「そうか、馬か」

この旅の、苦しい部分は終りに近づいているのかもしれない。これから、難しい部分がはじまる。月氏国の軍を、出動させられるかどうか。その交渉が、大きな仕事になるのだ。

月氏は、砂漠の東から西に追われた。追った匈奴に対しては、深い恨みを抱いているという。月氏国の軍と漢の軍が匈奴を挟攻できれば、勝利の展望は開ける。

馬が七頭、連れてこられた。漢では見かけない鞍《くら》が、載せられている。

「行こうか」

騎馬隊の指揮者が、声をかけてきた。

馬に乗ると、どれほど楽か、進みはじめてすぐに身に沁《し》みた。並足である。半分居眠りをしていても、進んでいく。

「なんとか、行き着けそうですね。大宛国の王は、康居《こうきょ》という国の王と親しく、康居は大月氏と良好な関係のようです」

朱成が、馬を寄せてきて言った。

張騫は、前方に連なる山なみに眼をやっていた。そこが全部、大宛国だという。遊牧より、農耕をよくなしているようだ。

張騫は、懐の節《せつ》に手をやった。匈奴に捕えられた時、節をとっさに土の中に隠した。漢の使節だと、知られるわけにはいかなかったからだ。節には牛の尾で作った房が三つついている。そのひとつを懐に入れていた。帝に与えられてから、この十年、房ひとつになったが、一度も躰から離したことはないのだ。

これを使う日が、ついに来る。

木々が、多くなった。砂とは違う、緑の眩しさだった。

5

決められた日の、決められた刻限に、衛青は一万を率いて国境を越えた。

これまで、二千ほどで越えたことはあるが、一万の大軍は、はじめてである。おまけに、五千は輜重を曳《ひ》いた歩兵だった。

二里以上先に、斥候は出さなかった。それ以上になると、報告が届いた時は、匈奴の軍は移動してしまっている。捕捉《ほそく》を続けようとすれば、相当な数の斥候が必要で、ぶつかり合いになると、そこからもたらされる情報も、無駄なものだった。

匈奴は、ひたすら動く。果敢に攻めてくるし、劣勢となれば、逃げることになんの逡巡《しゅんじゅん》も見せない。

遭遇戦に対する備えさえ、怠らなければいいのだ。それは、越境して何度も闘った、衛青の経験が教えたものだ。

一日に、六十里進んだ。このままだと単于庭《ぜんうてい》まで、二十日以上かかる。

ただ、途中からは、騎馬隊だけの移動だった。

遊牧の民は何度か見かけたが、六日進んでも、匈奴の軍とは遭遇しなかった。

ほかの三軍がどういう動きをしているか、まったくわからなかった。わかる必要もない。ひたすら単于庭を目指すのが、今度の戦だ、と衛青は思い定めていた。

七日目、前方に数千騎という報告が入った。すぐに、六千騎だと、数もはっきりした。場所から考えて、左賢王《さけんおう》の軍と思われる。

「蘇建《そけん》、二千騎を率いて、右に回りこめ。正面からは張次公《ちょうじこう》の二千騎。俺は、その後方で一千騎を率いている」

後軍という意味ではなく、強いて言えば遊軍だった。匈奴との野戦では、とにかく機を摑むことだった。摑んだ時は動く。わずかな躊躇《ちゅうちょ》が、情況を一変させる。

「歩兵は、円陣を組め。輜重を、防壁のように丸く並べ、兵は戟《げき》を構えて、騎馬の突入を止めろ。円陣の中に、決して敵を入れるなよ」

陸英に、そう命じた。

長い行軍のあとでも、歩兵の動きは悪くなかった。円陣が組み上がるまで、衛青は一千を動かさなかった。

輜重が、恰好の囮《おとり》になっている。

野戦になれば、匈奴軍は、動きの鈍い歩兵を、当然狙《ねら》ってくる。ならば、守りをかためて動かさないことだ。

「来ます」

報告が入った。

敵が突っこんでくると同時に、蘇建が側面から攻撃をかけはじめる。

正面は退《さ》がり、歩兵を守る構えをとった。それは構えだけで、歩兵への攻撃に、匈奴軍を誘いこむのだ。

匈奴は勇猛だったが、用兵の機微については、こちらが一枚上手だった。六千を蹴散《けち》らすのは難しくない、と衛青は見た。

突っこんでくる敵を、二千が左に回りこむようにして避けた。正面は、衛青の一千騎だけである。ただ匈奴軍は、左右から攻撃されるかたちの中に飛び込んできている。

衛青は、片手を挙げた。六千騎は、一丸となって突っこんでくる。衛青は、一千を小さくかたまらせ、楔《くさび》のような隊形にした。

左右から、蘇建と張次公が、全力で絞りあげはじめた。

「よし、行くぞ」

衛青は、一千を楔の陣形のまま動かした。先頭がぶつかり合った時は、一千は疾駆していた。そして、きれいに敵を二つに断ち割った。反転する。左右から絞りあげられていた敵が、背後からも攻撃を受けるかたちになった。

敵は、逃げはじめた。算を乱したというのではない。不利と見て、逃げると決めただけだ。踏み留まろうとする者は、ひとりもいなかった。

敵がそう動くことまで、衛青は読んでいた。六千騎が乱れずに逃げれば、野戦の懸け合いが続いているようなものだ。それを潰走《かいそう》というかたちに持っていけば、かなりの敵を討てるはずだった。

一千騎で、逃げる敵の前方に回りこんだ。

衛青が指揮している一千騎だけは、匈奴軍の馬に劣らない、駿馬が揃《そろ》えてある。先頭の百騎ほどを討つと、敵は、はじめて算を乱した。どちらの方向に逃げるかの、指示がなくなっているのだ。

蘇建と張次公は、敵を違う方向へ追い、後方から打ち倒していった。衛青は、ひとつにまとまろうとする敵を見つけては、撃ち砕いていった。十里、追い討ちに討った。

二千以上の、敵を討った。こちらの犠牲は、ほとんど出ていない。

十里で、騎馬隊は集結した。

陸英の歩兵は陣を解き、駈け足で追いついてきた。

「ここで、野営だ。蘇建、一千騎を出して、前方と左右の十里を、哨戒《しょうかい》させろ。戻ってきたら、次の一千を出せ。そうやって明朝まで哨戒を続けろ」

一千騎が、出ていった。五隊での交替である。残った者は馬を休ませ、武具の点検をはじめた。

「陸英、歩兵の動きは、実に迅速だった。なんら、騎馬隊に負担をかけることがなかった」

「一騎も、陣に突っこんでくることはありませんでした。六千の攻撃を見た時は、相当の犠牲を覚悟したのですが」

「戦は、瞬時の判断で決まる。歩兵の陣を囮にしたのだから、ひとつ間違えれば、かなりの犠牲を出しただろう」

「はじめて、騎馬隊の戦を、眼の前で見ました。いままでは、戦果を横眼で見るだけでしたが。

大いに、囮にしてください。騎馬隊との連携で、充分に戦ができるのだと、俺ははっきり実感しました」

「よかろう。これからも、お互いにうまくやろうではないか」

陸英が頷き、笑った。

自分がそれほど明るくないせいか、衛青は闊達《かったつ》な男が好きだった。

「ところで、衛青将軍。すでに匈奴の地に深く入っておられますが、どこまで進まれるおつもりなのですか？」

「単于庭までだ」

「まさか」

「俺がそう思っているのではない。帝が、そういう戦を望んでおられる」

陸英が、じっと衛青を見つめてきた。

「帝は、たえず、攻めることを望んでおられる、ということですか。領地領民を守るということでなく」

「俺は、そう思ってきた。したがって、俺の戦に、守りというものはない」

かすかに、陸英は頷いたようだった。

草原なので、秣《まぐさ》は必要ない。手入れを終えた馬は放され、思い思いに草を食《は》んでいた。その間も、次の哨戒に出る一千騎は、出動態勢で待機している。

単于庭を攻めると言った衛青の言葉を、陸英は真に受けてはいないだろう。その意気ごみだ、と解したに違いなかった。

しかし衛青は、単于庭を攻めるのが不可能だとは、考えていなかった。単于庭に達するには、二千五百里進まなければならない。騎馬隊だけでは、とても無理だった。しかし、千数百里のところに、補給の基地があれば、難しくはないのだ。

そこまで、歩兵が進めるかどうか。そこで小さな砦《とりで》を築き、どんな猛攻にも、ひと月耐え抜けるかどうか。

賭けのようなところはあるが、やってみるしかないのだ。歩兵が耐えきれず、後方の基地が消えたとなると、帰還は非常に困難なものになる。

夜が明けると、進発した。十里四方に、敵の姿はない。北でもなく西でもなく、北西にむかった。よほどの障碍《しょうがい》がないかぎり、真っ直《す》ぐに進む。

その間も、衛青は地形を頭に入れ続けた。夜営に入ってから、その地形は布に書き入れておく。これまでも、進攻した匈奴の地の地形は、すべて書いてあるが、これほど深くへ入ってきたのは、はじめてだった。

十日進んだところで、衛青は全軍を停めた。

小さな岩山がある。小川ではなく、湧水《わきみず》もあった。

「単于庭まで、あと千五百里というところであろう」

蘇建、張次公、そして陸英を呼び、衛青は言った。

「この岩山を砦にし、兵糧を運びこむ」

ほんとうに単于庭へむかうのか、という眼をして、陸英は衛青を見つめてきた。

「十日で、行き着けるはずだ。五千騎で単于庭に攻めこむのは、無謀であろう。帰還できなければ、意味がない」

三人とも、黙って衛青を見つめていた。

「単于庭の南に、蘢城《りょうじょう》がある。毎年五月、単于が匈奴の重立った者を集め、祭祀《さいし》を行う場所だという。匈奴にとっては、単于庭に次ぐ、重要な場所だろう。単于庭ほどの兵力は、そこには配置されていないはずだ。蘢城を襲って、速やかにここへ戻る」

「追撃を、どうかわされるつもりですか？」

蘇建が言った。

「ここまで進んで気づいたが、匈奴の軍の主力は、国境の近辺に集結しているのではないか、と思う。漢軍四万の進攻は、むこうにも読めただろうからな。しかし、単于庭の近辺まで攻めこまれるとは、考えていない」

「俺も、そんな気がしました」

「単于庭では、奇襲に即応はできまい。こちらが、速やかに動ければだ」

「歩兵は、ここに残ればよろしいのですね。兵糧と秣を守り抜けば」

「そうだ、陸英。最大の要点は、そこだ。騎馬隊の命は、ここで繋がれることになる」

「わかりました」

「追撃に関しては、その場でかわすしかない。匈奴にとって、重要な場所を襲うのだ。追撃の厳しさは覚悟しているが、それをかわせる調練も積んできた」

臆病《おくびょう》さには、つけこまれる。果敢さは、匈奴の意表を衝《つ》く。国境近辺での大軍相手の野戦より、犠牲は少なくて済むかもしれない、と衛青は考えていた。

翌日は、騎兵と歩兵がともになって、兵糧を岩山に運びこんだ。それから、岩山の周囲に溝を掘り、その内側には逆茂木《さかもぎ》や解体した輜重で、防壁を作った。

兵には、十日分の兵糧を持たせた。秣も、やはり十日分である。ただ、草地は多くあり、馬が飢えることはないだろう。

騎馬隊だけで、早朝に進発した。

駈け足である。疾駆しないかぎり、馬は一日でも駈け続ける。

千五百里を、十日以内で駈け抜けられるだろう。いまのところ平地が多く、険しい山などは見当たらない。

遊牧をしている民には、出会った。二十頭ほどの羊を奪い、その日はそれを焼いて食った。

馬が潰れる、ぎりぎりのところでの、進軍である。一日二百里が限界で、それも平地でようやく可能なことだった。

十里先まで、斥候を出した。

八日目、蘢城らしき場所を見つけた斥候が、駈け戻ってきた。

衛青は、本隊を蘇建と張次公に任せ、五十騎で先行した。

漢の城郭《まち》とは、だいぶ違う。まず城壁がない。しかし人家は野放図には拡がらず、集落の中央には祭祀のためのものなのか、小高い丘があった。その下に、軍営もある。

「およそ、一万の軍か」

軍営の大きさから、衛青はそう判断した。

本隊が到着するまで、衛青はその場で待った。一万の軍が、原野に展開していれば、それなりに手強《てごわ》い。しかし、軍営にいるのだ。鞍を載せた馬も、少ないだろう。

本隊が、二里後方まで追ってきた。衛青は伝令を出し、自分が指揮する一千騎を呼んだ。蘇建と張次公には、間を置いて、蘢城に突入するように命じた。

一千が到着し、それからしばらくして、蘇建が二千で追い越すように駈けていった。軍営が、乱れるのがわかった。抵抗を受けず、軍営まで進めたようだ。しばらくして、張次公の二千が突っこんでいく。蘇建が押しこまれそうになっていたが、それで敵はまた乱れた。四千が押し出されるように原野に出てきたのは、かなりの時が経ってからだ。

決して、押し出されたわけではない。犠牲を出さない程度のぶつかり合いで、これだけ時がかかったということだ。そして、ようやく敵は、闘う態勢を整えた。

四千騎ほどが、追って出てきた。すぐに、三千騎ほどが続く。騎馬隊の動きは、さすがと言えた。

衛青は、敵の二隊の動きをしばらく見、それから三千騎の方を注視した。

どこから指揮が出ているのか、およその見当がついた。

次の瞬間、衛青は側面から、そこにむかって突っこんだ。指揮官の姿が、はっきり見えてきた。

ぶつかった時、その指揮官を斬《き》り落としていた。そのまま、敵中を駈け抜ける。

蘇建と張次公が、反転して突っこんできている。指揮官を失った敵の動きは、いきなり悪くなり、半分は潰走しはじめた。残りの半分は、ひとつにまとまろうとしている。それを、蘇建の隊が二つに断ち割った。

それで、ほぼ勝負はついた。

「集落は、焼け。敵兵は殺し、馬を奪え」

奇襲なのだ。奇襲が奇襲として生きれば、勝って当たり前だった。

四万が四軍に分かれ、それぞれ違う場所から進攻したことを、匈奴は当然知っていて、それなりの軍の展開をしただろう。

上谷郡からの衛青の軍に対応したのが、最初にぶつかった、左賢王の軍らしい六千騎だったのかどうかは、わからない。原野の移動で見つかりやすいと思いがちだが、実は一万ほどの軍は、なかなか見つからないのである。広大な原野では、一万は点のようなものにすぎない。

まして、意表を衝く進軍をすれば、所在の捕捉は非常に困難になる。

あとは、陸英の砦が、見つけられないままか、たとえ攻撃を受けても、しっかりともちこたえていれば、帰還は難しくないということになる。輜重を曳いて日に六十里進めた歩兵は、駈けるだけなら百里以上進めるのだ。

「ほぼ、三千は討ったと思います。馬は、一千頭ほど鹵獲《ろかく》しました」

蘇建が報告に来た。捕えた兵も、一千ほどだという。

衛青は、撤収の命令を出した。

6

李広は、雁門から真北に百里進攻し、そこで陣を組んだ。

移動というものに、李広はどうしても馴染《なじ》めない。陣を組んだ時と較べると、あまりに隙が出すぎるのだ。百里を進攻する間、全身の毛が、常に立ったような状態だった。

陣を組むと、落ち着ける。腰が据り、さまざまなことを考えることもできる。

一度、六、七千騎の匈奴の軍が現われた。陣を見て、攻めずに引き返していった。

これも、やはり陣があったからだ。移動中に遭遇していれば、あの騎馬隊には圧倒されただろう。こちらは、騎馬は地方軍のものも含めて、五千だった。五千が一万の騎馬であろうと、匈奴には騎馬戦を挑むべきではない。漢軍の本領は、陣を組んでのぶつかり合いなのだ。

進攻して十五日が過ぎても、匈奴の攻撃はなかった。補給のために、二千の歩兵を後方へやった。輜重隊は、国境までしか来ない。虎符では、輜重隊の動員までは、許されていなかった。

その二千が、兵糧を運んで陣へ戻ってくる途中で、攻撃された。数十名の兵が、知らせに駈け戻ってきたが、李広は救援を出さなかった。

襲ったのは、わずか数百騎である。どこかで、本隊が動くのを待ち構えている軍が、いるはずだった。

二千は散り散りになり、戻ってきたのは五百にも満たなかった。

二十日を過ぎて、兵糧が決定的に不足してきた。

李広は、八千を、陣形を組んだまま、少しずつ後退させた。

雲中から進撃した公孫賀は、国境の北五十里ほどのところにいた。公孫賀の陣と並ぶようにして停止すると、李広はしっかりと陣形を整え直した。それから、三千の兵を、騎馬千五百、歩兵千五百で後方へ出し、無事に兵糧の移送を終えた。

そこで、また百里の地点まで進攻した。

公孫敖は、代郡から出て、二百五十里の地点にいる、と伝令を寄越した。

それを聞いても、李広には焦りはなかった。それだけ進んでも、公孫敖は敵と遭遇していないのだ。進攻の距離だけを競っても、意味のないことだった。

公孫賀は、頻繁に伝令を寄越したが、百里の地点まで進攻しよう、という気はないようだった。

衛青の軍がどこにいるのかは、まったくわからなかった。公孫敖が二百五十里なら、三百や四百は進攻しているのかもしれない。

陣中で、李広は帝への上奏文を書いていた。百里ずつの進攻で、補給路を確保し、匈奴の地を奪うべきであり、急激な進攻は、敵の騎馬隊の餌食《えじき》になるだけ、というような内容である。

帝の本意に沿えない上奏であることはわかっていたが、現場からの意見は出しておくべきだ、と信じた。

帝は、進攻というかたちで、匈奴との戦をはじめたい、と考えている。その手はじめが、この戦である。帝の頭の中には、匈奴を殲滅《せんめつ》させる、ということが視野にあるのは、これまでの言葉から充分に理解できた。

しかし、難しい戦である。殲滅させるどころか、進攻した地点の確保だけでも、至難と言っていいだろう。

帝の夢は夢として、戦場にいる軍人は、しっかりと現実を伝えるべきである。

李広がいま思い描いているのは、四百里は北へ進んでいる衛青を先頭にして、公孫敖、自分、公孫賀という縦の線が匈奴の領土に突き入り、しばらくそれを確保する、というものだった。線で連ねられるが、左賢王という匈奴第二の地位にいる者の領地を、二分しているかたちにもなる。これを三月続ければ、充分すぎるほどの進攻の戦果だろう。

衛青がどこにいるのかはわからないが、公孫敖は位置を知らせてきていて、それは李広が思い描いた線を、実現しているのである。

李広は、公孫賀の陣を経由する、補給の道を作った。公孫敖は、遊牧民の羊などをかなり大量に鹵獲し、また草原に布陣しているので、兵糧も秣も必要としていないという。

ひと月経っても、匈奴の攻撃はなかった。

李広の陣は、さまざまな防御もこらし、砦のような恰好になっている。

公孫敖が敗走してきたのは、進攻四十日を過ぎたころだった。

わずか五百騎ほどで、李広の陣に飛びこんできた公孫敖は、すっかり形相《ぎょうそう》が変ってしまっていた。

「二万騎ほどの敵だろうと思います」

公孫敖は、地に座りこんで言った。

「攻撃は、熾烈《しれつ》をきわめました。二千規模で、休むことなくくり返しこちらの陣に突っこんできて、防御を一枚、二枚と剝がされました。自分の、腕や脚が切り落とされていく、と俺は感じましたよ」

「どれぐらい、攻撃は続いたのだ？」

「一昼夜。その間、わずかな間もなく、したがって陣形を整え直す暇《いとま》も、与えられませんでした。六、七千、いや八千に達するほどの、兵を討たれたと思います」

「それほどにか」

「匈奴の攻撃には、容赦がありません。自分の指揮下の兵が、あれほど討たれ続けているのを見るのは、まさに悪夢でありました」

「おまえは、無事だったのだ」

「指揮官が、おめおめと生き延びて帰ってきたのは、万死に価する、と思っております。しかし、わずかに残った兵で反撃するのも、なんの意味もありませんでした」

「二万か」

「単于か、左賢王の軍か、それすらもわかりませんでした」

「勝敗には、運もある」

公孫敖軍が潰滅したのなら、衛青の軍が無事でいるとは思えなかった。なんの連絡もこないのは、全滅したからだろう、と李広は思った。

衛青は、果敢すぎた。国境を越える戦で、何度も戦果をあげたが、それは少数での遭遇戦の様相が強かったからだ。

「俺は、どうすればいいのでしょうか、李広殿？」

「代郡に戻って、沙汰《さた》を待て」

「はい」

「早まったことは、考えるなよ」

公孫敖は、強張《こわば》った表情のまま、小さく頷いた。

李広の陣が攻撃に晒《さら》されたのは、公孫敖を送り出した三日あとだった。

大地が、生きもののように、煙をあげた。その煙に中から、騎馬隊が飛び出してきた。

李広は、その数と勢いを見て、即座に三千の騎馬を率いて陣外に出た。押し包まれることが、明白だったからだ。

思った通り、陣の四方に、匈奴軍は殺到しはじめた。防御は、堅い。李広は慌てず、敵の弱い部分を見きわめた。

西から突っこんでいる軍が、動きの激しさの割りに、強い打撃を与えていない。そこだろう、と李広は思った。

思ってから、さらにもう一度確かめるのが、自分の欠点であり、同時に長所でもある、と李広は自覚していた。

動きを見つめていると、指揮官がいる場所も見当がついてくる。

「行け」

短く李広は言い、三千騎を一斉に走らせた。

五千ほどの敵が、崩れていく。全部崩す必要はない。他の部隊が救援に回ってくると、面倒なことになる。

二千ほどを突き崩し、李広は後退した。

すぐに、右に回りこむ。三、四千の敵が、小さくかたまって、こちらへむかっていたからだ。

それを、かわした。

もう一度、敵の乱れたところに突っこんでいく。途中で、李広は反転を命じた。陣を攻めているはずの騎馬隊の馬首が、全部こちらにむいているのが、見えたのだ。

反転したところにも、四千騎ほどがいた。李広は先頭を駈け、途中で方向を変えた。土煙の中に突っこんでいく。

なんとか、二隊をかわした。

そのまま、原野を駈ける。公孫賀の陣との間に、匈奴軍を引きこもうかと考えたが、すぐにやめ、敵を散らすことに専念した。

挟撃の態勢を作ったところで、損害を恐れる公孫賀は、陣を堅めて動こうとしないだろう。指揮権は、お互いに独立しているのだ。

前方に、一千騎ほどが現われた。強い気を放つ軍だが、数は少ない。

避けなかった。正面からぶつかって、蹴散らせると判断した。

ぶつかった瞬間に、その判断が誤りであったことに気づいた。断ち割られている。三千騎が、一千と二千に分断されている。あっという間のことだった。その一千は、李広のいる一千の方へ襲いかかってきた。

なんとか、迎え撃つ態勢を作るだけで、精一杯だった。再びぶつかった。今度は、敵は断ち割るような走り方をせず、潰しにかかってきた。

周囲の兵が、次々に突き落とされていく。李広は、乱戦の外に出ようと、二百騎ほどで駈けた。外に出ようとしても、一部隊が先回りをしている。

周囲の軍が、多くなっていた。およそ四千か五千。徐々に、包囲の形が作られていく。一点にむけて、李広は突っ走った。そこを突破するしかない。しかし、周囲が突き落とされ、四、五騎が残るのみとなった。

三方から、戟が突き出されてきた。

なんとかかわしたが、次の攻撃で肩を突かれた。遮二無二、李広は馬を駈けさせようとした。しかし、腹を突かれ、李広はそのまま馬から落ちた。

ここで死ぬのだろう、と李広は思った。腹の突き傷は浅いので、まだ死んではいない。胸かどこかを突かれ、それで死ぬのだ。

いつまでも、胸は突かれなかった。

李広は、眼を閉じた。部下はみんな突き落とされたのか、喧噪《けんそう》は静まっている。

「李広将軍だな」

声をかけられ、李広は薄く眼を開いた。

「単于は、李広将軍の死を望んではおられん。このまま、単于庭へ連れていくぞ」

「殺してくれ」

「死にたくても、死ねん。それが俘虜《ふりょ》というものだ。俺は軍臣単于の弟で、左谷蠡《さろくり》王伊穉斜《いちさ》という。漢軍を全滅させるまで、俺は単于庭に帰らんが、李広将軍には、ひと足先に単于庭にむかって貰う」

伊穉斜は、匈奴で第四位の地位にいる者だった。何度か攻められたこともあるが、これほど近くで接したことはない。

「殺せ、伊穉斜」

言ったが、伊穉斜の笑い声が聞えただけだった。

二頭の馬の間に、木の枝を渡し、李広はそこに載せられた。

死ななかったが、捕えられた、と李広は思った。負けて死ぬことより、屈辱ではないのか。しかし、生きていれば、逃げる機会はある。

馬は、ゆっくりと進んでいた。護送の兵は、五十騎ほどである。途中で、何度か水を飲まされた。腹の傷は、はらわたに達していない、と見たのだろう。

夜になり、馬からはずされた枝の上で、李広は寝る恰好になった。

足は、動くのか。手は、動くのか。眠ったふりをしながら、李広は何度もそれを確かめた。何度も、くり返し確かめた。

左肩の傷で、左腕はほとんど動かせない。しかし、右腕は動く。立ってみなければわからないが、両足も支障なく動く感じだ。

夜明け。出発した。

陽が高くなるまで、李広は周囲の兵を観察した。それほどの精鋭ではなく、匈奴にしてはむしろ弱々しいという感じさえする。

指揮をしているのは、少年としか思えない男だ。周囲の口調から、左賢王か左谷蠡王の息《そく》だと思われた。いい馬に乗っている。

陽が中天にかかるころまで、李広は観察を続け、それから、眼を閉じた。

気力を、充実させる。機会は、多分、一度きりだ。

夕刻近くなって少年の馬が脇を進みはじめた。そばには、かなり年嵩《としかさ》の男が付いている。決めた。決めた時、李広は枝の上に立ちあがり、馬の背に乗って、跳躍していた。

少年を馬から突き落とし、次の瞬間には跨《また》がって、馬腹を蹴っていた。

馬は、風のように駈けた。滅多にいない、駿馬だった。五十騎は追ってきたが、あっという間に後方に遠ざかった。

李広は南にむかって駈け、かなり夜がふけてから、馬を休ませた。

夜明けに、出発した。

すぐに、陣があったところに達した。

部下たちは、いない。潰走したわけではなく、後退したようだ。ひどい犠牲も、出してはいなかった。

後退ならば、公孫賀の陣にむかったとしか、考えられなかった。

途中で五千騎ほどの匈奴軍を見かけたが、李広は、公孫賀の陣に駈けこんだ。

「李広将軍の、傷の手当てを」

公孫賀がそう言ったので、李広はようやく自分の怪我《けが》のことを思い出した。

肩と腹の傷の、手当てを受けた。

衛青が死に、公孫敖がほとんどの兵を失い、自分もまた、大きな犠牲を出し、負傷した。そして、公孫賀は陣を堅く守るだけで、戦らしい戦はしていない。

帝の怒りは、予想ができた。同時に、匈奴への進攻が無謀であるということも、痛いほど知って貰えるだろう。

長城を守り抜く。漢がやるべき戦は、それに尽きるのだ。

二日後、公孫賀は撤退を決めた。

残っていた李広の軍は、すでに国境近くまで後退している。

公孫賀の軍とともに、李広は国境へむかった。

国境を越え、雁門に入った。

長安から来ていた軍監に、情況を訊かれた。自分の意見を挟みながら、李広は正確に情況の説明をした。公孫敖はすでに情況を語り終え、帝からの沙汰を待っているのだという。

「李広、公孫敖、二名の罪は重い」

軍監のひとりが、そう言った。

「戦を忌避したような、公孫賀の罪も、軽くない」

「しかし、衛青のように、全滅の愚は犯さなかった」

「誰の軍が、全滅したと言っているのだ、李広。衛青将軍は、明後日に上谷へ凱旋《がいせん》という知らせが入っている」

「凱旋？」

「なにも知らんのか。大勝利である。俘虜一千、馬一千、家畜八千。匈奴五千の首を奪《と》り、かってない大戦果を、衛青将軍はあげられたのだ」

「それほどに。どこで、闘ったというのだ？」

「蘢城を、攻められた」

「まさか」

単于庭の南であり、祭祀をとり行う、匈奴にとっては最も重要な地点のひとつである。それだけではなく、上谷から二千五百里はあるだろう。

「信じられん、私には」

「われわれは、なにか意見を言う立場ではない。事実は事実だ、と言うしかない」

考えもしないことだった。考える方が、どうかしている。進軍の前にそういう意見が出されていたら、一笑に付しただけだろう。

二日経って、上谷で衛青の凱旋が迎えられた、という話を聞いた。

雁門の軍営から、長安に移された。

それでも、衛青が蘢城に達したとは、李広には信じられなかった。

帝の謁見を受ける前の控えの間で、衛青がどういう戦をしたのか、公孫敖から聞くことができた。公孫敖は、長安への帰路、衛青と語る機会があったらしい。

歩兵を、補給部隊として使い、千里余を進んだところに、基地を築いたようだ。それから、騎馬隊だけで蘢城へ駈け、大きな戦果をあげて基地へ戻り、襲ってくる匈奴軍を、騎馬隊で奔弄《ほんろう》しながら、悠々と国境を越えていた。やったことを考えれば、運などというものではなかった。軍人として、衛青は自分よりはるかな高みにいる、と李広は思わざるを得なかった。

謁見を受けるために、公孫賀も現われたが、蒼《あお》ざめていた。

拝謁の時になった。

未央宮《びおうきゅう》前殿の大広間であり、群臣も居並んでいる。

帝の出座で、李広は拝礼をした。

「三名の将軍には、それぞれ罪を言い渡さなければならぬ。朕《ちん》は、失望した。三人合わせても、将軍衛青の足もとにも及ばぬどころか、不戦の醜態を晒したり、大きな犠牲を出したりした」

帝の機嫌は、悪くなさそうだった。罰するべきものを、罰する、ただそれだけをしようとしているのだろう。衛青の、大勝利についての喜びは、隠しようもなく感じられる。

「将軍李広、将軍公孫敖、ともに死に価する。死罪を、言い渡す。将軍公孫賀からは、軍権を召しあげる」

屈辱など、どこにもなかった。無力感があるだけである。

罪は、贖《あがな》うことを許された。私財で、贖って、庶民に落ちた。

李広は屋敷に籠《こも》り、自らの戦と衛青の闘いを、何度も、数えきれないほど較べ、深い沈潜の日々を送った。

第五章　征戎《せいじゅ》

1

戦に勝った。

匈奴《きょうど》との戦である。劉徹《りゅうてつ》は、自分が選んだ将軍たちの力量を測るというつもりもあり、四名にそれぞれ一万ずつ与えて出撃させた。

匈奴との戦を今後どうしていくかという点について、四名にはよく理解させたはずだが、劉徹の思う通りの戦をしたのは、衛青《えいせい》ただひとりだった。

匈奴に進攻したら、頭ではわかっていることでも、思うに任せないのかもしれない。公孫敖《こうそんごう》は闇雲《やみくも》に突っ込み、兵を失った。公孫賀《こうそんが》は、ほんの一歩踏みこんだだけで、動こうとしなかった。あの李広《りこう》でさえ、百里（約四十キロメートル）まで進攻したら、守りに入っている。

衛青だけが、千数百里を進攻し、蘢城《りょうじょう》を攻撃して帰還している。戦のやり方が、ほかの三名と較《くら》べると、根本から違っていた。衛青は、ただ進んだだけではない。進むために必要な準備を、周到に整えている。歩兵に輜重《しちょう》を曳《ひ》かせることで、兵糧、秣《まぐさ》の移送が速やかに進んだ。その上、蘢城との中間点に砦《とりで》を築いて、その歩兵に守らせた。

その砦があったから、蘢城までの進攻が可能だったのだろう。ほんとうは単于《ぜんう》庭《てい》を狙《ねら》っていたが、五千騎では兵力が足りなかったと、衛青は事も無げに言った。

蘢城を攻撃されただけでも、匈奴にとっては驚天動地の出来事であったはずだ。逆に言うと、自分にとっては思った以上の戦ができて、今後の匈奴との戦に、大きな展望が開けたことになるのだ、と劉徹は思った。

たったひとりの将軍が、自分の夢を、実現可能なものにした。

衛青は運に恵まれたのだ、と言う廷臣がいないわけではなかった。

劉徹は、数百騎、一、二千騎で、何度も国境を越えて匈奴と闘わせ、衛青の力を測り続けてきたつもりだった。自分の眼《め》に、間違いはなかったのだ、という思いが強い。運だけで蘢城に達することができるほど、匈奴は甘くない。

「李広殿が、お見えになりました」

未央宮《びおうきゅう》前殿、宣室殿《せんしつでん》の部屋にいた劉徹に、侍中《じちゅう》のひとりがそう取り次いだ。

李広は、将軍ではない。罪を贖《あがな》って庶民に落ちている。しかしそれは一時期のことで、いずれまた将軍に戻る。

「李広、屋敷に引き籠《こも》って、出てこないそうだな？」

「はい。恥を嚙《か》みしめております」

「いい加減にしておけ。おまえには、まだ働いて貰《もら》わねばならんのだからな」

「自分が、陛下のお役に立てるのかどうか、自問する日々でありました」

「役に立って貰う。そのために、罪を贖うことを許したのだ」

劉徹は、腰をあげ、階《きざはし》の縁まで進み、直立している李広を見降ろした。

「恥を嚙みしめたなら、屈辱に耐えよ。いずれ、衛青の指揮下で、戦に出るのだ」

「衛青将軍には、私の窺《うかが》い知れない力量があります。必ずや、陛下がお望みの戦を遂行されることとでしょう。老兵である私は、ただ隠棲《いんせい》が望みでございます」

「隠棲か」

眼に、力がなかった。しばらくは、使いものにならないかもしれない、と劉徹は思った。

衛青が攻め奪《と》ったものを、李広が守る。匈奴との戦では、攻守を考えなければならないので、守りに強い李広は、いずれ必要になってくる。それまで、しばらく時がかかるかもしれない。

「隠棲したければ、するがいい。ただ、いつまでもというわけには、いかんぞ。俺が必要だと思った時は、召し出す。それを、心に留めておけ」

「はい。お召しの時、命あらば」

いまは半分死んでいるが、いずれ生き返る。軍人とは、多分そういうものだ。

李広が退出すると、劉徹は立ったまま、壁の地図に見入った。

劉徹が見つめるのは、いつも一カ所である。

長安のほぼ北の地域。河水が北へむかい、それから東へ方向を変え、さらに南へむかう、それに囲まれた地域である。

河南《かなん》（オルドス）とも呼ぶその地域を匈奴に奪られていることにより、長安は必ずしも安全ではなくなっているし、西域へむかうことも大きく制限されている。そして匈奴への出撃拠点も、東に片寄ることになってしまう。

翼が伸ばせない。

劉徹が感じているのは、まさしくその思いだった。そこさえ奪り返せば、大きく翼を拡《ひろ》げられる。そして羽搏《はばた》くことができるのだ。

どこへむかって、翔《と》ぶのか。未来へむかってである。未知なる場所に、むかってである。

地図を見るかぎり、漢という国は、西へむかって大きく拡がることができる。北は匈奴と鮮卑《せんぴ》で、そちらへむかっても拡がれるが、北へ行けば行くほど、不毛の地なのだという。

西は、未知が拡がる。いや、大まかなことはわかっているが、ほんとうの姿が未知なのだ。漢にはないものも、数知れずあるに違いない。

それを想像すると、いつまで地図を見ていても、飽きることがなかった。

即位した時から、漢の領土はあまり変ってはいない。南の方に、小さな変化があっただけだ。

桑弘羊《そうこうよう》が、報告に現われた。

河水の水防の工事の進捗《しんちょく》具合を、見に行かせていたのだ。

ここのところ、匈奴との戦は続けてきたが、それは常時やっていたわけではない。規模も小さく、大きな戦は今回がはじめてだった。

河水の水防の工事は、何年も続けてきた。費用も人も、実は戦よりずっと大きなものが費やされている。

河水の流れを安定させ、必要なところには運河を掘って、船による物の移送を、劉徹は考えていた。

しかしそれは、大きすぎる事業である。これだけのものを注《つ》ぎこんでも、まだ先が見えてきた、とは思えないのだ。

「水量の少ない時に、やらなければならない工事が出てくると、全体が動けなくなります。工事の指揮者は、季節のことを頭に入れてはいますが、なにしろ広い流域のどこかに多量の雨が降ると、晴天でも水嵩《みずかさ》が増えてしまいます」

「おまえは、そんなことを報告に来たのか？」

「費用の推移については、まとめたものを持参いたしました」

桑弘羊は、竹簡を五本持ってきていた。

「これは、陛下が御自身で読まれた方がよい、と私は思います。国庫は無限ではなく、工事と戦を同時に続けることが、かなり難しいことだと、おわかりいただけると思います」

「両方とも必要であることは、わかっているではないか」

「そういえば、衛青将軍が大勝利を収めて、凱旋《がいせん》されたそうで、まあ不思議ではありませんが」

「ほう、衛青が勝てると、おまえは思っていたのか？」

「あの男は、負けません」

「負けぬか？」

「陛下の庇護《ひご》があればの話ですが」

「俺は、衛青を庇護したりはしていない」

「兵を選ぶ権限、馬を選ぶ権限を与えておられます」

「それが、おまえの言う庇護か」

「両方が許されて、はじめて衛青将軍の軍略の才は生きるのだろう、と私は思っています。これからも、衛青将軍が負けることはありますまい」

「なにを、小賢《こざか》しく。おまえのもの言いは、増々気に食わなくなってきた」

「では、商人に戻していただけますか？」

　桑弘羊は、商人の子だった。それを十三歳で侍中として朝廷に入れたのは、劉徹のわがままと言われたものだ。

　劉徹は、桑弘羊が必要だと思った。幼いころからそばにいたが、ものを見る視線が、自分とはまるで違ったのだ。それが、新鮮だった。気づかなかったものが、見えてくる。

　めぐり合わせで皇太子となり、帝位に即《つ》くことになった時、失いたくないと思ったのが、集めていた物などではなく、桑弘羊という人間だった。

「私はやはり、侍中より商人の方がむいている、という気がするのですよ」

「ほう、どんなところがだ？」

「たとえば、河水沿いをずっと旅して参りましたが、私には工事のよし悪《あ》しなどあまりわからず、ほかのものばかりが見えてしまうのです」

「見えたものを、喋《しゃべ》ってみろ」

「たとえば、徴発している人夫に、賃金を払ってやれば、と思いました」

「なにを言う。税として出てきている者たちだぞ」

「人を、税として徴発するのは、兵だけでも多すぎるほどです」

「兵も要らん、とおまえは言うのか？」

「兵は必要でありましょう。それは仕方がないとして、徴発する人夫に、賃金を払うというのは、私が旅で見てきたことで出した、大きな答のひとつです。ゆえに、こうして奏上しております」

「勿体《もったい》ぶらずに、全部言ってみろ」

「人夫の徴発は、生産を下げます。たとえば農耕でも、十人働くのと五人働くのとでは、まるで収穫の量が違ってきます。つまるところ、税が入らなくなる、ということです。国庫にとって、それは大きな問題です」

桑弘羊が口を閉じ、うつむいた。それからまた、顔をあげた。

「人夫に、賃金を出します。人夫たちは、それを遣います。すると、そのあたりの商いが潤います。潤っている商いには、高い税をかけてもいい、と思います。売れる物は、どんどん入ってきます。それを作っている者たちも、潤います」

「ふむ」

劉徹は、漠然とだが、桑弘羊が言おうとしていることがわかった。つまり徴発は、自分で自分の首を絞めるという結果に繋《つな》がる、と言っているのだろう。

「およそ、国の豊かさというのは、物が生産され、流れることによって生み出される、と私は思うのです。国を動かそうとする時は、それを忘れてはならないのではないか、と旅の間に私は考えました」

この国が、豊かになった。劉徹が即位した時は、国庫が溢《あふ》れんばかりだった。いまでも、まだ豊かである。しかし、戦を続け、河水の工事も続けていると、いずれ国庫は空になる。それは、執拗《しつよう》なほど、桑弘羊が言い続けていることだった。

戦は遂行するしかないが、河水の工事は考える余地がある、ということなのか。

「徴発した人夫に、食わせるだけでも大変なことだぞ」

「食い物も、売るのですよ。なにしろ、賃金を払っているのですから。売る者たちからも、税を徴収できます。国の中で、物が動けば動くほど、さまざまなところに利が生まれ、税を徴収できます」

桑弘羊が言うことに、大きな間違いはないだろう。しかし、実際にやるとなると、難しい問題がうんざりするほど見えてくる。

国には王国がいくつもあり、諸侯王が何人もいた。いまは長安から派遣した相がそれぞれ政事を担当し、つまり税も徴収している。それでも、郡や県並みというわけにはいかない。

桑弘羊は、そういうことも当然わかって、語っている。つまり、理想のようなものだ。

「俺は、もっと大きなことで、国を富ませようと思っているぞ、桑弘羊」

「どういうことでございますか？」

「西域との交易だ」

「匈奴が邪魔をしておりますが、そのための戦という意味もあるのですか？」

「当然であろう」

「匈奴も、いい交易の相手になるかもしれません。西域への通行の邪魔をしないという条件で、交易をするというのは、どういうものでしょうか？」

「桑弘羊、いまはまだ関市を開くことを認めてはいるが、匈奴と交易はできん」

「そうなのですか？」

「匈奴は、滅ぼさねばならんのだ。国の威信がかかっている、と俺は考えているのだからな」

「はい」

「おまえのように、勘定ばかりしているわけにもいかんのだ」

「戦なら、衛青将軍がいます」

「この間の勝利は、好運だったと言う者もいる」

「無論、陛下は、実力であったとお考えなのでしょう？」

時々、言い方が気に障る。衛青を、最も認めているのは、自分なのだ。

それでも、劉徹は、来年もう一度、数万の軍を与えて、戦をさせてみようと思っていた。人は誰もそうとは思わないが、匈奴との戦については、劉徹は慎重だった。

馬邑《ばゆう》の役のことが、まだ頭から離れていないのかもしれない。

衛青には、二千騎の増強を命じてあった。一万騎にしても、二万騎にしてもいいようなものだが、それに伴う歩兵の力も必要で、安直な増強は避けたい、と衛青は言った。

五千騎を超えると、闘い方が大きく変る、とも考えているようだった。

「夏光《かこう》は、旅の間、きちんと走ったのか？」

「私の馬の名を、陛下は憶《おぼ》えておいでてでしたか」

「馬に名を付けるのか、と思ったのでな」

そういうことが行われているのかもしれないが、劉徹の周囲にはなかった。

「さすがに、あれはいい馬です。私のことを侮った地方の軍人の馬に、一度も先を行かれることはありませんでした。もう、私の弟のようなものです」

もしかすると、自分の馬よりよく駈けるかもしれない、と劉徹は思っていた。それが決して前に出ようとしないように仕込まれているのも、心憎い。

「まあ、いいことか。衛青はまともに字が読めるようになったし、おまえは楽々と馬を乗りこなすことができるようになった」

公孫弘《こうそんこう》や張湯《ちょうとう》と喋っている時より、桑弘羊は話し相手としてはずっと楽だった。

二人は、各地の王国について、細かいことまで調べている。長安から送った相が、王と必要以上に親密になってしまうことも、ないわけではない。そこには、不正というより、長安に対する反撥《はんぱつ》が生まれやすい。郡の太守とは、かなり違うのだと、劉徹は考えていた。

王国は、郡県と同じものにすべきだった。王たる者の嘆きを聞いたことがあるが、他愛《たわい》ないとしか思えなかった。自分がめぐり合わせで皇太子にならず、膠東王《こうとうおう》のままだったら、同じように嘆きはしなかった、と思う。

桑弘羊がなんと言おうと、河水の工事は続けるしかない。徴発した人夫に賃金を払うということになれば、戦に行く兵も賃金をくれと言い出しかねないのだ。

ただ、桑弘羊の言う物の動きについては、理解できる部分もある。

税のかけ方というのは、難しいものだという気もした。しかしそれは、自分が考えることではない。廷臣たちが、考えればいいことだ。その税を使ってなにをやるか考えるのが、自分がやるべきことではないのか。

「桑弘羊、おまえが言い出したことだ。賃金は払えぬが、工事が富を生み出すということを、考えてみよ。何年かかろうとよい。おまえの商人の眼で、なにか見つけてみろ」

「私は、賃金という方法を見つけたのですが？」

「できぬことは、見つけたとは言わん。同じように徴発された兵が、賃金を欲しがったら、どういうことになる？」

「それは」

「いいか、おまえの生涯の仕事のひとつとして、命じたぞ」

考え続けろ、という意味だった。

劉徹は、手を振って桑弘羊を退《さ》がらせた。

来年になれば、衛子夫《えいしふ》がまた子を産む。男子が生まれれば、皇太子となるのだ。

皇太子が、そのまま皇太子であり続けるわけでないことは、自分が皇太子になったことで、劉徹は誰よりも強く感じている。それでも、早く皇太子は欲しかった。

匈奴との戦に、勝ち抜きたい。河水の工事を完成させ、洪水を防ぎ、水運を盛んにしたい。西へも、南へも、そして海へも、人をやり、新しいものを長安に運びこませたい。

自分が帝であることを、劉徹は愉《たの》しめるようになっていた。さまざまな抑圧の中にいた数年前が、まるで噓《うそ》のようだ。

年が明け、ひと月ほどして、衛子夫は男子を産んだ。

2

秋には、出動の命令が出ていた。

それは、朝議で決められたものではない。三万ほどを率いて、匈奴に進攻してみろ、と帝に言われただけだ。まるで、野駈けでもして来い、というような口調だった。

いま、朝議が帝の考えを抑えることは、ほとんどない。いや、まったくなくなった、と言っていいだろう。衛青は、朝議に出ることはあるが、発言は控えていた。ほとんどが、政事の話だったからだ。

姉の衛子夫が男子を産み、皇后となった。だから衛青は皇后の弟になるが、いままでとなにかが変った、ということはなかった。

立場が、戦の勝敗を決めることなど、あり得ない。

常勝ということを、帝に義務づけられている、と衛青は考えていた。

これまでは、負けていない。せいぜい数百から数千、前回でも一万の軍による戦だった。

秋には、三万を率いることになる。一万の戦より、はるかに難しいだろう。まず、動きが鈍くなる。敵に、自らの存在を隠すことも難しい。

歩兵の動きを、もっと多様なものにするために、陸英《りくえい》を長安に呼び、さまざまな想定で話し合った。

一万を超える軍になった時は、別行動をすべきだ。目的の場所まで、まず騎馬が進攻し、そのあとに歩兵が進んで、騎馬隊が確保した砦にむく土地に、兵糧を運びこむことになる。

騎馬隊は七千であるから、二隊に分けて動くこともあり得た。これまでよりも大きく動けるが、同時に危険も増す。

「歩兵を一万、徹底的に鍛えてくれ。まず、一万でいい。俺たちの戦が、勝利というかたちで進んでいけば、いずれ二万、三万に増やさなければならんかもしれん。騎馬隊も、一万を超えるだろう。しかし、五千騎に一万の歩兵というかたちを、俺は作っておきたいのだ」

「七千騎ではなく、ですか？」

陸英は、前回の戦で、衛青のやり方を全面的に認めるようになっていた。

ただ、立場は、上谷郡《じょうこくぐん》の太守のもとにいる軍の将校である。一万をと言ってもたやすいことではない。

衛青は、秋の三万での進攻のために、帝に虎符《こふ》を与えて貰えないか、願い出るつもりでいた。

「五千騎と一万の歩兵。これを、俺の軍の、最も精強な軍団の構成にしたい。勝っていけば、一万騎を与えられ、そうすれば強力な軍が二つできる。匈奴との戦では、その二軍が主力となる、というかたちにしたいのだ」

「まず、一軍を完成させる、ということですね」

「すぐに調練に入れるかどうかは、明日、はっきりすると思う。陛下に拝謁することになっているのでな」

「一日でも多く、時は欲しいと思います」

「わかっている。前の戦での、おまえの働きについては、陛下に申し上げてある。陛下がどう受け取られたかはわからないが、俺たちの勝利は認めていただいているのだからな」

陸英は、長安郊外の、衛青の軍の営舎にいる。連れてきたのは、ほかの将校三名だけで、馬を使って上谷郡から来た。

「輜重の工夫を、俺の部下がしてみたいと言っています。長安には、腕のいい鍛冶《かじ》がいるようなので、話しに行かせてもよろしいですか？」

「そういうことは、必要と思ったらなんでもやれ」

陸英は陳晏《ちんあん》とよく語り、長安のことはかなり詳しくなったようだ。

長安まで行かなくても、茂陵《もりょう》にもかなりいい鍛冶がいる、と衛青は教えてやった。まだ若く、さまざまな工夫をこらすのが、面白くて仕方がない、というような鍛冶屋だ。

その日、衛青は久しぶりに自宅に戻った。

路娟《ろえん》が出迎えた。もともと衛子夫の下女だったので、分は心得ている。それでも、家の使用人はいくらか多くなっていた。

衛青と結婚してからも、しばしば衛子夫に北宮に呼ばれていて、北宮の話などはよくしてくれた。衛青は北宮に関心を持っていたわけではないが、路娟はそうは思っていなかったようだ。

「先日、椒房殿《しょうぼうでん》にお召しを受けましたわ」

そこが皇后の居住区だということは、衛青も知っていた。山椒《さんしょう》を壁に塗りこめて、香り高い御殿になっているので、そう呼ばれているらしい。

衛子夫が、ついに椒房殿に入ったという感慨が、路娟の言葉には籠められている。

「そうか。俺にとっては、陛下のお心がすべてだがな」

「あなたも、漢の軍を、ひとりで指揮されるそうですね。あなたがお勝ちになるたびに、陛下は衛皇后をお褒めになるそうです。あなたが役に立ってくれた、と衛皇后はお言葉をくださいました」

「俺には、戦をすることしか能がないのだ。全身全霊で、戦をしていくだけさ」

家に戻ると、具足をとり、文官が着るような着物を身にまとう。具足より、その方が躰《からだ》は窮屈だった。着物も、少しずついいものに変ってきたようだ。

「きちんと屋敷を構えるように、と申しつけられました。それから、執事を置くようにとも」

衛青は、家に大きな関心を持ってはいなかった。家族に対する情愛も、濃いものではない、という気がする。

「陛下が、なにもおっしゃらない。家はこのままでよい。執事は、心利きたる者を、おまえが選んでおけ」

「桑弘羊様が、ひとり見つけてくださる、と言っておられましたが」

「なら、それでいい。あの男に、間違いはないだろう」

夏光と名付けた桑弘羊の馬は、衛青の家の厩《うまや》で預かっている。その世話を、霍去病《かくきょへい》がやることもあるのだろう。桑弘羊と霍去病は、妙に気が合っているように見える。

子は二人に増え、三人目の子が路娟の腹の中にいた。

子供たちが、生まれながらに奴僕《ぬぼく》ということはない。むしろ、いい家の子弟として育つことになるのだろう。

「屋敷を構えるようにというのも、陛下のお心を、衛皇后が伝えられたのかもしれません。そんなふうに、私は感じました」

「ならば、執事を選び、執事にそれをやらせるということにしようか。俺には、家をゆっくりと選ぶなどという暇がない」

「そうですね」

路娟は、性格の悪い女ではなかった。

自分にぴったりの妻だ、という気もする。いつも同じように待っているし、贅沢《ぜいたく》を好むわけでもない。

衛青は子供たちと二刻ほど過し、いくらか疲れを覚えて、自室に入った。

自分の屋敷よりも、郊外の営舎をなんとかしたかった。はじめに築かれたものを見た時は、いくらなんでも大きすぎると思ったものだが、いつの間にか手狭になっていた。

牧の方では、次々に仔馬《こうま》が生まれている。繁殖はうまくいっている。

しかし、七千騎の、馬の質を揃《そろ》えるのは、並大抵ではなかった。それが、いずれは一万騎に達するかもしれない。

「入ってもよろしいでしょうか？」

部屋の外から、霍去病の声がした。このところ、ほとんど家に帰らず、ここにいるようだ。

「私の作った具足を、おじ上に見ていただこうと思いまして」

「具足だと？」

「はい。木の板で作ったので、戦場では役に立たないと思いますが」

「見せてみろ」

衛青は、興味を惹《ひ》かれて言った。

霍去病が持ってきたのは、普通の鎧《よろい》を木の小札で作ったものだった。肩のところの小札を小さくする、という工夫をしたようだ。それで、腕の動きが楽になる。

意外に、うまく出来あがっていた。

衛青の具足も、肩のところの工夫はしてある。それに、木の札よりも薄い鉄の板だから、編むのも難しくない。

「鉄の小札だと、もっとすっきりしたものになりそうだな」

「そう思われますか、おじ上？」

「なかなかいい。感心したぞ」

衛青がいま考えているのは、いい鉄で薄い鎧を作ることである。小柄で、強靱《きょうじん》な体力を持った兵に、その軽い鎧を着けさせ、いい馬に乗せる。武器は、剣のみである。

それで、迅速に動く騎馬隊を作ることができる。

「こんなことが、好きなのか、おまえ？」

「戦のことを考えるのが、好きです。小さなころから、おじ上の戦の話を聞くのが好きでした」

「おまえは、まだ小さいぞ」

「十三歳になりました」

「それでも、小さい」

「十三歳になれば、軍営に来てもいい、と言われましたよ」

霍去病が、しつこく軍営に来たいと言い募るので、十三歳になれば、と確かに言ったような気がする。

なぜ十三歳と言ったかも、衛青は思い出した。その場にいた桑弘羊が、十三歳で侍中となったことに気づいたからだ。桑弘羊も、十三歳はいい年齢なのだと、本気とも冗談ともつかないようなことを言った。

「兵になりたいとでも言うのか、霍去病？」

「いけませんか？」

「書を読め。学識を身につけろ。いい文章を書けるようになれ」

自分は、字が読めなかった。桑弘羊に教えられ、読み書きはできるようになった。しかし、廷臣たちのように、いい文章を書くということはできない。

「ずいぶんと、書を読みました。詩を詠《よ》んだりもしてみました。そして、自分がそちらでは、ありふれた人間にしかなれない、と思いました」

「そう思えるほど、研鑽《けんさん》を積んだのか？」

「いいえ。しかし研鑽を積んだあと、無駄であったと思いたくないのです。人に与えられた時には、かぎりがあると、私は思います」

「十三歳で、そんなことを考えるな」

「自分に合わないことだと思っても、続けた方がいいのですか？」

「おまえは、戦が自分に合っている、と思っているのか？」

「思っています。でも、ほんとうに合っているかどうかは、戦に出てみなければわかりません」

「よかろう」

衛青は、独坐《どくぎ》から腰をあげた。

「夕餉《ゆうげ》の前に、おまえがどれほど戦にむいているか、試してみよう」

「ほんとうですか？」

霍去病の顔が、喜色に満ちた。

馬は、見事に乗りこなす。それはよく知っていた。騎射も、下手ではない。そんなことは、子供の遊びとしてやるものだ。衛青自身も、そうだった。

庭に出て、厩から棒を二本持ってこさせた。

「俺の方が、手が長い。突き合いをすれば、有利だ。しかしな、戦場では、子供も大人も、手が長いも短いもない。殺すか殺されるかが、あるだけだ」

衛青は、棒を一本執った。

霍去病が、棒を構えた。いい眼をしている。衛青も、構えをとった。霍去病が、突きかけてくる。棒を弾《はじ》き、腹の真中を軽く突いた。それでも、霍去病はうずくまった。

「一度、死んだ」

霍去病が立ちあがる。突くと見せて、横に跳ぶ。意外な俊敏さだった。衛青は、棒を横にし、踏み出し、さらに跳ぼうとした霍去病の脚を払った。尻から、霍去病は地に落ちた。また、腹を突いた。

「二度、死んだ」

そうやって、数十度、霍去病を死なせた。霍去病が、立っていられなくなり、膝《ひざ》を折って倒れた。

思った以上に、霍去病は立ち続けていた。

「おまえは、何度死ねば気が済むのだ。そして、もう立ちあがれないのか」

顔を上げ、霍去病が立とうとしてきた。それを、衛青は打ち伏せた。

夕餉の時、霍去病の姿はなかった。路娟が部屋に行っても、いなかったという。

「どうしたのでしょう。厩に馬はいるそうですし」

「放《ほう》っておけ」

「あなたのところへ、行ったのではありませんか？」

「来た。それで、打ち据えた。戦に出たい、というようなことを言ったのだ」

「まあ」

打ち据えたことに驚いたのか、戦に出たがった霍去病に呆《あき》れたのか、その口調だけではわからなかった。

「戦は、常に死と隣り合わせだ。遊び気分で行けるようなところではない」

「あの子は、日が暮れてから、毎日剣を振っているのですが、戦に出るのは、いくらなんでも早すぎますわね」

確かに、俊敏な動きができた。何度突き倒しても、立ちあがってきた。徴発されてきた兵などより、ずっと性根は据《すわ》っている。体力もあるが、しかしそれは大人のものではなかった。

兵役は、二十三歳からということになっていた。それを考えても、十三歳は早すぎるのである。

久しぶりの、家での夕餉である。

それは、家で食うということに、衛青にとっての意味はあり、味はよくわからなかった。すべて味が濃いような気がするが、宮廷の宴席で口にするのも、こんなものだ。

食べ物という点で衛青が好むのは、兵糧と、塩を振った肉である。なんの肉でもいいし、焼いてあっても、生でもいい。

路娟が、子供たちのことを語るのを聞きながら、食事を終えた。衛青には、戦の話題しかなく、それは話したくもなかった。

翌日の午後、衛青は具足をつけて、未央宮前殿に出仕した。宣室殿の一室に通されるまで、ほとんど待つことはなかった。

「おう、衛青」

帝は、玉座にあぐらをかいて座り、几上《きじょう》の木簡を読んでいた。手で払うと、侍中が二人、几《つくえ》ごと片付けた。

玉座は、階の上にある。帝はそこで腕を組み、衛青を見据えた。

「お召しは、なんでございましょうか？」

「用がなければ、呼んではならんのか？」

「とんでもございません。ただ、お召しがなにかを、早く知りたく」

「もういい。戦のことで、おまえの話を聞こうと思った」

「先に、お願い申しあげておりました件は、御裁可をいただけるのでしょうか？」

「早く虎符を受け、国境の歩兵を編制し直したい、ということだな。虎符は、本日与えよう。兵糧の件もあったな」

帝が、玉座から腰をあげた。

階を降り、壁の地図のところまで行った。帛《きぬ》に描かれた地図で、南が上になっている。

「おまえが言ったのは、二つの候官《こうかん》（砦）の規模を拡大し、そこに兵を駐屯させ、兵糧を蓄えてくれ、ということであったな」

「長安近郊から兵糧を運ぶのは、無駄な力を使うということになります。平時に、できるかぎり国境の近くまで、運んでおくべきでしょう。そこには、大量の輜重も置いておきます」

「歩兵に兵糧を運ばせ、匈奴の地に砦を築き、そこから騎馬隊が出撃する。そういう戦を聞いた時、漢軍は新しくなった、と俺は思った」

「陛下、次に同じような戦をして、必ずしも戦捷《せんしょう》を得ることができる、とはかぎりません。戦は、虚実とり混ぜた、騙《だま》し合いと言ってもいいのです」

「匈奴が同じ負け方をするようなら、ここまで漢は苦しむことがなかったであろうしな。手をひとつは読まれている、ということになるのだろうな」

「変幻が、戦の本質です、陛下。型にはまってしまうと、必ず隙《すき》を衝かれる、と私は思っております」

「今度は、三万の軍だぞ、衛青。そこで、変幻とやらを見せてみろ」

「戦は、闘う者にとっては、こうすべきというものが必要です。前回の戦は、匈奴の地に攻めこみ、どこまで進めるか、と陛下は試そうとなされた、と私は思っています。ゆえに、ひたすら進みました」

「秋の戦を、どう捉《とら》えている？」

「ただ試されている、と私は思っております。三万の軍を指揮して、匈奴と闘えるのかと」

帝が、声をあげて笑った。

「皮肉か、衛青？」

「いえ、思ったままを、申しあげたまでです。私は、はじめから陛下に試されてきましたから」

「やはり、皮肉ではないか。俺は確かに、ただ試そうとしている。匈奴と闘って、おまえたちがほんとうに勝てるのか、いまひとつ信じられないのだ」

「私は、負けておりません」

「確かにな。一万までの軍では」

「三万でお試しになったら、それ以上は必要ない、と私は思います。三万なら、五万でも六万でも、変らないと思います」

「言いたいことがありそうだな、衛青」

「次の戦では、目標となるものをいただきたい、と思っております」

「わかった。勝って戻れば、次は大きな目標を与えよう」

帝が、嬉《うれ》しそうに笑った。

「勝って、帰還いたします」

帝が、頷《うなず》いた。

地形によっての騎馬隊の動かし方など、衛青は帝に問われるままに語った。戦の話は、国庫の話や河水の工事の話などより、ずっと好きらしい。

親征と言い出した時、どうすればいいか、しばしば考えた。

帝が戦場に出るということは、軍の士気を高める。同時に、敵もここぞと攻めかけてくることになるのだ。帝がいれば、それを守るのが第一となり、自分の思う通りの戦はできない。

戦が好きなだけに、いつか親征を言い出さないかと、衛青は危惧《きぐ》していた。

「とにかく、匈奴との戦は、守りから攻めに転じた、と思っている。その流れだけは変えたくないが、匈奴も、全力で攻めかけてくるであろうな」

「こちらの戦のやり方に、戸惑っていると思います。当面は、われらの進攻に、対処しようとしてくるでしょう」

次に拝謁する者が待っているようで、侍中が何度か様子を見に来た。

衛青は、侍中の視線に促されるようにして、退出した。

家に戻ると、厩の裏にいる霍去病の姿を見つけた。木の具足を着けて、しゃがみこんでいる。

衛青が声をかけると、立ちあがり、うなだれて厩の前に出てきた。

「十三歳で、兵になるには早すぎる」

霍去病を見ていると、行き場のない奴僕で、異母兄弟に人として扱われなかった、自分の少年時代が重なってくる。

自分は奴僕だったが、霍去病は、皇后の甥《おい》でもあるのだ。それが、心だけ、あのころの自分と似ている、という気がする。

「従者としてなら、軍営にいることができるのだが」

「ほんとうですか？」

「楽ではないぞ、軍営の暮しは」

「おじ上の、従者になれるのですか？」

「それは、できん。俺の従者になれば、戦場へもついてくることになるしな」

「では、どなたの従者になるのでしょう？」

「陳晏だ」

陳晏は副官だが、いまは戦には出ない。軍営の営舎の管理、牧の管理、武器、武具の管理、兵《へい》站《たん》の最後の確認、そして新兵の調練などを任務としている。ほかには、長安との関係が疎遠にならないために、常に長安の軍との連絡もとっている。

「陳晏の従者ならば、軍営に入れる。俺の留守の間は、まだ戦に出せない新兵の調練もやっているはずだ」

「わかりました。陳晏殿の従者にしてください。いずれ、おじ上が戦に連れていこう、と思われる兵になってみせます」

軍に入れれば、即座に将校である。その前に、自分の下にいて、いろいろと身につけた方がいいかもしれない、と衛青は思った。

皇后の甥として、どこでも扱われる。自分の下にいるかぎり、それは許さない。従者は、ただの従者である。

「明後日、俺は軍営にむかう。戦は秋になるがな」

「秋になると、匈奴が南へ集まってくるのですね」

「そうだ。そういうところへ攻めこまなければ、意味はないからな」

「もっと、戟《げき》を遣えるようになります。剣も、まだまだだと思います」

「そこそこに、おまえは戟も剣も遣えるだろう。そんなことより、陳晏が調べていることの手伝いをしろ」

「陳晏殿は、なにを調べているのですか？」

「ここ四、五百年、この国でどういう戦が闘われたか。すべてのことは調べられんが、木簡などが残っていたりする。それは、漢代に入って、長安に集められたのだそうだ」

「わかりました。それ以外にも、私ができることは、なんでも言っていただくことにします」

「牧の、馬糞《ばふん》の掃除をさせられるかもしれん。陳晏は、そういうことが好きだからな」

「なんでもやります。牧の馬の調教も、やれと命じられれば、やります」

「それだ、霍去病。命じられたことを、きちんとやる。それが、軍営の暮しの第一歩だ。命じられたことに反する者は、すぐに獄舎ということになる」

「はい」

「出発は、明後日だ。おまえは家に帰り、そのことを母に告げてこい」

「おじ上の家に、ずっといる。その方が、母には都合がいいのです。ですから、ここから軍営に出発します」

　霍去病の母であり、衛青の姉にあたる少児《しょうじ》は、霍去病の父親ではない男と結婚していた。そういうところでは、居心地が悪いのかもしれないと、衛青ははじめて気づいた。

「好きにしろ」

衛青の家の子のようなものだ。留守が多くてよくわからないが、ほとんど自分の家には帰っていないのかもしれない。

衛青のもとにいるかぎり、姉も安心しているのだろう。

「あなた、桑弘羊様が、明日、執事に適当な方を、連れてきてくれるそうです。気は進まないでしょうが、あなたも会ってくださいね」

「明日なら、会える」

衛青は、子供たちに声をかけると、自室に入った。

三日もすると、家にいるのは飽きてくる。

3

単于庭の館で、伊稚斜《いちさ》は兄とむき合っていた。

昨年の漢の侵攻で、蘢城が襲われた。数十人が襲ってきた、というわけではない。実に五千騎が襲い、蘢城を焼いたのである。

伊稚斜が知るかぎり、それはとんでもない敗北だった。兄の軍臣《ぐんしん》も、かなり深刻に考えている。

しかし、左賢王《さけんおう》の於単《おぜん》が、ちょっと運が悪かった、という程度にしか考えていなかった。

蘢城を襲ったのは、衛青という将軍だった。

今年、漢主劉徹の正室となった、衛子夫の弟である。

ここのところ、しばしば騎馬隊で国境を侵していたのも、衛青である。いつも、左賢王の軍は翻弄《ほんろう》され、敵は犠牲をほとんど出していない。

衛青が国境を越えてくる前は、国境を越えた漢軍を、無傷で帰すなどということはなかった。

「衛青は、われらが知る力を確かに持っていた。以前は一緒に動いていた、公孫敖という男は、やはり一万を率いて侵攻してきたが、思ったほどではなかった。衛青ひとりに、負けたと言ってもいいだろう」

李広も、かなり深く侵攻してきた。

そこで李広の陣を打ち破り、李広を捕えたのは、左谷蠡《さろくり》王たる自分を中心にした軍だった。左賢王の領分で動くことになるので、於単の息子を、名目上の大将にしていた。

捕えた李広を、単于庭へ護送したのは、於単の息子である。それが充分な手柄になると考えたので、そうさせた。

あろうことか、負傷した李広ひとりを、途中で逃がしてしまっていた。それについても、於単は、息子の運が、たまたま悪かったのだ、と言った。

あの時、李広の首を奪ってしまっておけばよかった、と伊稺斜はいまにして思う。李広はこれまで、匈奴軍との戦で、最も手強《てごわ》い戦をしてきた将軍だった。だから、兄も首を奪らず、できれば捕えろと言っていたのだ。

李広よりさらに奥深く侵攻してきた公孫敖は、兄自身が打ち破り、潰滅《かいめつ》させている。七千の首を奪ったというから、漢軍にとっては大損害である。

衛青の軍だけが、犠牲の痕跡《こんせき》さえ残していなかった。於単が精鋭だと吹聴する軍は、衛青の騎馬隊に蹴散《けち》らされていた。

負けそうになるなら、犠牲を多く出す前に逃げる。それは当たり前だ。しかし、そこから龍城へ行くまでの間に、なぜ一度の攻撃も加えなかったのか。

そこまで深く侵攻してくることなど、於単は予想もしていなかったという。それで、もう戦は終ったと、決めてかかっていた。

「また、侵攻してくると思います。今度は、四軍に分かれているということなどなく、衛青ひとりが大軍を率いている、という気がするのですよ、俺は」

「俺もだ、伊穉斜」

兄は、この一、二年で、躰が少し小さくなっていた。気力には満ちているが、時々、疲れたように見えることもある。

この兄は、戦がうまかった。

漢が、馬邑で壮大な罠《わな》に兄を嵌《は》めようとした時も、それに気づいたのは、兄自身だった。あれが於単だったら、たやすく討ち果されていただろう。

左賢王は、つまりは皇太子だった。あまり責めると、叛逆《はんぎゃく》だと言われかねない。だから伊穉斜は、単于庭で兄と直接会って話をしているのだった。

「侵攻は許したが、どこかを奪られたわけではない。これからじっくりと、長い時をかけて反撃してやればいい」

「それよりも、また来るであろう、衛青の軍にどう対処するかです」

「いまは北にいる民も、そろそろ南へむかいはじめている。わが軍に力が満ちている時に、衛青は侵攻してくるのだ」

そこで負けたらどうするのだ、と伊穉斜は言葉に出しては言えなかった。ただ、侵攻は秋だ、と兄も考えている。それは、伊穉斜の見通しと同じだった。

この兄には、周到なところがあった。漢人を抱きこんでいて、国境近辺の軍の動きは、早い段階で摑《つか》むことができる。馬邑で罠に嵌められそうになったのが、よほどこたえているのだ。

伊穉斜も、兄とは別に、漢人を何人か抱きこんでいた。そこからの情報は、関市を通じて入ってくる。

国境では、歩兵の動きが活発だった。

漢は、燧《すい》と呼ばれる見張所を、数里おきに並べている。それをいくつかまとめているのが、候官と呼ばれる砦で、砦をまとめているのが、都尉府《といふ》である。

上谷郡、代《だい》郡、雁門《がんもん》郡の都尉府の動きが、特に活発だった。都尉府は、太守と並ぶかたちらしく、兵力は二万を超えている。

「どうします、兄上。衛青が五万を率いて侵攻してきたら、どこかを奪られかねない、と俺は思いますよ」

「五万か。兵糧だけでも、大変な量になる。たやすく、奥へは進めん」

昨年の戦では、衛青は輜重隊を国境までしか使わず、そこからは歩兵が輜重を曳くという、これまでになかったことをやっている。それだと、輜重隊の糧食などはいらない、ということになる。

「衛青がどれほど狡猾《こうかつ》かは、兄上も心に刻みつけておいてください」

「わかっている。だが伊穉斜、一万、二万の騎馬隊に、わが軍が負けると思うか。十数万の、あるいは二十万を超える騎馬隊が、自らの大地で闘うのだぞ」

言われてみれば、確かにそうだった。

ただ、その軍は、衛青の侵攻があれば、速やかにそこに集めなければならない。

「衛青の闘い方は、闘った者たちから詳しく聞いた。俺は、負けるという気がしない。全軍でぶつかればだ」

「全軍でぶつかれればです。兵力の少ないところを狙って、侵攻しては退く。それをくり返されたら、こちらの犠牲は多くなる、ということになります」

「わかっている。軍を四つに分け、どこから侵攻を受けても、対処できるようにしよう、と考えている。とにかく、敵の兵站を切る。それを第一に考えよう」

侵攻を受けた時は、それがまず第一になすべきことだろう。漢で言う軍学を修めた者は、匈奴にはいない。しかし、さまざまな経験がある。言い伝えられていることも、少なくない。それはつまり、軍学と同じようなことだった。

「兄上は、どこか躰の調子がすぐれないのではありませんか？」

「大丈夫だ。祈禱《きとう》をさせている。いずれ、元に戻ると思う」

「そうですか。とにかく、兄上が思いつかれたことは、なんでも俺に命じてください。まだ、四、五日は単于庭におります」

「そうか、二、三日で、於単も来るそうだ。三人で話し合えるということになる」

於単と顔を合わせれば、言い争いになりかねない。

それを避けるために、単独で単于庭へ来たのだ。

なにか皮肉なめぐり合わせになっている、と伊穉斜は思った。

4

雁門に、集結した。

騎馬五千に歩兵一万という編制の部隊が、二つである。

一隊は、精鋭だった。五千騎は衛青の直属であり、一万の歩兵は、陸英が数カ月にわたって厳しい調練をした。ほとんど、自分の手足のように動く、と衛青は感じている。

もう一隊は、衛青直属の二千騎を張次公《ちようじこう》に預け、李広の麾下《きか》だった三千騎を、蘇建《そけん》に預けた。一万の歩兵は、劉成《りゆうせい》という、上谷郡の太守の推挽《すいばん》を受けた将校が指揮する。それは、陸英の考えとも一致していた。

国境の郡の太守も、匈奴との戦を真剣に考えはじめていた。虎符を与えられた将軍に、兵を提供するというだけでなく、兵糧の収集、保管も、お座なりではなくなっている。

張次公と蘇建は、もう五日、劉成と同じ幕舎で起居していた。そうすることが、いいか悪いかはわからない。三人が、その方法を選んだ、ということだった。指揮権は、張次公に与えてある。

「どうも、もうひとつ気力を出しません。どうしたものか、話し合ってはいるのですが」

「それは、誰と話し合っているのだ、蘇建？」

「将校たちの重立ったる者、十名ほどと」

蘇建は、きのうも衛青の幕舎にやってきた。よほど思い悩んでいるということだろう。

李広は、部下を大事にする将軍だった。李広を慕っている部下は、ほかの指揮官に容易に心を開かない。

「惜しいな」

衛青は呟《つぶや》いた。出撃と、心の中で決めた日が近づいている。蘇建が、これ以上将校たちの気持を摑むのは、難しいだろう。

「二番手の将校たちは？」

「これはもう若い者が多く、上官が指揮に戸惑うほど、気を逸《はや》らせています」

「十名、選べるか？」

「はい」

「それでは、俺の命令によって、いまの十名を処断しろ。全軍の前でだ」

「わかりました。処断の後、即刻代りの十名を選び出し、指揮系統をしっかりさせます」

衛青は、暗い気持で頷いた。まだ、戦ははじまっていないのだ。

李広の軍だった。調練は、こちらが望む程度には仕上がっている。衛青軍の指揮のやり方が身につけば、精強な軍となり得るのだ。

「蘇建、処断には俺が立会う。俺自身で、処断を命じよう」

「将軍、それは」

「いや、その方がいい。その場で、おまえも叱責《しっせき》を受けることになる」

「わかりました」

硬い表情で、蘇建が出ていった。

しばらくして、劉成が入ってきた。

「全軍を、将軍の名で集められましたが」

「それが、どうかしたか？」

「出撃ではない、と思いますが、なにがあるのでしょうか？」

「蘇建の部隊の将校十名を、処断する」

「やはり」

「言いたいことでも、あるか？」

「兵に落とす、ということでは、駄目なのでしょうか？」

衛青は、劉成を見つめた。

若いが、この男は李広に似ている。指揮なども、守りを主体に考える男だろう。衛青が考えている軍では、歩兵の指揮はその方が望ましい。

「劉成、出撃しなければならない日は、迫っている。悠長なことは、していられないのだ。それに、自尊心の強い者は、それを傷つけられると、なにかやりかねない。実戦のさ中でだ」

「一度の、機会も与えられないのでしょうか？」

「何十度という機会を、与え続けてきた。軍が編制された時から、戦ははじまっている。俺はそう考え、将校たちの前で言いもした」

「はい」

「李広将軍の部下ということで、あの将校たちは、自分でも気づかぬ驕《おご》りを持っていたという気がする。そして俺には、やはり自分で気づかぬ遠慮があった。そういうものは、実戦の前に、すべて捨てる」

兵には、ある恐怖も必要なのだ、ということは言わなかった。

「劉成、おまえはまず、自分のことを考えろ。俺はまだ、おまえの戦を見ていないし、信用してもいない」

「はい」

「一緒に行こうか、処断の場所に。ずっと、俺についていろ」

劉成の顔が、強張《こわば》った。

「これは、命令だ」

言って、衛青は本営の幕舎を出た。

一万五千の軍は、すでに整列していた。なにが起きるのか、不安な表情をしている兵が多い。

「張次公、おまえの軍の中で、三千騎の動きが悪い。実戦で、足を引っ張りかねない」

「はっ」

張次公の顔も、強張っていた。

「三千の指揮は、蘇建だな」

蘇建が、一歩前へ出てきた。

「軍の指揮は、厳格で迅速であるべきだ。それが滞るのが、しばしば見えた。前へ出てこい」

蘇建がさらに数歩出てきて、衛青の前に立った。衛青は、持っていた鞭《むち》で、蘇建を打ち倒した。すぐに立ちあがってきた蘇建が、衛青の前に直立する。もう一度、顔を打って倒した。額から血を噴きながら、蘇建がまた立ちあがる。

「おまえの下の、十名の将校を前へ出せ」

蘇建が振りむき、十名の名を呼んだ。鞭ぐらいで済むと思っているのだろう。口もとにかすかだが笑みを浮かべている者もいる。

「おまえたちは、処断する。その下にいる将校たちで、武器を取りあげろ」

三十名ほどが出てきて、剣を取りあげた。数人が、うろたえた顔をした。

「兵の戟を持ってこい。将校三名で、ひとりを突く。急所は、はずすなよ」

立たされた将校のひとりが、逃げようとした。もうひとりは、命乞《いのちご》いをした。戟が揃うと、ためらわずに、衛青は手を挙げ、振り降ろした。

十名が、叫び声をあげ、うずくまり、動かなくなった。

「この十名は、漢のために死んだ。しかし、怯懦《きょうだ》な者としてだ。それぞれが、死に方を考えろ。こういう死に方だけは、するな」

それだけ言い、整列した兵を解散させた。

戦の前に、こういうことは済ませておくべきなのだろう。これまで、似たような経験もしてこなかった。指揮する軍の規模が大きくなれば、いずれまた、同じようなことが起きるかもしれない。

幕舎に戻ると、しばらくして陸英が入ってきた。

「言いたいことが、なにかあるのか?」

「いえ」

「ならば、なんの用だ?」

「雁門に、三万の分の兵糧が集まった、という報告です。つまり、いつでも出撃はできます」

「わかった。それで、おまえは将校の処断をどう思っている?」

「仕方がないでしょう。劉成は厳しすぎると思うかもしれませんが、騎馬隊がだれると、そのまま歩兵に危険が被《かぶ》さってくることを、まだ実感として知らないからです」

「そうか」

「俺が、劉成と話してもいいでしょうか?」

「頼む」

「李広将軍の部下たちだったのですね」

「負けるとは、厳しく惨《みじ》めなものだ。李広将軍は、まだ庶民に落とされたままで、屋敷から外へ出ようとされていない」

「俺は、衛青将軍の麾下に加えていただけたら、と思っています」

「この戦を終えて、そして勝っていたら、それを陛下にお願いしてみるつもりだ。とりあえず、一万五千で一軍を。できたら、それを二軍指揮したい」

「匈奴との戦には、衛青将軍しかおられないというのは、誰もがわかっていることだと思います」

「陛下は、まだ俺を試しておられる。甘いお方ではないのだ、陸英」

「衛皇后の、弟でもあられます」

「だからこそ、誰もが納得する戦果がなければならん。皇后の弟だから大軍を預けられているとは、ただのひとりにも言われたくはない」

衛青の口調に、陸英はちょっと驚いたようだった。

「おまえは、皇后の弟の部下になるのではない。軍人である衛青の部下になるのだ。それは、忘れるな」

「はい。胆に銘じます」

陸英が、直立して言った。

「数日中に出撃ということになる。一度、劉成とはよく話をしておけ」

緊張した声を出し、陸英が出ていった。

十名を処断したことについては、もう考えなかった。十名とも李広を待ちたかったのだろうが、それは甘いとしか言い様がない。李広が屋敷に籠っている間も、匈奴との戦は続いていくのだ。戦のことさえ考えていれば、心が乱れることはない。

匈奴の軍が四万ほど、国境の北五十里（約二十キロメートル）のところに集結していた。左賢王の軍らしいが、詳しいことはわからない。ほかにも軍の動きがあり、すべてはこの雁門の軍を警戒してのことだろう。

先年の蘢城への奇襲は、こちらが想像した通り、匈奴の危機感を高めたようだ。

それは匈奴が、漢の軍とまともな戦をしよう、と考えていることでもあった。遭遇戦や奇襲ということではなくなる。

それにはそれで闘い方がある、と衛青は思っていた。

匈奴が、陣を組むようなことは、まずない。こちらを、領土の奥深くへ引きこもうとするだろう。今回は、それに乗るわけにはいかない。

戦のことを考えていると、時が経《た》つのが早かった。

三日後に、衛青は出動の命令を出した。

三万が一体となって、雁門から匈奴の地へ前進した。

誘ってくる。はじめから、一万ほどの騎馬隊が張りついて、誘い続けた。乗らなかった。自分が進む方向を、衛青は決めていて、それからそれなかった。

百里進んだころから、攻撃を仕掛けてくるようになった。絶対に前進を止めるというような攻撃ではなく、誘おうとしているのが見え透いた、腰の入らない攻撃だった。

執拗に攻撃された時は、騎馬隊で追い散らした。大して精強な軍ではなく、指揮が行き届いていない、という感じはある。一度追い散らすと、まとまるのに不要な時をかけていた。

あと百里。国境から二百里の地点で、衛青は匈奴とぶつかるつもりだった。そこまでは、なにがあっても、進む方向は変えない。

三日で、そこに到着した。

小さな岩山があるだけで、あとは草原だった。草は枯れた秋の色をしていた。

「兵糧を、岩山に運びこめ」

水場はあり、それは三万の兵の渇きを癒《いや》すには充分だった。

草原に、溝を掘った。それ以外は、逆茂木《さかもぎ》を設けただけである。

「この状態では、十日守り抜けるぐらいだと思います、将軍」

陸英は、衛青が遠征をする、と決めてかかっている。

翌朝、衛青は騎馬隊だけを集結させた。蘇建の隊の動きも、かなりよくなっている。すぐに、十隊に分けて進軍した。夕刻までに、二百里近く駈けていた。単于庭へむかう方向である。しかし、まだ遠い。

「奇襲の警戒は、怠るな。あとの兵と馬は、とにかく休ませろ」

張次公と蘇建が来た。

作戦は、実行直前まで、指揮官の頭にあるだけでいい、というのが衛青の考えだった。したがって、二人に作戦を語っていない。

「あと一日は、ゆっくりと進む。およそ五十里。その日の夜に、反転するぞ」

「反転ですか？」

張次公も、遠征と考えていたようだ。

「二十里四方に斥候《せっこう》を出しているが、付いてくるのは、最初から姿を現わしていた一万だけだ」

「どこかに、埋伏《まいふく》があると？」

「埋伏があることは、はじめからわかっている。どちらにむけた埋伏か、ということが問題なのだ」

「あと五十里、なにもなければ、騎馬隊にむけた埋伏ではない、ということですね」

「そうだ、蘇建」

二万の歩兵を襲い、まず殲滅《せんめつ》させる。それから騎馬隊をさらに領土の奥に追いこむ。兵糧が尽きて降伏するのを待つか、全滅させるか、思いのままだ。

「埋伏を警戒して、慎重に進んでいる。そう思わせるのだ。それから、全力で夜中に反転する」

「わかりました」

「まだあるのだ、蘇建。全力で駈け通すのは、俺と張次公だけだ。おまえは、付きまとっている一万に当たれ。あの一万なら、三千でなんとかなるはずだ」

「はい。潰走《かいそう》させればよいのですか？」

「できればそうする方がいいが、われわれを追ったり、伝令を出したりするのを阻止するだけでもいい」

「潰走には、こだわらないようにします」

「三千が、おまえの手足のように動けば、潰走させられる」

そこまでの自信は、蘇建にはなさそうだった。

夜が明けると、まず五隊の斥候を出した。それから五千騎ずつ、二隊に分かれてゆっくりと進んだ。斥候の報告を待つために、数度の待機もし、陽《ひ》が落ちるころ、ようやく五十里進んでいた。歩兵部隊が拠《よ》る岩山まで、二百五十里はある。

夜が更け、深夜になると、衛青は七千騎を率いて、反転した。百里戻ったところで、八刻の休止を入れた。

蘇建の三千騎がどうなったかは、知りようがない。いまのところ、付きまとっていた一万騎は、追ってくる気配がなかった。

「乗馬」

陽が中天にかかったころ、衛青は言った。

「敵に遭遇しないかぎり、決して馬を疾駆させるな。駈け足でいい。途中で、四刻の休止を二度入れる」

明朝、岩山に戻れるはずだった。

出発した。陽が落ちても進み続け、四刻の休止をし、また進んだ。幸い、月明りはある。夜明け前に、さらに四刻の休止を入れ、また進んだ。脱落は一騎もいない。

「明るくなったら、疾駆させる。戦闘隊形をとっておけ」

駈けはじめて二刻で、空が白んできた。

衛青の勘に触れてくるものがある。

疾駆をはじめた。

三万騎ほどが、岩山を攻めあげている。溝が数カ所埋められ、逆茂木も取り除かれたようだ。

衛青は、疾駆の勢いを緩めず、敵に突っこんだ。岩山からも、歩兵が戟を揃えて出てきた。

指揮官がどこか、衛青はとっさに見てとった。迷わず、そこにむかった。

押した。歩兵も、一千ずつ戟を揃え、次々に騎馬に襲いかかっている。目前にいる指揮官と、眼《め》が合った。次の瞬間には、そばにいた。斬りあげる。

のけ反り、馬から落ちた指揮官を、後方に続いていた張次公が、剣で突いたようだ。

敵は、逃げはじめていた。それを逃がさないように、衛青は行手に回った。

ほぼ、勝負はついている。あとは、逃がさず、どれだけ敵の首を奪《と》るかだった。

混戦の中で斃《たお》れていくのは、敵兵だけだった。およそ六千を斃した。そこで、戦はほぼ終熄《しゅうそく》した。

「いつもながら、逃げ足は速いな。これで六千か」

そばへ来た張次公に、衛青は言った。

「左賢王の軍だったようですが、指揮をしていたのは副官のようです」

それは、討ち取った。しかし、左賢王を討ち取ったわけではない。

陸英と劉成が、それぞれに損害を報告に来た。歩兵は、合わせて四百、騎馬は百ほどの損害だった。

5

伊穉斜は、単于庭にいた。

於単が、六千騎を失っていた。奇襲を受けたというのが、於単の言い分だった。漢軍三万が、侵攻してきた。侵攻してきたのはわかっているので、奇襲などという言い草が通用するのが、伊穉斜にはわからなかった。

侵攻してきた軍の大将は、あの衛青である。

もう少し警戒して、然《しか》るべきだった。それを、寄せ集めの軍を誘いに出した。誘いなら、三万の本隊で誘うべきだった。伊穉斜の軍の二万騎は待機していたし、単于の本隊の五万も、単于庭に集結を終えていたのだ。

ひとりで戦をしようとしている。いや、手柄を、ひとり占めしようとして、手痛い敗北を食らった。

それに対して、兄が言った言葉も、伊穉斜には納得できなかった。討たれたのが、於単ではなく、副官でよかったと言ったのだ。
「衛青ひとりが、大軍を率いて侵攻してくると、俺は言いませんでしたか、兄上？」
「それは、俺も考えていた」
「もっと、深い読みが必要だったと思います。衛青が、以前の戦と同じことを、やるわけがありません」
「於単は、確かに読みを誤った。しかし、読もうとはしたのだ。それが、三万の埋伏だった。終ってみれば、六千の損害だったが、うまくすれば、岩山に拠った歩兵の二万を、殲滅させられたのかもしれぬのだからな。そうなっていれば、衛青の一万騎も、わが騎馬隊の餌食《えじき》であったはずだ」

勝利の絵図を描くことは、誰でもできる。どうやって勝つかということと、それはまったく別のことなのだ。

一度も、衛青を撃ち破ったことはない。

つまり、負け続けているのだ。それを、兄も於単も、考えたことはあるのか。

兄は、戦にかけては、並ぶ者がいなかった。ほとんど、漢の領土に進攻して、人や家畜や物を奪ってくるという戦だったが、たまに侵攻を受けると、それこそ舌舐《したなめず》りをしていたものだ。

このところ、判断が遅くなっている。老いはじめてきた、と言っていいだろう。伊稚斜とは、二十歳近く離れていた。伊稚斜がもの心ついたころ、兄は一軍を率いて、颯爽《さっそう》と闘っていたのだ。この兄の下で闘うことが、幼いころの夢だった。

兄の判断が遅くなったと感じるようになったのは、ここ一、二年のことだ。

一度、病を得た。ふた月ほど、北の幕舎で臥《ふせ》っていた。病が癒えても、兄の躰は小さく縮んだようで、前のように大きくなることはなかった。

それに代るように、於単が肥《ふと》ってきた。偉丈夫というふうに見えるようだが、ただ肥ったとしか伊穉斜には見えなかった。

「なあ、伊穉斜。俺が死んだら、おまえは於単の後見になるのだ。厳しくするだけでなく、見守ってやれ。匈奴は、勇猛であることが第一。おまえの軍略が、それを助ければいい」

「わかっていますが、つい」

「孫のことまではわからんが、あれはどこか弱々しいのう」

その孫は、昨年の戦で李広を捕えたという手柄を伊穉斜に譲られながら、まんまと逃げられている。傷ついた敵の老将軍ひとりの護送すら、できなかったのだ。

「いま、漢は勢いを増しているように思える。劉徹が、本性を見せはじめているのだ。ただ、こうやって毎年大軍を出していたら、国庫がもつまい。そのうち、弱くなる。われらは、民ひとりひとりが兵だが、漢は兵を民から徴発する。そこで、明らかに国は疲弊する。われらは失うものが少ないが、漢には多くある。言い替えれば、われらが奪うものが、限りなくあるということだ」

「漢が勢いを増した時は、耐えろと言われているのですか。いつまでも、その勢いは続きはしないと」

「待つことも、戦のひとつだ。於単に、それを教えてやれ」

「兄上が言われる方が、いいような気がするのですが」

「わしは、ほかに言って聞かせることが、多くある。撐犁《テングリ》（天）の子たる者が、なにをなすべきなのか。いままで見えていなかったものが、この歳《とし》になって見えてきた。それを、於単に伝えようと思う」

「そういうことならば」

「おまえを父と思え、とも言っておく」

「兄上、それでは、まるで」

「伊穉斜、人はいつまでも生きぬぞ。おまえはまだ、それが見えまい。俺には、見えてきた。死ぬ前に、やっておくことはあるのだ。それが、於単を撐犁の子として不足のない男に育てることだ」

　そこまで言われると、伊穉斜にはなにも返せなかった。自分がいつか死ぬことはわかっていても、それが目前に迫っているという気など、どこにもない。

　単于庭には、半日に一度は、南からの報告が入った。

　衛青は、於単の軍を破っただけでは満足せず、再び北にむかいはじめていた。歩兵は輜重を曳いているので、全軍はゆったりした進み方だが、五千騎が先行し、どこかに消えた。その五千騎は、衛青の指揮らしいという。

「やっぱり、衛青は単于庭を狙っている。どこまでも、貪欲《どんよく》なだけの男だ」

「それは違うぞ、於単殿。貪欲なだけではない。周到であり、狡猾でもある」

「それは、わかっている。しかし、二万五千の本隊を襲えば、五千も引き返さざるを得ないはずだ。作戦の中心は、その二万五千を殲滅させることでいい」

　それでは、駄目だ。はじめに負けたことを、もう一度くり返そうとしている。

「単于庭には、五万の軍がいる」

　兄が言った。

「そのうちの二万を出そう。伊穉斜も、一万を出せ。それに、於単の二万。それで五万の軍を編制し、北へむかう二万五千を殲滅させよ。総指揮は於単。軍師として、伊穉斜が付く」

「それは、危険だと思うのですが」

「では、どうしろと言う、伊穉斜？」

「単于庭と蘢城を、大軍で守ります。それから一万の別動隊を編制し、衛青との遭遇戦にむかわせます」

「わが庭《みやこ》の守備は、二万で充分であろう、伊穉斜。わしは、漢軍が領土を踏み荒らすのが、どうしても我慢ならん。皆殺しにしたい。そのためには、まず二万五千を殲滅させ、五千は干上がらせる。それが、最も早い決着だと考える」

「衛青を相手に、拙速は危険です。腰を据え、迎え撃ち、わが領土の奥深くで、じっくりと絞めあげるべきであろう、と俺は考えます」

「侵攻してきたと言っても、三万に過ぎん。速やかに撃ち破るべきでしょう、おじ上」

於単が言った。

「これはもう、わしの心の中で決まったことだ。迅速、果敢。これが、われらの戦ではないか、伊穉斜。ただちに、出撃せよ」

もう、逆らいようがなかった。

うまくいくかもしれない、という気もどこかにある。歩兵は、今度は岩山に拠っているのではなく、輜重を曳いて移動しているのだ。衛青といえど、軍神ではない。三万を進軍させるのに、ほかの方法がないとも思える。

どこかに拠られ、兵糧を運びこまれると、その方が厄介でもある。

出撃の準備はすぐにはじまり、集結が終り、進発した。

たえず、斥候を出した。

二万五千は、のろのろと進軍してくる。ただ、騎馬五千が、かなり先行していた。衛青の五千は、やはりどこにいるか摑めていない。

「あと三十里（約十二キロメートル）で、歩兵部隊とぶつかります。騎馬隊は、二千と三千の二手に分かれ、二十里のところに迫っています」

斥候の報告を聞き、伊穉斜はしばらく考えこんだ。

蹴散らすのは、難しくない。歩兵を蹴散らしながら、二千と三千の騎馬隊をあしらうのも、たやすいだろう。

衛青の所在を確かめてから、ぶつかるべきではないか、という思いがどこかにある。

しかし、敵は眼の前にいるのだ。

於単は、逸りきっていた。

於単の軍が、精兵であることには間違いがない。正面切った騎馬戦なら、衛青を凌《しの》ぐだろう。

しかし敵は、蛇のように狡猾なのだ。

迷って決断できない時は、退く。自分の戦の時は、そうだ。いまは、於単が総指揮官だった。

於単を止めるべき言葉が、伊穉斜には見つけられなかった。

騎馬隊が、あと二十里。こちらも駈ければ、あっという間にぶつかるだろう。斥候の報告では、やはり衛青の姿はない。

「行くぞ、おじ上。むかってくる騎馬隊を蹴散らし、まず歩兵を殲滅させる。それで、衛青がどこにいようと、干上がることになる。輜重を曳いている歩兵など、一撃で粉砕できる」

確かに、その通りだった。その通りでないことが、これまでに起きている、という言い方だけでは、於単の気持は、抑えられないだろう。

「よし、俺の軍、単于の軍、おじ上の軍の順でいく。とにかく、騎馬は蹴散らすだけでいい。進発」

まず、二万騎が動く。次の二万騎も動き、伊穉斜はなにかすっきりしないものを抱えて、片手を振り降ろした。

この騎馬隊が、五千の騎馬隊に負けるとは、誰も思いはしない。

「このまま、前進」

於単から、伝令が来た。

二隊の騎馬隊が、両翼に分かれたようだ。

このまま進めば、敵の歩兵がちょうど谷間を進んでいるあたりでぶつかる。

二隊の騎馬隊は、斜面に登り、逆落としの攻撃をかけるつもりかもしれない。しかし、こちらの騎馬隊が歩兵の中に突っこんでいれば、逆落としはできないのだ。

歩兵とぶつかるまで、左右をしっかり確認していればいいことだった。駈けた。しかし、疾駆には到《いた》らない。それどころか、途中で止まる気配である。

「歩兵が斜面に登り、馬止めの柵を出しています」

「そんなものが、どこにある？」

伊穉斜は、伝令を怒鳴りつけた。

「それが、輜重を分解して、柵にしているそうです」

いやな予感がして、伊穉斜は先頭まで駈けた。確かに、歩兵は一万ずつ斜面にいて、馬止めの柵を作り、そこから戟を突き出している。軍のほとんどは、すでに谷間に入ってきている。

「前方に、五千騎」

斥候の報告が入った。伊穉斜は、全身に粟《あわ》が生じるのを感じた。

先頭を進んでいた五千騎が、斜面を斜めに登るようにして、そこへ回ったのか。そういう移動をする時があったか。

「突っこんできます」

斥候の声が届いた時、馬群が押し寄せてきていた。『衛』という旗を、伊穉斜ははっきりと見た。

退け、と言おうとした時、先頭の於単は突っこんでいた。正面からのぶつかり合いだが、谷間なので数を生かせない。それでも、於単は叫び声をあげながら、突っこんでいく。

ぶつかった。押し合いになった。

動きが止まった。

「歩兵の攻撃に備えろ」

伊穉斜は声をあげた。走っていてこその、騎馬だった。前進ができない状態で歩兵に突っこまれると、戟の餌食になりかねない。

しかし、歩兵は動く気配を見せていない。於単は、兵を叱咤《しった》する声をあげ続けている。

伊穉斜は、くり返し襲ってくる、恐怖感に耐えていた。先行しているとしか思わなかった衛青の五千は、歩兵の後方にいたのだ。歩兵の後方に、まさか衛青がいるとは、伊穉斜も考えていなかった。このままぶつかっていていいものかと、漠然とした不安を抱いていただけだ。

於単が、徐々に押しはじめた。於単は、まともにやり合うつもりだろうが、伊穉斜は突破することだけを考えていた。

部下は、後方である。いまは、於単と駈けるしかなかった。

背後が、不意に乱れる気配があった。

「後方より、騎馬五千が突っこんできました」

伝令が、大声で言った。於単は、ちょっとふりむくような素ぶりをしただけで、前方の敵にむかった。押しに押している。

突破できるかもしれないと思った時、斜面の歩兵が逆落としをかけてきた。

「くそっ、押せ」

伝令を受けた於単が、吐き出すように言った。ここは、押して押して、突破するしかなかった。伊穉斜も声をあげはじめた。押す勢いは、ついてきている。いや、無理に止めようとしていないだけなのか。

後方では、犠牲が出ているだろう。前が進まないかぎり、動きがとれない。おまけに、後方からの攻撃も受けている。

先頭に立っていた。並んでいるのは、於単と、その麾下の兵だ。前方に、『衛』の旗は見えない。それを捜す余裕はなく、剣を振うので精一杯だった。全身に、小さな切り傷は何カ所も受けていたが、大きなものはない。

押した。どこまで押しても、敵がいる、と思った。馬がもつのか。

「あとひと押しだ、押せっ」

於単が叫んでいる。

正面の敵を、伊穉斜は斬り落とした。さらに次の敵。思った時、前方が開けた。突破している。

伊穉斜は駈けた。後方から続く味方のためにも、そうすべきだった。

十里ほどを、於単と並んで駈けた。

そこで止まり、後続を待った。傷を受けた者も、かなりいるようだ。

結局、四万とちょっとが、突破してきただけだった。一万弱が、討たれたことになる。中軍だった単于の軍と、伊稺斜の軍の犠牲が大きかった。

「たまげたな。やつは、歩兵の後ろを進んでいたのか。輜重を曳いて、のろのろと進む歩兵の後ろを」

「あらゆるところで、負けたと思うぞ、於単殿。すべて、むこうの思う壺《つぼ》に嵌《はま》った。あの地形を選んだのも、周到に進んできたからだろう。歩兵は、いま考えると必要以上に遅かった」

「あの場所は、偶然だろう。四方から攻撃を受けたので、こちらが劣勢であったことは確かだが、四万は突破してきたのだ。おじ上の軍は、犠牲が大きかったようだが」

「俺は、ほぼ四千の犠牲を出した。いままで、これほどの犠牲を出したことはない」

「領地へ帰ってくれ。生き残った兵も、傷を受けたりしているだろう」

於単は、伊稺斜を労《いた》わっているつもりのようだ。自分の軍に犠牲が少なかったことに、多少の後ろめたさを感じているのかもしれない。

「於単殿は？」

「俺は、単于庭へ一度戻る。衛青の軍が、これ以上侵攻してくることはないだろう。輜重をばらして、柵などにした。兵糧は、もう尽きかけているはずだ」

確かに、兵糧は尽きかけているだろう。

だからこそ、いま四万をまとめ、攻撃を続行すべきなのだ。

一万の犠牲を出したことは、仕方がない。しかし、このまま帰すのか。敵の全軍が姿を現わしたいまなら、闘う方法はいくらでもあるのではないか。

しかし、伊穉斜は、それを言う気を失っていた。

本来なら、於単が伊穉斜に戦闘の継続を頼むべきなのだ。それが、単于庭へ帰還という、悠長な道を選んでいる。

「単于庭に行くにしても、しばらくは衛青の動きから眼を離さない方がいいぞ」

「用心深いな、相変らずおじ上は。俺の軍を、一万は残しておく。やつらは、匈奴の地で冬を越せはしないから、それほど長く張りつけておくことはないと思うが」

衛青が、匈奴の地から出ていけばそれでいい、と思っている。また衛青が侵攻して来たら、同じことがくり返されるのだろう。

衛青の軍は、侵攻してくるたびに、規模が大きくなってくるだろう、と想像できた。それに対する対処も、於単の頭にはないようだ。

いずれ首を奪られる。奪られてしまえという気が、どこかにある。

「兄上の躰は、大丈夫なのか？」

「まあ、心配はいらんだろうが、もう戦場に出られることはない、と思う」

「俺は、いつもお会いするというわけにはいかんが、心労はおかけしまいと思っている」

「俺もだよ、おじ上」

於単が、屈託なく笑った。

6

ついに、月氏国に入った。

大宛《だいえん》に達し、貴山城に連れていかれたのが、数カ月前だった。

大宛の王は、漢のことをよく知っていた。漢人も少なくなく、優遇されている気配もあった。

ただ、匈奴と闘う意思は持っていなかった。

張騫《ちょうけん》が、若い帝に命じられたのは、月氏国との同盟である。匈奴を挟攻するという、壮大な絵図を描いたのだ。

大宛から、康居《こうきょ》に案内され、その国の王から、言葉をつなぐ者を付けて貰い、月氏国へ入ったのだ。

その移動だけでも、ひと月かかった。

月氏は、肥沃《ひよく》な土地に恵まれた、豊かな国だった。戦の気配など、どこにもない。

拝謁を願い出、四日後に許された。

もともと月氏国は、隴西《ろうせい》のさらに西にあった。漢から見ると、西域への入口である。その国が匈奴に蹂躙《じゅうりん》され、王が残酷な殺し方をされた。国ごと、西へ逃げるしかなかったのだ。

そのころの皇太子が、いまの月氏の王だった。匈奴への復讐心《ふくしゅうしん》で燃えているだろうと思ったが、いくら話をしても、なんの関心も示さなかった。

漢も匈奴も、すでに遠い国のようだ。

「大夏《たいか》という地域を属国にし、月氏はとても富んでいます。戦をすることなど、考えてもいないでしょう。戦と言っただけで、王は不快な表情をされていました」

「大夏にも、行ってみたい」

「それは王に申し上げ、お許しを受けております」

大夏への旅も、楽なものだった。七人全員が馬に乗っていたし、糧食も充分だった。康居の王は、言葉をつなぐ者以外に、人を三人付けてくれたのだ。

しかし、大夏の反応も、月氏と同じようなものだった。

「このあたりに、匈奴と事を構えようという国はない、と思うほかありません」

王広義《おうこうぎ》が言った。

「長い歳月をかけて、無駄なことをしたのではないでしょうか？」

「われわれの使命は、月氏の王に同盟を申し入れることだった。そして、きちんと申し入れた。それを受けて貰えるかどうかは、月氏国の事情による。陛下の使者として、役目は果したと思うぞ」

「張騫殿が、そう考えておられるのなら、よいのですが」

「一度、大宛へ戻る。これから先のことは、貴山城で考えよう」

漢へ戻るにしても、大宛からの方がよさそうだった。

国境の通行は、難しいものではなかった。このあたりの国は、交易で結びついている。さらに西には、まだ豊かな国があるらしい。

与えられた馬で、大宛へ戻った。

大きな馬である。鞍《くら》からは、足を置くものがぶらさがっているので、股《また》で馬の背を締めつけなくても、落ちないで乗っていられる。どこかの戦利品を、交易で得たものらしい。

もっとも、漢の馬の乗り方の方が、速く駈けられるのかもしれない。そこに足を置いていると、尻にかなりの衝撃があるのだ。

貴山城に戻った。

与えられた宿舎は、快適だった。食事もいい。大宛に入ってからの旅は、それまでの過酷さとは較べものにならない、楽なものだった。

「さて、今後、どうするかだが？」

七人が集まった時に、張騫は切り出した。

「長い歳月、これほどの旅をしてきた。それぞれが、思う通りにしてもいい、と俺は判断している」

「思う通りとは、どういうことです？」

朱咸《しゅかん》が言った。

「これから、俺は漢へ戻る。漢では、俺たちが生きているなどとは、思っていないだろう。もしかすると、忘れられているかもしれん」

「十一年、経っていますからね」

「帰りの旅は、来た時ほど苦しくはないと思う。砂漠をどう渡ればいいかも、詳しく教えられた。来る時は、最も険しい道を選んでしまったようだ」

宿舎の一室である。土をかためて作った壁に、板の屋根が乗っていた。華美ではないが、居心地はよかった。宿舎はひとつの建物になっていて、部屋は十以上ある。

「途中で、匈奴の支配地がある。そこを抜けなければ、漢には戻れん」

「支配地と言っても、匈奴の兵が多くいる、というわけではないのでしょう」

人がいれば、それはすなわち兵である。匈奴とは、そういう国だ。兵が狩をし、遊牧をなす。

「今度、匈奴に捕えられたら、生きることは望めまい」

「仕方がありませんな、それは。ここまで生き延びたことも、運がよかったからと言えますし。もう、死ぬことも怖くなくなってきました」

王広義が、笑いながら言った。

十年の、匈奴の地における隠忍自重の歳月のあと、命ぎりぎりの旅をしてきた。大宛に到着できたのは、七人だけだ。

「ここに残ろうという者は、いないのか？」

ひとりも、残りたいとは言わなかった。

「わかった。全員で帰りたいと思うが、俺からひとつ頼みがある」

全員が、張騫を見つめてきた。

「大宛に、ひとり残したい。漢との繋がりを、失いたくないのだ。故郷に帰れぬつらさはあるだろう。しかし、大宛の王は漢との交誼《こうぎ》を望んでいるのだ。それを切ってしまうことは、むしろ陛下のお心にそむくことだ、と俺は判断した」

「わかります。陛下は、西への強い関心をお持ちのはずです」

王広義が言った。

「そのために、誰か残って欲しい」

張騫が全員を見回しても、誰も手を挙げなかった。

「では、俺から指名する。朱咸、おまえが残ってくれ」

「俺が、ですか。俺の足が悪いので、張騫殿はそう言われているのですか？」

朱咸は、片足を引き摺《ず》るようになっていた。

「そんなつまらない理由ではない。漢という国のために、陛下のために、大宛と繋がった細い糸を、切りたくないのだ。おまえを選んだのは、少々の困難なら乗り越えるだろう、と思えるからだ」

「しかし」

「頼む、朱咸」

朱咸は張騫を見つめ、しばらくして小さく頷いた。

「朱咸殿が残るなら、俺も残りたいと思うのですが」

柯賀《かが》が言った。

「俺は、朱咸殿に借りたものを、まだ返していません」

「俺は、おまえになにか貸した憶えはない」

「朱咸殿に助けられなかったら、俺が最初の落伍《らくご》者でしたよ。山越えをして、砂漠に出ることもできなかったと思います」

「わかった。朱咸と柯賀が残ってくれ」

張騫がそう言い、それで話は決まった。

「出発は、春になってからだ。二人残していくことは、大宛の王には俺から申し上げることにする」

砂漠の冬を旅することは、絶対にできないと、匈奴にいるころから聞いていた。大宛でも、同じ話を耳にした。寒さと同時に、風が異常なほど強いのだという。その風が、容赦なく体力を奪う。

酒宴をはじめた。

焼いた羊の肉が運ばれ、野菜などもあった。豊かな土地である。

匈奴では、羊の肉や内臓を食うだけだった。時には、生の肉を食らわなければ、躰が弱ってしまう。張騫は、生の肉が嫌いではなかったが、それが食えずに病を得て、死んだ者も少なくない。長安を出る時は百名以上いたのに、匈奴の地で十年暮す間に、三十数名に減った。

「張騫殿は、なぜこの旅を志願されました？」

酔いが回ってきたころ、朱咸が言った。

「地の果てまで、旅をしたい。それは、俺が幼いころから抱いていた、夢のようなものだった。ただ、地の果てがどこだか、わからなかった。大宛は、充分に俺にとっては地の果てだったが、しかしその先が、まだずっと続いていることも知った」

「地の果てですか」

「もっと西へ行けば、漢にいては思いもよらないような国がある、ということだ。生きている間に、そこに行ってみたいものだ、と考えている」

「どういう国なのでしょう、そこは？」

「眼が碧《あお》く、髪が金色をした人間がいるという。確かに、国によって少しずつ顔が変ったりする」

「その国の、さらに西には、なにがあるのですかね？」

「わからない。わからないから、旅をしてみたくなるのだ、朱咸」

「漢の東へ行こうとすれば、海ですよね」

「その海のむこうにも、国があるという話は聞いたことがある」

「西も、行くところまで行けば、海なのでしょうか？」

「多分な」

「その海を、渡りきったら、どこへ？」

「わかるものか、そんなことは」

「そうですね」

「行けども、行けども、果てることはない、と俺はいま思っているよ」

「果てることがない。それは行き着くことができない、ということですよね」

「誰も、地の果てを見た者はいない。しかしそれを見に行こうとして、さまざまなものを途中で見たはずだ。それは、地の果てを目指さなければ、見ることができなかった、とも言えるだろう」

朱咸が、真っ先に酔いはじめていた。杯を次々に呷《あお》っている。

「張騫殿、大宛の西もさることながら、南にもさまざまな国があるようです。身毒《しんどく》など、とても大きな国だそうです」

「身毒については、俺も大夏で聞いた」

「今度、張騫殿が大宛に来られた時、俺は西の国や身毒まで、案内できるようになっていますよ。陛下は、そういうところの話を、御所望されるかもしれませんし」

「御成長、遊ばしたのだろうな。しかし、俺が国に戻って、受け入れられるのかどうかは、まだわからんのだ」

「張騫殿には、その口がおありです」

「この口か」

「俺を、大宛に留《とど》まらせる、その口です」

張騫は、大声で笑った。朱咸が冗談を言うことなど、ほとんどない。この地に残ることについての複雑な思いを、抑えることができないでいるのだろう。

それから数日後に、春には漢へ帰還するという届出を、大宛の王宮に出した。

大宛の王から呼び出しがあったのは、それからさらに十日ほど経ってからだ。

「朕《ちん》自らが、漢に行ってみたいと思う。しかし、この歳では、旅に耐えられまい。皇太子は、覚えなければならないことが多くあり、旅をする間がない」

「今回の帰還は、どうなるかわかりませんが、次に来た時は、大宛の人間を二人でも三人でも、漢の長安に伴いたいと思います」

「うむ。それはよいことだ。この国に、二人残していくということもな」

「そう言っていただければ、残る二人も安心すると思います」

「漢の文物が、欲しい。こちらから送れるものも、またある。つまりは、交易ができるということだ」

「われらが帝の思いにも、それはあると思います」

王は、玉座から身を乗り出した。漢の帝のように、座っているのではない。石で造られた玉座に、腰掛けているのだ。

「漢は、匈奴と激しい戦をはじめたらしい。どちらが負けたという話は伝わってこぬが、負けて国がなくなるということにならないよう、朕は望んでいる。匈奴は豊かな文物よりも、人や家畜を奪うことを第一とするであろうしな」

戦で国がなくなる。それは、あり得ないことではない。しかし、漢でもなくなってしまうのだろうか。

しばらく、漢の王宮の話をした。もっとも、詳しいことを張騫は知らないし、知っていることも、十一年以上も前のことだ。

退出すると、堂邑父《どうゆうほ》が宮殿の外で待っていた。

「東に、羌族《きょう》という者がおります」

「知っている。もう漢に近い場所ではないのか」

「はい。そこまでなら、道案内できる、という者を見つけました」

「そうか。それは心強い」

大宛の王からは、馬を十頭貰えることになっていた。道案内がいれば、意外に早く漢に入れるかもしれない。ただ、途中で匈奴の支配地を通り抜けることにはなる。

「宿舎に、連れてこい。しばらく一緒に暮せば、信用していいかどうかわかる」

「銀二粒を欲しがっておりますが」

「ひと粒は出発の時、残りは羌族の地に着いた時。それでいい」

出国した時に持っていた銀は、もうわずかしか残っていない。さまざまなところに、たとえば着物の裾《すそ》などに縫いこみ、袋としては持たずに大事に隠してきたものだ。

すべては、春になってからだった。

出発も別れも、使命に対する思いを断ち切るのも、春になってからだ。

「ここは、長安より寒くはないな、堂邑父」

「私には、同じように思えます」

雪が、方々にあった。しかし、すべてを覆い尽してしまうことはない。

山頂が雪を被った、遠い山なみに張騫は眼をやった。


(初出　月刊「ランティエ。」二〇〇七年四月〜二〇〇八年二月号)

著者略歴

北方謙三〈きたかた・けんぞう〉1947年佐賀県唐津市生まれ。中央大学法学部法律学科卒。81年『弔鐘はるかなり』でデビュー。83年『眠りなき夜』で第4回吉川英治文学新人賞、85年『渇きの街』で第38回日本推理作家協会賞長篇賞、91年『破軍の星』で第4回柴田錬三郎賞をそれぞれ受賞。近年は時代・歴史小説にも力を注ぎ、2004年『楊家将』で第38回吉川英治文学賞を、06年『水滸伝』で第9回司馬遼太郎賞を受賞した。他の著書に『逃れの街』『檻』『武王の門』など。

Kadokawa Haruki Corporation

北方謙三

史記《しき》 武帝紀《ぶていき》（一）

*

2008年9月8日第一刷発行

発行者 大杉明彦
発行所 株式会社 角川春樹事務所
〒101-0051 東京都千代田区神田神保町3-27 二葉第1ビル
電話03-3263-5881（営業） 03-3263-5247（編集）
印刷・製本 中央精版印刷株式会社

定価はカバーおよび帯に表示してあります
落丁・乱丁はお取り替えいたします
ISBN978-4-7584-1119-6 C0093
http://www.kadokawaharuki.co.jp/